JULIA BÄHR

Sei mein Frosch

Buch

Ihre Karriere als Anwältin hat sich Viola anders vorgestellt: Die Kanzleikollegen sind schrecklich altmodisch, die Arbeitsabläufe von vorgestern, und der Chef ist ein albtraumhafter Schnösel. Violas einziger Lichtblick scheint ihr attraktiver Kollege Matthias zu sein. Wenn der nur nicht so arrogant wäre! Um Männer kennenzulernen, die keinen Stock im Hintern haben, flirtet sie unter falschem Namen auf einer Onlinebörse – und zwar ausgerechnet mit dem Ex-Date ihrer besten Freundin. Als Viola dann auch noch von ihrem kontrollsüchtigen Chef auf dem Portal entdeckt wird, gerät ihr Leben ganz schön ins Schlingern.

Autorin

Julia Bähr, geboren 1982, hat das Schreibhandwerk auf der Deutschen Journalistenschule in München gelernt und arbeitet als freie Journalistin in den Bereichen Kultur und Gesellschaft. Zusammen mit Christian Böhm verfasste sie die romantische Hochzeitskomödie »Wer ins kalte Wasser springt, muss sich warm anziehen« – gefolgt von ihrem neuen Stand-alone »Im Zweifel für die Liebe«. Julia Bähr lebt in München und Frankfurt.

JULIA BÄHR

Sei mein Frosch

ROMAN

blanvalet

MIX
Papier aus verantwortungsvollen Quellen
FSC® C014496

Verlagsgruppe Random House FSC® N001967
Das FSC®-zertifizierte Papier *Holmen Book Cream*
für dieses Buch liefert Holmen Paper, Hallstavik, Schweden.

1. Auflage

Umschlaggestaltung: www.buerosued.de, München
Umschlagmotiv: Getty Images/retales botijero
Redaktion: Hannah Jarosch
Herstellung: sam
Satz: DTP Service Apel, Hannover
Druck und Einband: GGP Media GmbH, Pößneck
Printed in Germany
ISBN: 978-3-442-38324-5

www.blanvalet.de

Für A.,
die einzig wahre Anwaltsgranate

Kapitel 1

»Sehr geehrter Herr Maierhofer, Komma, Absatz.« *Klick, klick,* macht das Diktiergerät, als ich es aus- und gleich wieder einschalte. »Hiermit zeigen wir ausweislich beigefügter Vollmacht in Kopie an, Komma, dass wir Ihre Ehefrau Nina Maierhofer anwaltlich vertreten, Punkt. Frau Maierhofer hat uns damit beauftragt, Komma, ihren Anspruch auf Trennungsunterhalt sowie die Unterhaltsansprüche für die bei ihr lebenden gemeinsamen minderjährigen Kinder Paula und Elias gegen Sie geltend zu machen, Punkt.« *Klick. Klick.* »Trotz mehrfacher mündlicher und schriftlicher Aufforderung durch unsere Mandantin sind Sie Ihrer Pflicht, Komma, Auskunft über Ihr aktuelles Einkommen zu erteilen und sodann den sich daraus ergebenden Unterhalt zu bezahlen«, *klick, klick,* »Komma, bislang nicht nachgekommen, Punkt. Für die Auskunftserteilung samt Vorlage der entsprechenden Belege setzen wir Ihnen eine Frist bis spätestens«, *klick, klick,* »10. Juni, Punkt. Sollten Sie diese Frist nicht einhalten, Komma, wird unsere Mandantin ohne weiteres Zuwarten Klage erheben. Punkt. Absatz. Mit freundlichen Grüßen, Komma, Absatz, Viola Nienhaus.« *Klick.*

Ich lasse das Diktiergerät auf die schweinslederne Schreibunterlage sinken und fiesele die Kassette heraus. Anschließend schließe ich schnell die Datei mit dem Brief, den ich soeben abgelesen habe. Die darf keiner finden. Ich schiebe sie in einen Ordner, der *Entwürfe* heißt. Niemand öffnet jemals einen Entwurfsordner.

Seit fünf Wochen schummele ich jetzt schon so.

»Unsere Anwälte schreiben die Briefe nicht selbst. Sie diktieren«, wurde mir an meinem ersten Tag hier kühl befohlen. Die Chefsekretärin besteht darauf, dass diese Sitte erhalten bleibt – wahrscheinlich, weil sie und ihre kleinen Sklavinnen im Vorzimmer sonst arbeitslos wären. Nach einigen peinlichen, ausgesprochen stümperhaften Versuchen voller »Äh« und »Nein, falsch« habe ich mir angewöhnt, die Briefe heimlich selbst zu tippen. Anschließend lese ich sie langsam ab. Dazwischen nehme ich immer wieder den Finger von der Sprechtaste, um Denkpausen zu simulieren. Beim Abtippen ist das typische *Klick, klick* deutlich zu hören. Manchmal baue ich absichtlich einen kleinen Fehler ein. Man sagt, ich würde sehr gut diktieren. Ich kann nie mehr mit der Trickserei aufhören, sonst fliege ich auf.

Langsam drehe ich mich auf meinem schicken Bürostuhl einmal um mich selbst. Ich bin immer noch begeistert, dass ich morgens nicht mehr in einen miefigen Hörsaal muss. Stattdessen fahre ich mit dem Rad in die Münchner Innenstadt, nehme den Aufzug in die dritte Etage eines großen Gebäudes, betrete die Kanzlei von Schilo und Partner und laufe ab da über dicken, hellgrau gemusterten Teppichboden, der die Schritte schluckt. In allen Büros hängt moderne Kunst an den Wänden. Auch bei mir. Ich schaue den ganzen Tag von meinem dunklen Holzschreibtisch aus auf eine stilisierte Sportszene: Läufer kurz vor dem Start. Nicht ganz mein Fall, auch ein bisschen arg bunt mit der roten Bahn und den farbigen Trikots. Trotzdem: Es ist Kunst! Und vielleicht drehe ich den Schreibtisch irgendwann einfach und schaue lieber zum Panoramafenster hinaus, hinter dem sich ein paar Münchner Dächer zeigen.

Meine Mutter ist fast ausgerastet vor Freude, als ich ihr mein Büro zeigte. »Jetzt bist du eine richtige Anwältin, kleine Viola!«, flüsterte sie so leise, dass die ganze Kanzlei sie hören konnte.

Als ich meine Kassette ins Vorzimmer bringe, laufe ich Matthias Fischer in die Arme. Oder besser gesagt: an die kalte Schulter. Die zeigt mir der Kollege nämlich grundsätzlich, was schade ist, denn er ist zumindest optisch der einzige Sonnenstrahl in den düsteren Gängen dieser Kanzlei. Abgesehen davon regt er mich auf. Erstens, weil er nur zwei Jahre älter ist als ich und darauf besteht, dass wir uns siezen. Und zweitens, weil ich mich fühle wie ein Teenager, der in den coolsten Typen der Schule verknallt ist, aber nicht mal wahrgenommen wird.

»Hallo«, hauche ich im Vorbeigehen. Da sollte natürlich ein lässiges, toughes Hallo rauskommen. Aber das Ergebnis ist eher so ein laszives *Wie lange hab ich geschlafen?*-Hallo.

Ein entsprechend irritierter Blick aus himmelblauen Augen trifft mich. Und ein »Hi«. Mist, er hat kürzer gegrüßt als ich. Er ist cooler. Ich hab verloren! Mit einem letzten Rest Selbstachtung im Leib rette ich mich an den Schreibtisch von Liane, die meine Briefe meistens abtippt. Ich habe ihr das Du angeboten, weil ich sie nett fand und sie ebenfalls in meinem Alter ist. Mein Chef schaute, als hätte sein Sohn gerade das Hausmädchen geschwängert, als er es mitbekam. Er ist etwas, nun ja, sagen wir: versnobt. Liane drückt das freilich gern bildhafter aus.

»Danke«, sagt sie und sieht lächelnd zu mir auf, als ich die Kassette auf ihren Schreibtisch lege.

»Liane, kannst du bitte aufhören, dich dafür zu bedanken? Ich muss Danke sagen.«

»Sorry, ich find's ja auch bescheuert. Aber deine Kollegen bestehen drauf. Sie nennen es Höflichkeit.«

»Höflichkeit, was ist das?« Ich schneide eine Grimasse, über die Liane zu kichern beginnt.

Sofort ertönt ein ärgerliches Zischen vom Chefdrachen. »Wenn die jungen Damen ihre Privatgespräche vielleicht woanders führen könnten?«

Frau Blettinger ist der Zerberus dieser Kanzlei: Sie greift alles an, was noch lebt. Mit Ausnahme des Chefs natürlich, aber der hat sie ja auch eingestellt.

Ich stelle mich besonders aufrecht hin, hole Luft und sage … nichts. Mir fällt nichts ein.

Die Blettinger beobachtet mich. »Ja, Fräulein Nienhaus?«

Darauf wenigstens weiß ich eine Antwort. »Frau Blettinger, ich habe Sie schon hundertmal gebeten, mich nicht Fräulein zu nennen. Das ist sexistisch. Der Wert einer Frau definiert sich nicht über eine etwaige Ehe«, sage ich in bereits leicht genervtem Tonfall. Ich habe ihr diese Kassette wirklich schon häufiger ans Ohr gehalten.

»Solange Sie unverheiratet sind, nenn ich Sie Fräulein«, sagt die Blettinger unbeirrt und kampfeslustig.

Alle drei Assistentinnen haben die Arbeit eingestellt und starren uns an. Liane zupft mich am Ärmel, aber ich ignoriere sie.

»Solange Sie mich Fräulein nennen, kann ich Sie nicht leiden«, schieße ich zurück.

»Was ist hier los?«, dröhnt es auf einmal hinter mir.

Ich sehe, wie Liane bedröppelt das Gesicht verzieht, bevor ich mich langsam und mit klopfendem Herzen umdrehe. Vor mir steht mein Chef, mit verschränkten Armen und durchdringendem Blick. Viel zu nah vor mir für meinen Geschmack.

Stefan von Schilo ist kein angenehmer Mensch. Seine Haut ist so hell, dass sie fast bläulich schimmert, und man sieht viel von ihr, weil er kein einziges Haar mehr auf dem Schädel hat. Er hat dünne Beinchen, die seinen wachsenden Bauch nur widerwillig tragen und vor Anstrengung allmählich ein O formen. Dank Ellbogen, geschicktem Netzwerken und wohl auch Papas

Kohle besitzt er mit Mitte vierzig eine gut laufende eigene Kanzlei – in der ich gerade seine engste Angestellte angefaucht habe. Vielleicht sollte ich seine Reaktionszeit nutzen und einfach wegrennen.

»Fräulein Nienhaus hat gesagt, sie kann mich nicht leiden«, petzt die Blettinger.

»Frau Blettinger nennt mich immer noch Fräulein«, schnaufe ich.

»Wissen Sie, junge Frauen wie Sie nehmen immer alles zu persönlich«, salbadert mein Chef los. Jetzt legt er mir auch noch betont kumpelhaft die Hand auf die Schulter. »Da muss man auch mal ein bisschen locker sein! Sonst steht man schnell als humorlose Zicke da.«

Angeekelt mache ich einen Schritt zur Seite. Die Blettinger schaut triumphierend.

»Sie wollen hier doch nicht die Zicke sein, oder?«, fragt von Schilo lauernd.

»Ich bin keine Zicke«, sage ich und streiche mein Jackett glatt. Übersprunghandlung.

»Na also. Und jetzt gehen Sie wieder an die Arbeit!«

Liane wirft mir einen mitfühlenden Blick zu, als ich verschämt die Segel streiche. Ich schleiche zurück in mein Büro mit dem Gefühl, gerade den zweiten kleinen Machtkampf des Tages verloren zu haben.

Zwei Stunden später lässt meine Freundin Hanna angewidert die Speckdattel sinken, die sie eben noch zum Mund führen wollte. »Igitt! Er hat dich angefasst?«

»Er hat mir die Hand auf die Schulter gelegt«, konkretisiere ich leicht überrascht. Hanna ist nicht gerade zimperlich, was Berührungen von Männern angeht. »Das geht sicher nicht als sexuelle Belästigung durch.«

»Vielleicht nicht sexuell. Aber schon mit dem Typen in einem Raum sein zu müssen, ist doch eine Belästigung. Als ich sein Foto gegoogelt habe, habe ich vor Schreck fast die Maus zerquetscht.«

»Hanna, ich finde ihn ja auch grauenvoll. Aber er war nun mal der Einzige, der mir einen akzeptablen Job angeboten hat.«

»Was deine eigene Schuld ist«, schimpft Hanna und zeigt streng mit dem Finger auf mich.

Sie hat ja recht. Ein halbes Jahr vor meinem zweiten Staatsexamen hatte ich mich von meinem langjährigen Freund getrennt, was meinen Lernfortschritten nicht gerade zuträglich war. Kaum waren meine Tränen getrocknet, verliebte ich mich unglücklich in den Kumpel eines Kommilitonen. Sebastian fand mich zwar nicht sonderlich attraktiv, aber doch attraktiv genug, um mich zweimal die Woche mit einem gezielten Anruf von meinen Büchern weg und in sein Bett zu locken. Ansonsten rief er nicht an. Nie. Ich muss es wissen, denn ich habe verdammt viel Zeit damit verbracht, das Telefon anzustarren und zu warten.

Das Ende vom Lied war, dass ich ein mittelmäßiges Examen hinlegte und mir den Staatsdienst abschminken konnte.

Die Kanzlei von Schilo deckt fast alle Bereiche ab,

was von spezialisierten Kollegen gerne mit verächtlichem Unterton als Feld-Wald-und-Wiesen-Kanzlei bezeichnet wird. Der äußerst gemütlich veranlagte Kollege Haberstolz und ich sind gemeinsam für Familienrecht zuständig.

Warum Stefan von Schilo ausgerechnet mich eingestellt hat, weiß ich allerdings nicht so recht. Ich könnte mir vorstellen, dass er fand, man bräuchte mal eine junge Frau neben all den Anzügen. Er behauptet gern, unsere scheidungswilligen weiblichen Klienten würden einen ungesunden Männerhass pflegen. Und die anderen jungen Anwältinnen waren ihm vielleicht zu forsch. Ich dagegen saß nach all dem Liebeskummer reichlich wundgeweint in seinem Büro, bewahrte mit großer Anstrengung eine professionelle Fassade und wirkte wahrscheinlich wie ein Mäuschen.

Die Löwin in mir regt sich erst wieder, seit ich auf die Booty Calls von Sebastian nicht mehr reagiere. Wehmütig, denn andere Gelegenheiten haben sich in der Zwischenzeit auch nicht aufgetan. Ich bin achtundzwanzig. Ich hätte echt gern mal wieder Sex.

Hanna beobachtet mich genau, während ich den Blick durch das Café *Glockenspiel* schweifen lasse. Wir treffen uns hier mindestens einmal die Woche nach der Arbeit. Mittlerweile stellen uns die Kellner ohne Bestellung unsere Favoriten hin: mir eine Weißweinschorle, Hanna einen Prosecco mit Erdbeermark. Falls das klingt, als gebe es in ihrem Leben mehr zu feiern als in meinem, ist das absolut zutreffend.

»Erzähl mal«, bitte ich sie. »Was gibt's bei dir Neues?«

»Ich hatte gestern ein Date«, beginnt Hanna.

Das ist nichts Ungewöhnliches. Hanna schreibt für eine Frauenzeitschrift eine Kolumne, die hauptsächlich ihre missglückten Dates mit irgendwelchen Typen zum Inhalt hat. Persönliches Interesse und berufliche Sensationslust verbinden sich zu einer starken Motivation. Mittlerweile hat sie ihr erweitertes Umfeld durch und rekrutiert die Männer im Internet. Es gibt wahrscheinlich keine größere Partnerbörse, bei der sie nicht angemeldet ist.

»Woher war er?«

»*EdelPartner.*«

Ich nicke kundig. *EdelPartner* heißt meistens, so viel habe ich inzwischen gelernt: Arzt sucht promovierte Historikerin, die nach der Hochzeit daheim bleibt und die Kinder dank ihrer hervorragenden Qualifikation optimal fördert.

»Diesmal war es ein Germanist«, fährt Hanna fort. »Viola, ich glaube, jetzt ist die Emanzipation endlich auch in meiner Kolumne angekommen. Der sucht nämlich eine Frau, die ihn versorgt.«

»Mit einem Germanistikstudium ist diese Idee wahrscheinlich ganz vernünftig.«

»In der Tat. Er schwafelte irgendwas von Gedichten, die er für Literaturmagazine schreibt. Und dass er aber eigentlich eine Frau sucht, die gut verdient und es ihm ermöglicht, sich ganz der Kunst zu widmen.«

»Lass mich raten: Der sucht schon länger.«

»Das wollte er mir nicht verraten.« Hanna grinst und nimmt einen Schluck von ihrem Prosecco. »Aber ich fand es eigentlich toll, dass er so offen ist. Wie viele Frauen machen ihren Job denn nur alibihalber, um ihn sofort an den Nagel hängen zu können, wenn sich endlich ein Versorger findet?«

»Meine halbe Abiturklasse. Trotzdem: Gibt es Frauen, die so einen Mann wollen?«

»Keine Ahnung. Ich ruf ihn jedenfalls nicht mehr an.«

»Das wird auch nicht nötig sein. Er kann ja in deiner nächsten Kolumne lesen, wie du ihn so fandest«, witzele ich. »Wie heißt er eigentlich?«

»Hab ich vergessen. Lohnte nicht, sich den Namen zu merken. Er war der schlechteste Küsser des Monats.«

»Hanna, wir haben den 11. des Monats.«

»Ja, macht ja nichts. Ich leg mich fest!« Ganz ladylike tupft Hanna ihre Mundwinkel mit der Stoffserviette ab, bevor sie sich entspannt zurücklehnt.

»Ich werde es nie verstehen, dass du sogar mit den Typen knutschst, die du vom ersten Moment an blöd findest.«

»Es rundet meinen Eindruck ab. Außerdem knutsche ich gerne. Und danach schicke ich sie ja immer allein nach Hause.«

Dass die Typen auch alle Hanna küssen wollen, wundert mich wiederum gar nicht. Meine Freundin hat strahlend blaue Augen, wilde blonde Locken und ist so sturmerprobt wie humorbegabt. Sie kann saufen wie ein Russe und flirten wie eine Französin. Wenn wir zusammen ausgehen, schenken mir nur die wenigen Männer Aufmerksamkeit, die aus irgendwelchen Gründen mit Blondinen absolut nichts anfangen können. Zu meinem Glück gibt es ein paar davon. Zu meinem Pech erzählen die auch gerne, warum das so ist. Ich kenne wahrscheinlich die Hälfte aller Herzen, die in München und Umgebung mal von einer Blondine gebrochen wurden. Neulich erzählte mir ein Augsburger, man solle überhaupt nur dunkelhaarige Frauen heiraten. Kurz war ich geschmeichelt. Dann führte er seine These weiter aus und erklärte, die blonden Frauen seien zum Vögeln da. Exakt das war seine Wortwahl. Ich verließ die Bar schnell, weil mir plötzlich klar war: Ich werde dem Impuls, in sein Bierglas zu spucken, nicht mehr lange standhalten können.

»Wie geht's eigentlich dem schönen Matthias?« So nennt Hanna ihn immer. Sie will mich ärgern.

»Er ist nicht schön. Er ist … tiefgründig und unnahbar«, seufze ich.

»Du schaust zu viel Rosamunde Pilcher.«

»Aber es ist wahr! Komm doch mal in der Kanzlei vorbei!«, schlage ich vor und schiebe mir das letzte Stück Käse von unserem Tapas-Teller in den Mund. »Wir tun so, als wärst du eine Mandantin, und dann rufe ich ihn dazu.«

»Ist er blöd genug, darauf reinzufallen?«

»Weiß nicht. Er spricht ja nie mit mir.«

»Darauf bestelle ich uns noch eine Runde«, sagt Hanna, nickt dem Kellner durch den halben Raum zu und macht mit dem Finger eine anmutige Kreisbewegung über unseren Gläsern. »Viola, hältst du es wirklich für romantisch, in einen Typen verliebt zu sein, der nicht mit dir spricht?«

»Ja, irgendwie schon.«

»Du musst dringend an deinem Selbstwertgefühl arbeiten.«

»Außerdem bin ich gar nicht in ihn verliebt!«, schiebe ich schnell hinterher.

»Na klar. Tut mir leid, der Einspruch kam zu spät.«

»Hm. Höchstens ein bisschen?«

»Versuchst du gerade, mit mir darüber zu verhandeln? Niedlich.«

»Du hast ja auch leicht reden«, beschwere ich mich. »Wenn ich ständig Dates hätte …«

»Wenn du mir mal erlaubt hättest, dir ein Profil bei einer Dating-Seite anzulegen …«, unterbricht Hanna mich.

»Ich möchte mich halt nicht mit Fremden treffen.«

»Ist nicht jeder Mensch ein Fremder, bevor man ihn trifft?« Nach dem zweiten Glas Prosecco wird meine Freundin manchmal philosophisch.

»Die meisten sind Frösche«, brumme ich stur. »Und das sind sie bisher auch alle geblieben. Sogar die, die ich geküsst habe.«

»Hast du schon mal versucht, einen gegen die Wand

zu werfen?« Hanna lacht mich aus. »Außerdem ist diese Frosch-Prinz-Idee doch Unsinn. Die Männer sind so, wie sie sind. Sie ändern sich nicht, deshalb musst du dir von vornherein einen guten suchen. Und ich helfe dir dabei!«

Ich sehe ein, dass Argumente jetzt nicht mehr ziehen.

»Okay, irgendwann melde ich mich auch bei deinem Fleischmarkt an. Ehrlich«, verspreche ich.

»Gut. Wann?«

»Wenn die Hölle zufriert.«

Zu Hause lege ich mich mit meinem Handy ins Bett und checke noch schnell meine dienstlichen Mails. Stefan von Schilo erwartet von allen Mitarbeitern, dass wir das ständig tun. Soweit ich es mitbekommen habe, sitzen die anderen tatsächlich jeden Abend nach der Arbeit mit dem Handy auf dem Tisch da und lesen sofort jeden unwichtigen Kleinkram, der nach 18 Uhr einläuft. Sie antworten dann gerne an alle Mitarbeiter, um zu zeigen, dass sie die Mails auch außerhalb der Arbeitszeiten lesen. Daraufhin fühlen sich andere Mitarbeiter berufen nachzuziehen. Selbstverständlich auch wieder mit dem großen Verteiler in Kopie. Dann denken wiederum andere, sie könnten sich eine Bronzemedaille erkämpfen, indem sie auch noch antworten. Es ist lächerlich. Ich habe mir frühzeitig vorgenommen, mich an diesem Unsinn nicht zu beteiligen. Mein Feierabend ist tabu. Nur kurz vorm Schlafengehen überprüfe ich noch kurz, ob es etwas gibt, das ich wissen sollte, bevor ich am nächsten Tag ins Büro gehe.

Eine Mail von Stefan von Schilo. Kam um 18.05 Uhr, da war ich gerade mit wehenden Rockschößen aus der Kanzlei geeilt. Hoffentlich nicht wegen der unschönen Szene im Vorzimmer? Ach nein, sie ging an alle. *Betreff: Turnier.*

Liebe Kollegen,
wie manche von Ihnen wissen, fechte ich seit ein paar Jahren in meiner Freizeit. Das ist eine tolle sportliche Betätigung, die den Kampfgeist weckt und die Sinne schärft. Angriff und Verteidigung – wie in unserer Branche! Ich möchte fünf von Ihnen die Möglichkeit bieten, das auch auszuprobieren. Am Freitag, den 5. Juni, haben wir am Nachmittag die Halle und den Trainer ein paar Stunden lang für uns, und Sie können die Grundlagen erlernen. Anschließend veranstalten wir ein kleines Turnier, um zu sehen, wer von Ihnen am meisten Biss hat. Die ersten fünf, die sich melden, dürfen mitkommen. Als zusätzliche Belohnung für ihr Interesse müssen die Teilnehmer die ausfallenden Arbeitsstunden nicht nachholen.
Beste Grüße,
Stefan von Schilo

Ächz. Und natürlich haben die lieben Kollegen diesmal ausnahmsweise nicht an alle geantwortet, sondern ihren Schleim direkt beim Chef abgeladen. Keine einzige Antwort finde ich in meinem Posteingang. Was tue ich nur?

Abwarten. Schlafen.

Kapitel 2

Am nächsten Morgen bin ich um halb neun im Büro. Wenn ich jetzt auf die gestrige Mail von meinem Chef antworte, dürfte ich auf der sicheren Seite sein. Bestimmt haben meine permanent Squash spielenden und im Sommer am Gardasee windsurfenden Kollegen sich schon alle angemeldet. Aber Interesse heucheln muss ich, sonst stehe ich als die Zicke ohne Biss da. Also, antworten.

Lieber Herr von Schilo,
bin ich zu spät dran? Ich musste noch abklären, ob das Datum bei mir passt. Hoffentlich ist noch ein Platz für mich frei. Ich würde Ihren Sport sehr gerne mal ausprobieren.
Mit besten Grüßen,
Viola Nienhaus

Lüge. Alles Lüge. Allmählich verstehe ich, warum die Hölle voller Anwälte ist.

Nur zehn Minuten später flattert die Antwort in meinen Posteingang.

Frau Nienhaus,
Sie sind dabei! Melde mich bald mit Details.
Grüße,
SvS

Und wenn ich fürs Lügen nicht in die Hölle komme, dann fürs Fluchen.

Es gibt in unserer Kanzlei eine Sitte, auf die man meines Erachtens gut verzichten könnte: Jeden Tag wird um 11 Uhr die Post aller Anwälte gemeinsam geöffnet und gelesen. Das dient der Transparenz, und ich als Neuling lerne dabei auch viel darüber, wie die Kollegen mit ihren Mandanten und Fällen umgehen. Leider hat Stefan von Schilo besondere Freude daran, Passagen vorzulesen, in denen die Gegenseite meine Kollegen und mich persönlich beleidigt. Unter Anwälten kommt das eigentlich nicht häufig vor, aber gerade bei Zivilprozessen vor dem Amtsgericht vertreten sich die größten Spinner am liebsten selbst. Und einen davon hat meine Kollegin Silvia Schreiner gerade an der Backe. Es geht in dem Fall, oh Wunder, um Schadenersatz wegen Körperverletzung. Und der Beschuldigte demonstriert uns gerade schwarz auf weiß sein Aggressionspotenzial.

»Sehr geehrte Frau Dr. Schreiner, ich habe Ihr Profil im Internet gesehen. Offensichtlich haben Ihnen die Dämpfe Ihres Haarfärbemittels geistigen Schaden zugefügt«, liest mein Chef genüsslich vor. *»Aber dieses Wechseljahrerot steht Ihnen ausgezeichnet.«*

Silvia Schreiner sitzt mir gegenüber und blickt gequält auf den großen Mahagonitisch.

»*Trotz Ihres fortgeschrittenen Alters möchte ich Ihnen Mut machen: Es ist noch nicht zu spät, auf Grundschullehrerin umzusatteln! Zur Anwältin taugen Sie jedenfalls nicht.*« Von Schilo grinst hämisch. »*Oder wie möchten Sie es entschuldigen, dass bei einem klaren Fall von Notwehr gar kein Schadenersatz bezahlt wird? Da hätten Sie sich wohl mal besser informiert!*«

Peinlich berührt scharre ich mit den Füßen auf dem Boden herum. Matthias, der kalte Fisch, schaut gelangweilt aus dem Fenster. Im Gesicht der Kollegin sehe ich eine Röte aufsteigen, die zu ihrer Haarfarbe tatsächlich ganz gut passt. Jetzt zu widersprechen wäre ein großer Fehler. Es ist offensichtlich, dass dieser Brief Mumpitz ist. Und genauso offensichtlich ist, dass unser Chef sich an der unterdrückten Wut seiner Mitarbeiterin weidet. Mit seinem Muränenlächeln lässt er den Brief sinken.

»Na, Frau Schreiner? Das mit der Grundschullehrerin ist natürlich Quatsch. Sie haben ja reich geheiratet und sollten besser den ganzen Tag zu Hause bleiben und Angestellte befehligen! Ha! Ha!« Er lacht sein hässliches, kehliges Lachen. Das ist sein liebster wunder Punkt an der Kollegin.

Allmählich treten an Silvia Schreiners Hals die Adern hervor, aber sie fixiert weiterhin die Tischplatte und verzieht keine Miene. Sie ist in zweiter Ehe mit einem Großgrundbesitzer verheiratet, der sein Geld am liebsten in Pferde investiert. Aber nicht etwa in Rennpferde, die Siegprämien bringen. Er hat einen ganz normalen Reitstall, in dem unter anderem Lianes kleine Nichte reitet. Besonders elitär oder reich, versicherte sie mir einmal, wirke da gar nichts.

Meinem Chef fällt offenbar nicht auf, dass außer ihm keiner lacht. Nur zwei der Kollegen zeigen ein dünnes Lächeln. Einem davon patscht von Schilo keuchend auf die Schulter. »Angestellte, wissen Sie? Ha ha!« Die Minuten ziehen sich endlos, bis er die Zusammenkunft endlich für beendet erklärt.

Ich muss mittlerweile dringend auf die Toilette, aber vor der Tür kann ich mich nicht dazu durchringen, in die gleiche Richtung wie mein Chef zu gehen und womöglich auch noch Konversation betreiben zu müssen. Deshalb mache ich einen kleinen Umweg über die Kaffeeküche. Als ich wenig später die Tür zur Damentoilette öffne, höre ich, wie sich jemand in der rechten Kabine geräuschvoll die Nase putzt. Für mich bleibt die linke. Anschließend wasche ich mir die Hände und wundere mich: Kein Laut dringt aus der anderen Kabine. Wie viel Zeit kann man eigentlich damit verbringen, in der Nase zu bohren?

Ich trockne meine Hände ab, werfe mit gerunzelter Stirn einen Blick in den Spiegel und mache dann doch noch einmal zwei Schritte auf die hellgrün gestrichenen Kabinen zu. Wer auch immer da drin ist, sie macht keinen Mucks.

»Hallo?«, sage ich vorsichtig. Meine Stimme hallt von den Fliesen wider.

»Gehen Sie weg!«, kommt es müde und nasal aus der Kabine.

»Frau Schreiner? Ist alles in Ordnung mit Ihnen?«

Ich höre ein Seufzen, dann dreht sich der Riegel. Silvia Schreiner steht vor mir und schaut mich genervt an.

»Sie versuchen wahrscheinlich gerade, nett zu sein«, sagt sie gepresst. »Mir wäre es trotzdem lieber, Sie würden wieder in Ihr Büro gehen und mich in Ruhe auf dem Klo flennen lassen.«

Mit offenem Mund starre ich sie an. Silvia Schreiner flennt heimlich auf dem Klo? Die Frau könnte meine Mutter sein und ist eine gefürchtete Anwältin. Selbst mit geröteten Augen wirkt sie noch respekteinflößend. Außerdem überragt sie mich um Haupteslänge. Sie macht mich nervös. Eine tröstende Umarmung meinerseits ist hier sicher nicht erwünscht. Aber ich muss doch etwas sagen. Irgendetwas.

»Essen?«, höre ich mich fragen.

Meine Kollegin sieht mich erst verständnislos, dann zweifelnd an. Dann zuckt sie mit den Schultern und tritt ans Waschbecken. »Warum nicht.«

Kurz darauf sitzen wir in einem schicken Restaurant in der Theatinerstraße. Fast ein bisschen zu schick für meinen Geschmack. Diese Anwälte. Silvia hat mir als Erstes das Du angeboten und sich dann ein Pils bestellt. Ansonsten wirkt sie schon wieder ganz gefasst. Zähes Weib.

»Ich möchte nicht, dass du denkst, ich weine nach jeder dieser Konferenzen«, sagt sie zu mir.

»Äh, nein?«

»Nein. Höchstens einmal im Monat. Und auch das widerwillig, weil ich ihm diesen Gefallen eigentlich nicht tun will.«

»Wem, ihm?«, frage ich, obwohl ich die Antwort kenne.

»Na, Lord Voldemort natürlich.«

»Lord Voldemort? So nennen Sie – ich meine, so nennst du ihn?« Ich platze fast vor Lachen. Mein Chef sieht tatsächlich ein bisschen aus wie der Bösewicht bei Harry Potter.

»So nennt ihn mittlerweile die halbe Kanzlei«, erzählt Silvia zufrieden und nimmt einen Schluck von ihrem Bier. »Manche bezeichnen ihn auch als den Hassprediger. Aber das ist mir zu verbissen.«

»Verdient hätte er es.«

»Ja, allerdings. Ist dir schon aufgefallen, dass er nur dann grüßt, wenn er einen Mandanten im Schlepptau hat?«

»Mir ist aufgefallen, dass er meistens nicht grüßt. Am Anfang war ich immer sehr peinlich berührt, aber dann habe ich selbst angefangen, auf dem Gang an ihm vorbeizuschauen.«

»Und wann hat er dich zuletzt gegrüßt?«

»Da ist er mit so einem dicken Mann über den Flur gegangen und hat ›Hallo, Frau Nienhaus‹ zu mir gesagt.«

»Ja, er zeigt dann gerne, dass er die Namen seiner Mitarbeiter alle kennt. Ist ja auch echt eine Leistung bei zehn Anwälten«, lästert Silvia augenrollend.

»Sag mal, bist du eigentlich unter den Fünfen, die bei diesem Fecht-Quatsch mitmachen müssen?«

»Müssen?« Silvia grinst wölfisch. »Ich habe mich geradezu aufgedrängt! Die Gelegenheit, mit einem Säbel in der Hand meinem Chef gegenüberzustehen, lasse ich mir doch nicht entgehen. Und du?«

»Na ja, ich bin eher so aus Versehen dabei.« Ich erzähle von meiner misslungenen Heuchelei und lasse mich dafür auslachen.

»Mach dir nichts draus«, sagt Silvia, als sie mich genug veräppelt hat. »Wir machen es uns schon lustig. Und Herr Fischer kommt auch, habe ich gehört.« Zwinker, zwinker.

Matthias Fischer. Matthias Fischer und ich. Ich Grobmotoriker muss vor ihm Leibesübungen machen. Oh weh! »Oh, wie nett«, sage ich unverbindlich.

»Ja, nicht wahr? Ich könnte mir vorstellen, dass du bei ihm vielleicht gerne ein paar Körpertreffer landen würdest«, sagt Silvia im gleichen höflichen Tonfall und beobachtet mich genau.

Ich schließe für eine Sekunde fest die Augen. »Bin ich so leicht zu durchschauen? Wer weiß das noch alles?«, frage ich resigniert.

»Bis jetzt niemand. Es war nur ein Versuchsballon. Aber jetzt weiß ich ja Bescheid.«

Ah, verdammt! Schnell stopfe ich mir ein Stück

Weißbrot in den Mund, damit er nicht offen stehen bleibt. Während ich kaue, blickt Silvia mich freundlich und ein kleines bisschen triumphierend an.

»Bitte sag es keinem, ja?«, flehe ich. »Meine Güte, gegen dich möchte ich nie einen Prozess führen.«

»Das musst du nicht.« Silvia prostet mir zu. »Wir gehören ja zur selben Kanzlei.«

Als ich am Abend nach Hause komme, ist dort offensichtlich gerade eine Fliegerbombe explodiert. In der Küche stehen meine beiden Mitbewohner und kochen. Zumindest denken sie wohl, dass das Kochen ist.

»Was ist denn hier passiert?«, frage ich und fühle mich sofort wie meine eigene Großmutter. Vor ein paar Monaten war ich auch noch Studentin und habe den Tag damit verbracht, mich mit allen Mitteln vom Lernen abzulenken. Kochen war da noch die zivilisierteste Beschäftigung. Jetzt bin ich eine Anwaltsspießerin. Genau so schauen mich Sarah und Leo jedenfalls an. Mir wird bewusst, dass sie Jogginghosen und Flipflops tragen und ich Pumps und ein Kostümchen. Sarahs blonde Sturmfrisur verrät, dass sie gerade aufgestanden sein muss, während ich meine Haare morgens um acht zu einem strengen Knoten zusammengesteckt habe, aus dem immer noch keine einzige Strähne einen Ausweg gefunden hat.

»Wir räumen nachher auf«, sagt Leo schließlich. Unterton: Stress nicht rum, Mutti! Dann wendet er sich wieder dem Öffnen einer Packung Mozzarella zu. Die beiden machen Pizza. Das erkenne ich aber erst jetzt, vorher sah ich nur Zerstörung. Verlegen trete ich von einem Bein aufs andere. Sarah schaut zu, wie ich mich winde, und erbarmt sich schließlich.

»Willst du mitessen, Viola?«

»Ja, gerne! Wenn ich darf?«

»Du darfst sogar helfen.« Grinsend wirft sie mir eine Zwiebel zu, die ich tollpatschig vor meinem Bauch auffange. Auge-Hand-Koordination ist nicht so meins.

»Ich ziehe mich noch schnell um.«

»Ja«, meint Leo kühl. »Das wäre wohl besser.«

Eine Stunde später sitzen wir um den Küchentisch, mampfen Pizza und reden über Sarahs Pläne, zum dritten Mal den Studiengang zu wechseln.

»Natürlich ist Soziologie toll, und ich bin ja jetzt auch schon zwei Jahre dabeigeblieben«, sagt sie stolz. »Aber findet ihr nicht, internationale Medienkommunikation klingt noch besser?«

»Doch, es klingt viel besser!«, springt Leo ihr bei.

»Ja, klingt super. Aber was soll das eigentlich heißen?«, frage ich.

Peinliche Stille. Drei Sekunden können lang sein.

»Ich könnte damit zum Beispiel Online-Marketing-Manager werden. Steht auf der Website.«

»Online-Marketing-Manager? Interessiert dich das überhaupt? Du bist doch nicht mal bei Facebook.«

Sarah schiebt die Unterlippe vor. Was ist in dieser WG eigentlich passiert, dass ich plötzlich die klugscheißende Erziehungsberechtigte geworden bin?

»Von meinen Soziologie-Kommilitonen ist fast niemand auf Facebook.«

»Sie kann doch jederzeit ein Profil anlegen, wenn sie das Fach wechselt.« Leo schaut mich indigniert an und verzieht unzufrieden seinen schmalen Mund. Er steht auf Sarah, da bin ich mir sicher. Seit mehr als einem halben Jahr wohnen wir zusammen hier, und er war noch nie in irgendetwas nicht ihrer Meinung. Sie hat ihn aber auch noch nie rangelassen, soweit ich weiß. Vielleicht mag sie Männer mit eigenem Kopf.

»Sarah, ich weiß, du willst das nicht hören«, beginne ich vorsichtig. »Aber findest du nicht, mit sechsundzwanzig wäre es allmählich ein Wert an sich, überhaupt ein Studium zu Ende zu kriegen? Zumal dir Soziologie doch eigentlich ganz gut gefiel, oder?«

»Es ist halt nicht jedermanns Sache, schnell zu studieren, damit man möglichst bald viel Kohle verdient.«

»Meinst du damit etwa mich?«

»Siehst du hier noch einen Juristen sitzen?«

Sicher nicht. Leo studiert Maschinenbau. Was sonst? Gerade versucht er offenbar, sich unsichtbar zu machen, indem er konzentriert die Raufasertapete anstarrt.

»Ich bin nicht des Geldes wegen Anwältin geworden«, sage ich und breche meine Verteidigungsrede dann ab. Eigentlich habe ich überhaupt kein Interesse, mich abends auch noch für meinen Job rechtfertigen zu müssen. Schon gar nicht vor einer am späten Nachmittag aus dem Bett gekrabbelten Sarah. Es ist mir auch egal, was sie denkt. Soll sie doch argwöhnen, ich spare auf ein Chalet in der Schweiz, indem ich Mandanten ausnehme.

»Warum denn dann?« Sarah will es trotzdem genau wissen.

»Es geht mir um Gerechtigkeit«, antworte ich müde.

»Pfff, Gerechtigkeit. Na klar.«

»Du brauchst das gar nicht so verächtlich zu sagen.«

»Ich sag gar nichts mehr.« Sarah wirft Leo einen auffordernden Blick zu. »Leo und ich haben den Teig gemacht, du räumst die Küche auf.« Sie erhebt sich und verlässt den Raum, gefolgt von ihrem treuen Vasallen.

Ich bleibe allein im Chaos zurück und bemerke bald mit Freuden, dass die Herrschaften kein Backpapier benutzt haben.

Später liege ich in meinem Zimmer auf meinem Bett und starre auf meinen Kleiderschrank. Viel mehr steht hier auch nicht drin. Ein Bücherregal noch und ein kleiner Tisch mit Stuhl davor. Daneben ein Ventilator, weil ich die Südseite erwischt habe und sich das Zimmer im Sommer in eine kleine Sauna verwandelt. Das war's. Dafür stehen immer noch Umzugskisten im Keller meiner Eltern, die ich in hysterischer Eile gepackt habe, als ich nach zwei wechselhaften Jahren bei Thomas ausgezogen bin. Es klappte am Ende einfach nicht mehr mit uns beiden. Während andere Paare es schon als Gefährdung ihrer Beziehung sehen, wenn sie jeden Abend gemeinsam eine DVD ansehen, schafften wir solche Harmonie gar nicht mehr: Wir stritten nur noch. Und als er schließlich mit seiner besten Freundin in Urlaub fuhr statt mit mir, verspürte ich Erleichterung. Aber auch Eifersucht. Tagsüber genoss ich die Woche, die ich alleine in unserer schönen, geräumigen Wohnung verbringen konnte. Nachts ging ich die Wände hoch bei der Vorstellung, dass ein venezianisches Doppelbett eine langjährige Freundschaft ja doch mal um ein paar Features erweitern könnte.

Am Morgen seiner Heimkehr beschloss ich, dass es sich nicht mehr lohnte, um diese Beziehung zu kämpfen. Ich fuhr mit dem Auto meiner Mutter zum Baumarkt, kaufte Umzugskartons und warf alles hinein, was mir gehörte. Dann suchte ich im Internet nach einem WG-Zimmer ab sofort.

Sarah meldete sich telefonisch auf meine E-Mail und hörte sich meine von gelegentlichen Schluchzern durchzogene Schilderung der Lage geduldig an. Dann sagte sie, ich könne das Zimmer haben. Zwei Stunden später war ich eingezogen. Und Sarah hat wirklich was gut bei mir.

Trotzdem sollte ich mir jetzt vielleicht eine eigene Wohnung suchen. Das hier passte alles ganz prächtig, als ich noch tagsüber schlief und nachts zum Lernen in die Staatsbibliothek ging, weil es dort ruhiger war.

Oder aber auf dem Weg dorthin irgendwann plötzlich eine andere Richtung einschlug, weil eine SMS von Sebastian mich in sein Bett lockte. Müsste ich dieses Examen noch mal schreiben, ich würde mich vorher in einen Ganzkörperkeuschheitsgürtel einschweißen lassen. Eine Art Blechburka. Dann hätte dieser Wicht mich nicht vom Lernen abhalten können.

Als das Examen vorüber war, feierte ich wie alle anderen Studenten. Aber verzweifelter. Ich sehnte mich immer noch nach Sebastian und war mir nicht sicher, ob ich bestanden hatte. In dieser Zeit passte mein Lebensrhythmus mit dem von Sarah und Leo am besten zusammen. Wir frühstückten am frühen Nachmittag ausgiebig und fielen morgens um fünf auf irgendwelchen Partys vom Barhocker.

Dann fing ich in der Kanzlei an, und alles wurde anders. Ich kaufte mir Business-Klamotten und stehe inzwischen auch am Wochenende um acht Uhr auf, weil ich nicht mehr so lange ausschlafen kann. Eigentlich sehe ich die beiden anderen kaum noch. Und wenn doch, stelle ich fest, wie unterschiedlich wir geworden sind. Meine Arbeit finden sie angepasst, meine Kleider zu erwachsen und mich oft zu genervt, weil ich abends gerne meine Ruhe haben und keine House-Musik zum Vorglühen hören möchte. Ich glühe nicht vor. Ich gehe ja nicht mal mehr richtig aus. Zumindest nicht unter der Woche.

Kapitel 3

Bis ich mich dazu durchringen kann, eines dieser Immobilienportale im Internet aufzurufen, vergehen dann aber doch noch ein paar Tage. In München eine Wohnung zu suchen ist kein Spaß. Es ähnelt einer Lotterie, bei der man nicht gewinnen, sondern nur schlimmere oder minder schlimme Nieten ziehen kann. Und wenn eine Wohnung wie der Hauptgewinn aussieht, muss man so viel Miete zahlen, dass man sie wirklich ausgiebig genießen kann – weil für Reisen kein Geld mehr bleibt.

Widerstrebend gebe ich in einer ruhigen Minute in der Kanzlei meine Suchkriterien in die Maske ein. Zwei Zimmer wären schön, einigermaßen ruhige Lage, nicht zu abgelegen. Kein Erdgeschoss. Ein Balkon. Badewanne? Mir doch egal. Wer sucht eigentlich seine Wohnung nach den sanitären Anlagen aus? Ich klicke hier und da ein Häkchen hin und starte die Suche.

Bei dem ersten Vorschlag, der mir angezeigt wird, handelt es sich um eine Kellerwohnung. Insofern absolut folgerichtig, da ein Keller ja kein Erdgeschoss ist.

Nummer zwei ist komplett eingerichtet mit hässlichen Eichenfurnier-Möbeln. Die Wände sind in einem

Farbton gestrichen, den Menschen ohne Geschmack gerne als mediterran bezeichnen. Irgendwas zwischen Terrakotta und Honigmelone. Das zauberhafte Interieur müsste bitte übernommen werden, dafür zahlt der Mieter dann 50 Euro mehr im Monat und freut sich, wenn sein Augenlicht von Tag zu Tag schwächer wird, weil es sich dem Grauen verweigert.

Nummer drei ist mit leichten Hausmeistertätigkeiten verbunden. Das ist ein Euphemismus für: Wenn es schneit, muss der Mieter jeden Morgen um sechs Uhr den Gehweg räumen. Es schneit sehr oft in München. Morgens um sechs Uhr schlafe ich.

Nummer vier liegt in exklusiver Nachbarschaft einer zweifelhaften Tanzbar mit Hinterzimmern.

Nummer fünf befindet sich direkt am Mittleren Ring. Mit Balkon. Zur Straße natürlich, die an dieser Stelle vierspurig ist.

»Hilfe, Hanna!«, ächze ich in den Telefonhörer.

»Viola! Was ist los?« Meine Freundin ist offenbar unterwegs. Im Hintergrund höre ich Frauenstimmen.

»Ich muss allmählich aus meiner WG raus, aber der Wohnungsmarkt ist deprimierend. Wie findet man in dieser Stadt eine Wohnung?«

Hanna lacht. »Das ist ganz einfach, Süße. Such dir einen Mann, zieh bei ihm ein – und wenn du die Wohnung dann doch für dich alleine haben willst, ekelst du ihn einfach raus.«

»Na klar.«

»Ich hab nie verstanden, dass du bei Thomas ausgezogen bist und auf die Wohnung verzichtet hast. Dein WG-Zimmer ist absurd winzig.«

»Es war Thomas' Wohnung. Er stand im Mietvertrag. Wo bist du eigentlich?«

»Ich bin mit meiner Mutter einkaufen. Glaub mir, das ist auch deprimierend. Sie kauft gerade eine weiße Jeans in Größe 34.«

»Und sieht wahrscheinlich sensationell darin aus.«

»Absolut sensationell. Hinreißend! Ich hasse sie. Kann man sich selbst zur Adoption freigeben?«

»Klar, du bist ja volljährig. Dafür musst du einen notariell beglaubigten Antrag beim Gericht einreichen, und dann …«

»Schon gut, danke. Ich hab sie ja lieb. Wenn sie nur nicht so schrecklich schlank wäre!«

Hanna leidet sehr darunter, dass sie nie unter Kleidergröße 40 kommt. Aber auch nicht so sehr, dass sie deswegen gleich Sport machen würde.

»Du armes Kind einer schönen Mutter. Wann kommst du eigentlich hier mal vorbei und schaust dir, hmm, IHN an?«

»Morgen um 14 Uhr?«

»Super!«

Zwei Minuten später bleibe ich mit frisch gepuderter Nase und neckisch eingeknickter Hüfte demonstrativ bei Matthias Fischer im Türrahmen stehen. Ich hatte mir das als guten Auftritt ausgemalt, aber er hebt nicht einmal den Kopf aus der Akte, die er gerade studiert. Hmpf. Der muss mich doch aus dem Augenwinkel sehen. Dezent klopfe ich an die offene Tür. Immer noch keine Reaktion. Seine Unterlagen sind bestimmt irrsinnig spannend. Jetzt reicht es mir. Undamenhaft stampfe ich auf ihn zu.

»Herr Fischer!«

Überrascht wirkt er nicht, als er zu mir aufblickt. »Frau Nienhaus.«

Dieser kühle Tonfall macht mich wahnsinnig. Aber nun gut, ich brauche ja ihn und nicht umgekehrt. Zumindest soll er das glauben. Ich setze ein freundliches Lächeln auf.

»Hätten Sie morgen um 14 Uhr Zeit? Ich habe ein neues Mandat, bei dem sich Scheidungs- und Erbrecht vermischen. Letzteres ist doch Ihr Gebiet.«

»Ja. Wissen Sie schon Genaueres?« Mit schlanken Fingern schraubt er den Deckel von seinem Füller ab, klappt einen Block auf und sieht mich fragend an. Will er jetzt etwa mitschreiben? Ich hatte doch noch gar keine Zeit, eine Geschichte zu erfinden.

»Nicht viel. Morgen ist das erste ausführliche Gespräch. Ich dachte, ich beziehe Sie am besten von Anfang an mit ein«, erkläre ich und hoffe, dabei ebenso kühl und abgeklärt zu klingen wie er.

»In Ordnung. 14 Uhr in Ihrem Büro.« Der Kollege nickt mir gnädig zu. Ich bin entlassen.

Elegant – zumindest hoffe ich das – schwebe ich aus seinem Büro und lasse mich erst gegen die Wand sinken, als ich die Tür zu meinem eigenen hinter mir geschlossen habe. Herzklopfen. Schweißausbruch. Scheißhormone. Ich atme tief durch, mache die paar Schritte zu meinem Schreibtisch und fächele mir mit meinem Kalender Luft zu.

Dabei fällt mir ein rot umrandeter Termin darin auf. Eine neue Mandantin, in einer Viertelstunde. Zum Glück habe ich Deo in der Schublade.

Wenig später sitzt mir eine übel gelaunte Mittvierzigerin mit dicken Goldringen und professionell toupierten Haaren gegenüber und betrachtet mich abschätzig.

»Ich will überhaupt nicht zu Ihnen«, bekennt sie so offenherzig wie ungefragt.

»Ach so?«, sage ich freundlich.

»Nein. Sie sind erstens zu jung, zweitens haben Sie keinen Doktortitel, und drittens stehen Sie zuunterst auf dem Briefkopf.«

Innerlich stöhne ich laut auf. Äußerlich falte ich ruhig die Hände auf dem Tisch, damit sie nicht unwillkürlich in meiner Hosentasche nach Waffen tasten.

»Ich verstehe, dass Ihnen Ihre Sache wichtig ist«, sage ich besänftigend. »Sie können sicher sein, dass sie es für mich auch ist. Ich habe mich auf Familien- und Scheidungsrecht spezialisiert. Sie sind gut aufgehoben bei mir.«

»Ihre Kanzlei wurde mir empfohlen. Aber nicht Sie, sondern Dr. Haberstolz«, mault sie.

»Der Kollege Haberstolz hat gerade einen dreiwöchigen Urlaub angetreten.« Allmählich werde ich gereizt. »Wie eilig ist es Ihnen denn mit der Scheidung?«

»Eilig.« Sie lässt ihre Hand auf die gläserne Tischplatte fallen, dass die Ringe klirren. »Ich will das Schwein ausnehmen und loswerden.«

»Dann sollten wir das angehen.« Ich beschließe, ihre Protesthaltung zu ignorieren, und fange an, mir Notizen zu machen. »Kommen wir gleich zum spannenden Teil: Wieso Schwein?«

»Er hat seine Sekretärin auf dem Schreibtisch rangenommen.«

Ich hüstele verlegen. Rangenommen? Interessante Ausdrucksweise für eine reiche Ehefrau.

»Wissen Sie das genau?«

»Das wird der Vaterschaftstest beweisen. Die junge Dame ist jetzt nämlich schwanger und hat mich angerufen, um es mir persönlich mitzuteilen.«

»Und Sie haben Ihren Mann darauf angesprochen?«

»Selbstverständlich. Er leugnet.«

Überrascht lasse ich meinen Stift sinken. »Frau Vorkötter, ich möchte Ihre Menschenkenntnis nicht infrage stellen. Und wenn Sie geschieden werden wollen, werden wir dafür sorgen. Aber vertrauen Sie dieser Frau wirklich mehr als Ihrem Ehemann?«

»Sie ist nicht die Erste, die das in den letzten fünfundzwanzig Jahren behauptet hat. Er hat immer geleugnet, und ich habe ihm meistens geglaubt. Jetzt ist es genug.«

»Fünfundzwanzig Jahre sagten Sie?« Ich notiere die Zahl. Als ich wieder aufblicke, hat meine Mandantin feuchte Augen.

»Fünfundzwanzig Jahre«, wiederholt sie leise und verstummt dann. Dafür rollt nun eine Träne über ihr sturmfest geschminktes Gesicht.

Ich hole eine Kleenexbox aus der Schublade und schiebe sie zu ihr hinüber.

Vorsichtig tupft sie an ihren Augen herum.

Es passiert immer wieder, dass meine Mandanten weinen. Scheidungen sind eben schmerzhaft, und nicht minder für denjenigen, der den Schlussstrich zieht. Vom Kollegen Haberstolz weiß ich, dass er in solchen Momenten ganz geschäftsmäßig wird und weiter Fakten abfragt. Ich kann das nicht.

»Soll ich Sie kurz alleine lassen? Möchten Sie vielleicht ein Wasser zu Ihrem Kaffee?«, frage ich.

»Nein, bleiben Sie. Ich will es hinter mich bringen«, schnieft sie und schaut mich mit dem Blick eines ausgesetzten Hundewelpen an. Ihr teures Outfit und ihre perfekte Blondierung wirken wie eine Kostümierung aus besseren Zeiten.

»Frau Vorkötter, ich kann nicht ansatzweise ermessen, wie es sich anfühlen muss, nach einer so langen Zeit die Scheidung einzureichen«, sage ich so sanft wie möglich. »Aber eines kann ich Ihnen versichern: Wenn Sie es wirklich wollen, dann geht es von diesem Zeitpunkt an nur noch bergauf.«

»Und wenn ich für den Rest meines Lebens alleine bleibe?«

Das ganze Unglück der Welt liegt in dieser Frage.

»Sie sind eine attraktive Frau. Wenn Sie nicht selbst

jemanden finden, suche ich Ihnen persönlich einen jüngeren Liebhaber, über den Ihr untreuer Mann sich schwarzärgern wird.« Als ich sehe, dass ihre Mundwinkel zucken, füge ich lächelnd hinzu: »Vielleicht einen temperamentvollen Miguel oder einen starken Erik.«

Dass der Haufen Kohle das erleichtern dürfte, den eine Frau ihres Milieus nach fünfundzwanzig Jahren bei einer Scheidung zu erwarten hat, verschweige ich vornehm. Ohnehin scheint ihr das Gesagte bereits zu genügen, denn sie grinst plötzlich.

»Einverstanden, Frau … Wie war noch mal Ihr Name? Entschuldigung.«

»Nienhaus.«

»Frau Nienhaus. Was müssen Sie alles von mir wissen?«

Am nächsten Tag trage ich in der Konferenz den Fall vor. Fünfundzwanzig Jahre, zwei erwachsene Kinder, Immobilienbesitz hier und da. Aber meinen Chef interessiert das offenbar wenig.

»Echt, der Alte hat die Sekretärin vernascht?«, fragt er mit anerkennendem Unterton.

»Das behauptet sie zumindest. Und meine Mandantin glaubt ihr.«

»Ach, mal so ein bisschen Spaß im Büro hat doch noch keinem geschadet!« Meckerndes Lachen. Dabei schaut er beifallheischend um sich.

»Der Ehe des Herrn hat es durchaus geschadet«, merke ich an.

»Das muss eine Ehefrau doch wissen, dass ihr Mann der zwanzig Jahre jüngeren Sekretärin auf Dauer nicht widerstehen kann. Wenn du zu Hause nur noch das vertrocknete Graubrot kriegst, und auf dem Schreibtisch liegt plötzlich ein Sahneschnittchen …«

»Frau Vorkötter ist nicht vertrocknet, sondern sehr attraktiv. Jedenfalls dürfte sich der Zugewinn auf …«

»Meine Frau muss sich ja auch keine Sorgen machen!«, beeilt von Schilo sich zu sagen. »Nicht dass da jemand was Falsches behauptet. Und können Sie sich die dicke Blettinger als Sahneschnitte mit einer Cocktailkirsche drauf vorstellen? Ha, ha!«

»Danke, Herr von Schilo«, schaltet sich Silvia Schreiner plötzlich ein. »Ich glaube, wir haben alle verstanden, was Sie uns sagen möchten. Viola, bitte fahr fort, ich darf meinen Anschlusstermin nicht verpassen.«

Ich rede weiter. Stefan von Schilo wischt sich unterdessen ein paar Lachtränchen aus den Augen. Und Matthias Fischer schaut vollkommen ungerührt geradewegs durch mich hindurch. Was für ein gutes Arbeitsklima wir hier doch haben.

Pünktlich zu unserem Termin mit Hanna steht Fischer allerdings auf der Matte und hat sogar ein förmliches Lächeln aufgesetzt. Wir setzen uns an den kleinen Tisch in meinem Büro und warten. Wenn Hanna sich mit Absicht verspätet, um uns ein paar Minuten zu zweit zu ermöglichen, hat sie sich verpokert. Es ist reichlich krampfig zwischen uns.

»Möchten Sie auch Wasser?«, frage ich. Sie. Möchten Sie. Wie lächerlich ist das bitte?

»Ja, gern.«

Ich greife zur Karaffe, aber er tut eilfertig das Gleiche. Unsere Hände berühren sich in der Luft. Matthias Fischer zieht sofort den Arm zurück. Nicht höflich, eher angeekelt bis geschockt. Pikiert blickt er auf die Tischplatte, während ich einschenke und versuche, meinen Ärger zu verbergen. Erfolglos.

»Meine Lepra-Medikamente haben übrigens gut angeschlagen«, sage ich.

»Ach?«, fragt er zerstreut.

»Ja. Ich bin also nicht ansteckend, falls Sie das eben befürchtet haben.«

Sein Gesichtsausdruck zeigt immerhin rechtschaffenes Entsetzen. »Also, wenn ich Sie gerade beleidigt habe«, stammelt er, »dann tut mir …«

In diesem Moment fliegt die Tür auf. Liane führt Hanna herein. Meine Freundin ist umgeben von einer Wolke aus Haaren, Parfüm und Dramatik. Offenbar hat sie sich einiges vorgenommen für ihr Schauspieldebüt – und hoffentlich auch ihren Text gelernt.

Nach dem üblichen Geplänkel lassen wir uns von Hanna die Geschichte erzählen, die ich ihr gestern Abend gemailt habe. Wie ihre Schwiegereltern ihr einen Teil des Familienschmucks vermachen wollten, da sie nur Söhne hatten, und dann tödlich verunglückten – nur ganz kurz nachdem Hanna beschlossen hatte sich zu trennen. Wie ihr Mann nun den Schmuck nicht rausrücken will und sich auf Erinnerungswerte beruft.

Allerdings erfindet Hanna hier und da noch eine Kleinigkeit hinzu.

»Er hat mir gesagt, ich könne den Schmuck haben, wenn ich bei ihm bliebe«, erzählt sie mit weit aufgerissenen Augen. »Er könne den Gedanken nicht ertragen, dass ich meine samtweiche Haut für einen anderen Mann mit dem Schmuck seiner Eltern betone.« Puh, dick aufgetragen. Jetzt zwinkert sie Matthias Fischer auch noch verschwörerisch zu.

Moment mal, flirtet sie gerade etwa? Mit dem Typen, der meiner werden soll?

Und dann geht dieser Kerl auch noch auf ihre Offensive ein.

»Das kann ich verstehen«, sagt er charmant.

»Sind Sie eigentlich verheiratet?«, fragt sie ihn geradeheraus.

Sieht aus, als werde ich nicht mehr gebraucht.

»Nein, leider nicht.«

»Freundin?«

»Auch nicht.« Allmählich wird er doch ein wenig unruhig.

»Sie sind wahrscheinlich mit Ihrem Beruf verheiratet, nicht wahr?«

Mein Gott, Hanna! Dürfen Journalisten solche Floskeln überhaupt verwenden?

»Ach, ich habe schon Freizeit.« Nervös rückt der Angehimmelte seinen Block zurecht.

»Und was unternehmen Sie da so?«

»Ich spiele Geige.«

Beinahe hätte ich das Wasser, an dem ich gerade genippt habe, rausgespuckt. Ich verschlucke mich ein bisschen und huste, sodass Fischer mir auf den Rücken klopfen muss. Er macht das gut.

Aber Hanna hat ihr Pulver noch nicht verschossen. »Geige? Das ist ja schön! Ich spiele übrigens Cello«, lügt sie eiskalt. »Vielleicht könnten wir ja mal zusammen ein Duett spielen?«

»Ähm, vielleicht.« Mein Kollege schaut hilfesuchend zu mir herüber.

Ich rette ihn widerwillig, indem ich Hanna weitere Details aus ihrer Legende abfrage. Vermögen, Ehevertrag et cetera. Sie schlägt sich gut, das muss ich ihr lassen.

Aber am Abend bin ich doch ein bisschen beleidigt.

»Du hast ja alle Register gezogen«, nörgele ich, nachdem ich auf dem Barhocker neben Hanna Platz genommen habe.

»Viola, wenn du wirklich glaubst, dass das schon alle waren …« Ein bedeutungsvoller Blick inklusive Augenaufschlag streift mich.

»Fandest du es nicht ein bisschen auffällig?«

»Ach Quatsch! Jeder Mann denkt, er müsse eigentlich permanent offensiv angegraben werden. Es bestätigt nur sein Selbstbild, dass es jetzt endlich mal passiert ist.«

Ich seufze. Leider versteht Hanna von Männern sehr viel mehr als ich. Sie wird schon recht haben.

»Na gut. Ich gebe zu, ich war beeindruckt.«

»Danke«, sagt Hanna artig und dreht eine Haarsträhne um ihren Finger, als könne sie kein Wässerchen trüben.

»Wie fandest du ihn denn jetzt?«

»Charmant. Aber ein bisschen spröde.«

»Spröde? Das ist die Untertreibung des Jahres. Der Mann gäbe einen guten Eisberg ab.«

»Ich glaube, das wirkt nur so.« Hanna grinst mich an. »Unter diesem Gletscher brodelt ein Vulkan!«

»Tja. Aber ob der meinetwegen ausbricht?«

»Vielleicht musst du die langsame Lösung wählen.«

»Und wie sieht die aus?«

»Den Gletscher abschmelzen.«

»Au ja. Ich hab so einen tollen neuen Ionen-Föhn.«

»Im Ernst! Grab ein bisschen an ihm herum. Und apropos Föhn: Hör mal auf, deine Haare immer so streng hochzustecken!«

»Hanna, ist das nicht ein Trick aus den Fünfzigern? Die Haare offen zu lassen? Das klappt doch heute nicht mehr.«

»Probieren wir es aus. Wie findest du meine Haare?«, fragt meine Freundin den Barmann, der uns gerade neue Chips hinstellt.

Sein schmachtender Blick spricht Bände.

»Die sind der Wahnsinn. Wenn ich nicht arbeiten

müsste, würde ich dich anbetteln, sie mal anfassen zu dürfen.«

Hanna wackelt fröhlich mit dem Kopf. Ihre Locken wippen.

»Und wie findest du Violas?«

»Ich weiß nicht. Die hab ich noch nie offen gesehen«, sagt er entschuldigend. Hat wohl meinen genervten Blick bemerkt.

»Schon gut. Danke. Okay, Hanna, ich hab verstanden. Ich lasse die Haare mal offen, wenn ich keine Termine habe. Sonst noch was?«

»Ja.«

»Was denn?«

»Wenn du ihn das nächste Mal für eines seiner Hobbys auslachst, solltest du es besser verbergen.«

Kapitel 4

Einige Tage später habe ich endlich Gelegenheit, Matthias Fischer so unauffällig wie ausgiebig anzustarren. Gegen Ende jeden Monats versammelt Stefan von Schilo uns alle im Konferenzraum, um die Erfolge und Niederlagen der vergangenen Wochen durchzusprechen. Dazu muss ihm jeder im Vorfeld eine Mail schreiben, in der er darlegt, was er in diesem Zeitraum so getrieben hat. Mandanten, Prozesse, Vergleiche, abgeschlossene Fälle. Ohne Details, aber stets so, dass es klingt, als habe man sehr viel Arbeit damit gehabt. Sonst fragt dieses charmante Kerlchen auch gern mal nach, ob man eigentlich im Urlaub gewesen sei oder nur rumgesessen habe.

Ich setze mich Matthias direkt gegenüber. Wenn ich schon die nölende Stimme meines Chefs ertragen muss, will ich wenigstens einen interessanten Ausblick haben.

Von Schilo betritt mit erkennbar schlechter Laune den Raum, lässt sich am Kopf des Tisches nieder und klappt seine braune Kladde auf, in der unsere ausgedruckten Mails liegen. Mit zusammengekniffenen Augen schaut er uns einen nach dem anderen an. Das kann ja heiter werden. Ausgerechnet an mir bleibt sein Blick hängen.

»Der zivile Ungehorsam steht Ihnen nicht«, raunzt er mich an.

Ich falle aus allen Wolken. Ziviler Ungehorsam? Wovon redet der Mann?

»Vielleicht helfen Sie mir auf die Sprünge«, entgegne ich.

»Ich habe Ihnen schon mehrfach gesagt, dass ich die E-Mails für diese Konferenz nur einheitlich entgegennehme. Und zwar chronologisch sortiert, Schriftart Verdana, 10 Punkt.«

»Ich habe meine Fälle chronologisch sortiert«, protestiere ich.

»Aber in der falschen Schriftart!«, schnaubt von Schilo.

»Die ist bei mir als Standard eingestellt«, bekenne ich. Ich kann die Verdana nicht sonderlich leiden.

»Dann stellen Sie es um!«

»Finden Sie die Schriftart wirklich so wichtig?«, wage ich zu fragen.

»Frau Nienhaus, es geht nicht um die Schriftart! Es geht darum, dass Sie meine Anweisungen missachten! Als Einzige in dieser Kanzlei! Muss ich Sie daran erinnern, dass Sie noch in der Probezeit sind?« Mein Chef ist aufgestanden, um mich besser anschreien zu können. Alle anderen starren vor sich auf den Tisch.

Ich öffne den Mund, um etwas zu erwidern, doch plötzlich tritt mich jemand fest gegen den rechten Knöchel. Perplex schließe ich den Mund wieder und schaue entgeistert Matthias Fischer an, von dem der Tritt offenbar kam. Er reißt die Augen auf, schüttelt leicht den Kopf und presst die Lippen aufeinander. Wohl, um mir mitzuteilen, dass ich das auch tun sollte.

»Frau Nienhaus?«, dröhnt es von rechts.

Ich wende den Kopf und blicke wieder in das gerötete Gesicht meines Chefs. »Ich stelle das um«, murmele ich. Zu einer Entschuldigung lasse ich mich aber nicht herab. Ich bin Anwältin. Ich weiß, dass das ein Fehler wäre.

Von Schilo würdigt mich sofort keines Blickes mehr und fängt an, die Heldentaten eines Kollegen vorzulesen. Dazwischen stellt er im Kommandoton kritische Fragen. Wäre diese Konferenz doch schon vorbei!

Ich schaue zu Matthias hinüber und fange gerade noch seinen Blick auf, bevor er ihn schnell abwendet. Zwei Minuten später passiert das Gleiche. Dann noch einmal. Und dann will ich es wissen und wende meinen Blick einfach nicht mehr ab. Nach einer Weile zucken seine Augen wieder in meine Richtung, bemerken meine Aufmerksamkeit und richten sich sofort auf unseren Chef. So bleiben sie für den Rest der Konferenz. Wie festgeklebt.

Später sitze ich grübelnd an meinem Schreibtisch. Was sollte das eben? Ist er ein bisschen sozial gestört und hat Schwierigkeiten mit Blickkontakt? Ein leichtes Asperger-Syndrom? Aber bei Hanna ging das doch bestens mit dem Blickkontakt. Ach, verdammt! Ich werde diese Frage einfach stellen.

An: Matthias Fischer
Betreff: Konferenz

Lieber Kollege,
was war das bitte gerade?
Mit besten Grüßen,
Viola Nienhaus

Ha. Förmlich kann ich auch.

Nur fünf Minuten später kommt seine Antwort.

Frau Kollegin,
der Tritt erschien mir notwendig, weil Sie dabei waren, sich um Kopf und Kragen zu reden. Sollte Ihr Knöchel schmerzen, entschuldige ich mich dafür.
Matthias Fischer

Nicht zu fassen. Er schreibt noch distanzierter als ich. Es ging mir doch um den Blick und nicht um den Tritt. Wo ist die Verabschiedung in dieser Mail? Und einfach nur *Frau Kollegin*! Nicht etwa *Liebe*! Kotzbrocken.

Kollege,
das ist ja ganz rührend. Wirklich. Ich frage mich nur, was es Sie angeht.
V. N.

So. Distanzierter und unhöflicher kann ich nicht.

Und dann kommt der Hammer. Ohne Anrede. Aber.

Es geht mich überhaupt nichts an, wenn Sie aus Ihrem ersten Job gleich mal entlassen werden möchten, weil Sie Ihr Temperament nicht im Griff haben. Aber wenn ich es mir aussuchen könnte, würde ich lieber weiter mit Ihnen zusammenarbeiten, weil mit Ihnen endlich mal ein bisschen Esprit in diese Kanzlei gekommen ist. Auch Ihr Temperament, das Sie so beklagenswert schlecht zügeln können, ist hier eine nette Abwechslung. Man könnte fast meinen, Sie seien ein echter Mensch. Momentan vermute ich allerdings, mich in diesem Punkt geirrt zu haben.

Ich bin platt. Bei seinem kühlen Gemüt dürfte das dem höchsten Grad an Enthusiasmus entsprechen. Der Schluss ist allerdings wirklich unfair. Wieso sollte ich freundlicher sein als er selbst? Nun gut, ich war deutlich unfreundlicher. Zugegeben. Ach, Mist. Der Stift in meiner Hand trommelt nervös auf die Tischplatte. Ich muss Matthias antworten. Und zwar so schnell, dass es nicht wirkt, als hätte ich lange darüber nachgedacht. Aber natürlich auch nicht so schnell, dass er meinen könnte, ich würde nur hier herumsitzen und auf seine Mails warten. Ich sollte mich vielleicht entschuldigen, aber es wäre sicher klüger, es zu lassen. Eine Entschuldigung zwischen den Zeilen sollte reichen.

Okay, ich bedanke mich für den Tritt, der tatsächlich zum richtigen Zeitpunkt kam. Und für Ihre Wertschätzung meiner Person gegenüber.
Kann ich Sie vielleicht bei einem Mittagessen davon überzeugen, dass ich doch ein echter Mensch bin?

Dann sitze ich da und warte. Warte, trommele weiter mit dem Stift umher und beiße in meine Fingerknöchel vor Anspannung. Es kommt keine Antwort. Nicht gleich, nicht später, nicht bis 18 Uhr. Ich packe meine Sachen zusammen, nehme meine Jacke und gehe an seinem Büro vorbei Richtung Ausgang. Ein schneller Blick durch die offene Tür zeigt mir nur die Rückseite seines abgewandten Schreibtischstuhls. Darüber sehe ich seinen nach vorn geneigten blonden Schopf, er scheint irgendetwas zu lesen. Dann bin ich auch schon vorbei und versuche, nur ganz leise zu schnauben.

Bald darauf bin ich bei meiner ersten Wohnungsbesichtigung. Der Grundriss sah gut aus: klassische Zweizimmerküchebadbalkon im zweiten Stock. Schlecht angebundene, aber schöne Lage im Dreimühlenviertel, wo alles voller netter Kneipen und ebensolcher Menschen ist. Bereits an der Haustür pralle ich auf die Rücken eines Pärchens, das mich daraufhin giftig anschaut. Ich will vorübergehen, da merke ich: Die stehen gar nicht rum.

Die stehen an.

Leise fluchend stelle ich mich hinter die beiden und

denke nach. Ist meine WG wirklich so schlimm? War Hannas Vorschlag, einfach irgendeinen Typen aus seiner Wohnung zu ekeln, nicht doch ziemlich clever? Und wie lange zur Hölle dauert das hier eigentlich noch?

Hin und wieder kommen Menschen die Treppe herunter, die bereits das Glück hatten, die Wohnung sehen zu dürfen. Nach ihren Gesichtsausdrücken zu urteilen, ist sie wohl gar nicht so schlecht. Zumindest sehe ich weder Kopfschütteln, noch vernehme ich lautes Schimpfen. Ich checke aus lauter Langeweile noch einmal meine dienstlichen Mails. Keine Antwort von Matthias Fischer. Natürlich nicht.

Immerhin klingelt mein Telefon kurze Zeit später. Da bin ich bereits auf Höhe des ersten Stockwerks vorgerückt. Hanna ist dran.

»Ich will dir jemanden vorstellen. Du wirst ihn mögen«, zwitschert sie.

»Och nee, Hanna. Kein Verkuppelungsversuch, bitte.«

Kurzes Schweigen am anderen Ende. Dann räuspert sich Hanna betreten. »Du hast mich missverstanden«, sagt sie schließlich. »Chris ist mein Date.«

»Oh, Verzeihung.« Ich bin etwas peinlich berührt. »Du stellst mir einen Mann vor? Das hast du schon ewig nicht mehr getan.«

»Ich brauche einmal den großen Check-up von dir. Frag ihn alles, wofür ich zu gut erzogen bin.«

»Kein Problem! Seit wann kennst du ihn?«

»Seit einer Woche. Aber das sehr intensiv. Er ist toll. Arbeitet in der Werbebranche und hat Humor.«

»Wie schön. Das freut mich für dich.« Für einen kurzen, unbehaglichen Moment wird mir bewusst, dass vor und hinter mir nur Paare stehen.

»Mich auch. Übermorgen?«

»Gerne.«

Während ich endlich durch die Wohnungstür vorrücken darf, versuche ich mir Chris vorzustellen. Hanna hat eigentlich einen ganz guten Geschmack. Mir sind ihre Typen manchmal ein bisschen zu redselig und gut aussehend, aber ein hässlicher Misanthrop wäre natürlich auch keine gute Idee.

Apropos hässlich: Einen solchen dunkelbraunen Bodenbelag wie in dieser Küche habe ich noch nie gesehen.

»Kann man den rausreißen?«, wende ich mich an die Maklerin, die gelangweilt am Rand steht und mit ihrem glitzernden Armkettchen spielt.

»Wieso? Der ist doch noch gut!« Entrüstet blickt sie mich an. Etwa Mitte dreißig, schätze ich, von Berufs wegen übellaunig und dominant.

»Der ist bumshässlich«, bekenne ich so offenherzig wie freundlich.

»Ich finde den super!«, ruft eilfertig eine Frau neben mir. »Wir würden die Wohnung sofort nehmen.«

»Ich bin übrigens Finanzbeamter. Staatsdienst, auf Lebenszeit«, protzt ihr Begleiter, ergreift unaufgefordert die Hand der Maklerin und schüttelt sie.

Ich weiche zurück bis auf den Balkon. Der ist mal wirklich schön. Zum Innenhof, hell, sonnig, groß. Hier würde ich gern Lavendel pflanzen. Und Minze. Und Salbei. Alles, was duftet.

»Haben Sie eine Selbstauskunft, die ich ausfüllen soll?«, frage ich die Maklerin, die neben mich getreten ist und sich gerade eine Zigarette ansteckt.

Pikiert sieht sie mich an. »Die anderen haben ein kleines Exposé über sich selbst vorbereitet«, sagt sie schließlich.

»Vorbereitet? Exposé? Was steht da bitte drin?«

»Das können Sie sich vorstellen wie eine Bewerbung. Ein Foto, ein persönliches Anschreiben, ein kurzer Lebenslauf, der das aktuelle Nettoeinkommen erwähnt, eine Aufstellung der Lebensgewohnheiten und Freizeitbeschäftigungen. Reiche Eltern kommen auch immer gut.«

»Und die Vermieter lesen sich das wirklich alles durch?«

»Na ja.« Sie pustet den Rauch durch die Nase aus. »Die haben ein Raster im Kopf. Manche wollen keine Paare, weil Paare Kinder produzieren. Manche wollen keine einzelnen Männer, weil die vielleicht achtzig schwule Liebhaber haben. Und manche keine Frauen, weil die bestimmt sowieso bald wieder ausziehen und mit einem Typen zusammenleben wollen.«

»Also bekommt eigentlich niemand in dieser Stadt eine Wohnung«, fasse ich zusammen.

»Genau. Es sei denn, man hat Glück. Und ein gutes

Exposé.« Sie mustert mich kritisch. »Damit sollten Sie jetzt mal anfangen.«

An diesem Abend gehe ich nicht ungern zurück in meine WG. Sarah und Leo sind unterwegs, der Wasserhahn in der Küche tropft heimelig vor sich hin auf einen Stapel ungespülten Geschirrs. Ich lege mich mit meinem Laptop auf mein Bett und öffne schon wieder mein Postfach in der Hoffnung auf eine Antwort von Matthias Fischer.

Nichts.

War ja klar.

Dann suche ich nach einem Foto von mir, das einen freundlich-seriösen Eindruck erweckt. Passfotos scheiden aus – erstens sehe ich da immer aus wie ein erschrecktes Eichhörnchen, und zweitens sollen diese Aufnahmen wohl tatsächlich etwas mehr Persönlichkeit rüberbringen. Pfff. Persönlichkeit. Wohl dem, der überhaupt eine hat. Wie soll man dann auch noch wissen, mit welcher genau man herumläuft?

Sicherheitshalber entscheide ich mich für ein Foto, das im Garten meiner Eltern aufgenommen wurde. Ich sitze in einem bunten Sommerkleid auf einer Bank, lache und sehe sehr brav aus. Meine dunklen Haare liegen glattgeföhnt auf meinen Schultern. Mamas gutes Mädchen. Die Relation meiner Taille zu meiner Hüfte missfällt mir ein wenig, aber es ist ja kein Schönheitswettbewerb.

Dann nehme ich mir meinen Lebenslauf vor. Was

davon ist wohl interessant für einen Vermieter? Dass ihn nichts davon angeht, muss ich jetzt wohl mal ignorieren. Ich kürze den Lebenslauf aus meiner letzten Bewerbung zusammen: Geboren in Passau, aufgewachsen in Kleindingharting – bei dem Ortsnamen kichern immer alle, vielleicht trägt das zu einem sympathischen Eindruck bei. Studium der Rechtswissenschaft in München und Lissabon. Dass ich in Lissabon eigentlich ein halbes Jahr nur gefeiert habe, nachdem man mir erklärt hatte, meine Seminare würden ohnehin nicht anerkannt, bin ich gewohnt zu unterschlagen.

Festanstellung bei der Kanzlei von Schilo und Partner. Auch das unwichtige Detail mit der Probezeit, die noch drei Monate dauert, lasse ich mal dezent weg.

Nettoeinkommen: 40.000 Euro. So weit, so gut. Und jetzt das Anschreiben.

Sehr geehrte Damen und Herren Vermieter,
ich würde gern in eine Ihrer Wohnungen ziehen. Daher möchten Sie sicher wissen, ob ich dort zwanzig Katzen zu halten gedenke oder bis Mitternacht auf voller Lautstärke Marschmusik höre. Beides ist nicht der Fall. Ich bin allergisch gegen Katzen, Hunde und Meerschweinchen, pflege mein Zuhause sauber zu halten und habe nicht genügend Muskelkraft, um Ihre Wohnung auch nur ein wenig zu beschädigen.
Tagsüber arbeite ich als Anwältin, nachts schlafe ich. Und zwar allein. Das finde ich beklagenswert, aber Ihnen müsste es ja ganz recht sein. Ich feiere einmal im

Jahr meinen Geburtstag mit ein paar Freunden und treffe sie ansonsten bevorzugt außer Haus. Meine musikalischen Ambitionen beschränken sich auf gelegentliches Trällern unter der Dusche, ich übe also nicht am Sonntagnachmittag Trompete oder Schlagzeug.
Falls Sie noch irgendwelche Befürchtungen haben, die ich bisher nicht zerstreuen konnte, wäre es mir eine Freude, das telefonisch nachzuholen. Rufen Sie mich einfach an.
Mit freundlichen Grüßen,
Viola Nienhaus

Wenn das nicht funktioniert, weiß ich auch nicht.

Zwei Tage später mache ich mich reichlich übellaunig zu dem Treffen mit Hanna und Chris auf. In der Konferenz am Vormittag hat mein liebreizender Chef sich erkundigt, ob ich schwanger sei oder nur etwas zugelegt hätte. Unterlegt mit Lachen und Schenkelklopfen, was wohl den Eindruck erwecken sollte, er hätte viel mehr Humor als ich. Und Matthias Fischer hat mir immer noch nicht auf meine Mail geantwortet. Ich werde ihn aber nicht darauf ansprechen. Ich werde ihn NICHT darauf ansprechen. Niemals!

Außerdem wusste ich am Morgen nicht, was ich anziehen sollte. Meine Haare trage ich heute gemäß Hannas Ratschlag offen, weil ich keine Mandantentermine hatte. Ich will natürlich gut aussehen, aber es geht ja eigentlich heute nicht um mich. Deshalb trage ich mal wieder einen Rock und eine Kostümjacke und komme mir bieder vor.

Fünf Minuten sitze ich an der Bar im Café und warte auf Hanna und Chris. Ich hole mir eine Zeitung und blättere darin. Es werden zehn Minuten. Komisch, meine Freundin ist sonst so pünktlich.

Endlich geht die Tür auf. Ihr blonder Wuschelkopf schwebt herein, gefolgt von einem breiten Lächeln, das über sie hinwegstrahlt. Chris ist deutlich größer als sie und ganz schön attraktiv. Kurze Haare, lässiges Hemd, Kakihosen, braune Augen. Sehr braune Augen. Sein Körper sagt auf anziehende Weise so etwas wie: *Ich hab mal Fünfkampf gemacht, aber dann entdeckte ich französischen Käse und Rotwein für mich.* Äh, Moment. Habe ich gerade seinen Körper taxiert? Falsch, ganz falsch.

Hanna fällt mir um den Hals und wispert mir zu: »Verzeihung. Mit Chris ist man irgendwie immer unpünktlich.«

Na klar. Wenn ich am helllichten Tag Sex hätte, wäre ich auch unpünktlich.

»Hallo, ich bin Viola«, kann ich gerade noch zu Chris sagen und ihm die Hand hinstrecken, da beugt er sich auch schon vor und küsst mich auf beide Wangen. Meine Hand streift seine Hüfte, als ich sie hastig wegziehe, um Schlimmeres zu verhindern.

»Die wunderbare Viola. Ich hab schon viel Gutes von dir gehört«, schmeichelt er und legt den Arm um Hanna.

»Oh, das tut mir leid. Hanna ist eine notorische Lügnerin, sie muss das alles erfunden haben.«

»Selbstverständlich habe ich das«, sagt sie fröhlich. »Sonst müsste er dich ja fürchterlich finden.«

»Ich bin erleichtert, dass du dieses Risiko nicht eingegangen bist. Was hast du erfunden? Dass ich Hundewelpen rette und im Kirchenchor singe?«

»Dass du witzig bist!«, kichert Hanna.

»Da hatte sie recht«, versetzt Chris und schaut mich ziemlich verzückt an.

Hey. Das darf der doch gar nicht.

»Hm. Danke.« Ich werde vielleicht ein kleines bisschen rosa im Gesicht.

»Dass du schüchtern auf Komplimente reagierst, hat sie allerdings unterschlagen«, fährt Chris fort.

»Schüchtern? Ich war nur enttäuscht, weil ich sonst bessere bekomme«, rette ich mich.

»Daran werde ich arbeiten.« Das Aufblitzen seines Lächelns trifft mich.

Puh. Was für eine Charme-Kanone. Sollte der nicht eigentlich mit Hanna flirten? Aber sie scheint sich nicht daran zu stören. Hanna ist selbstbewusst genug, die Aufmerksamkeit eines Mannes teilen zu können.

Zum Glück vertieft Chris sich jetzt in die Getränkekarte und bekommt nicht mit, dass Hanna und ich Blicke tauschen. Sie sieht mich fragend und erwartungsvoll an, ich zwinkere ihr zu und nicke leicht. Das reicht schon. Guter Typ, fürs Erste. Weiteres werde ich an diesem Abend noch herauszufinden versuchen.

Hanna und ich haben eine Art *good cop, bad cop*-Aufteilung, wenn eine von uns einen neuen Typen anschleppt: Die Verliebte tut peinlich berührt und entrüstet, während die andere dem Mann knallhart alle Fragen stellt, die Erstere nicht zu stellen wagt. Familiengeschichte, schlechte Angewohnheiten, gescheiterte Beziehungen in der Vergangenheit, Zukunftsplanung. Auf diese Weise habe ich über Thomas erfahren, dass er am liebsten so schnell wie möglich aufs Land ziehen und vierfacher Vater werden wollte. Damals fand ich es allerdings noch süß, während Hannas rechte Augenbraue bereits unter der Zimmerdecke hing. Wir wollen beide auf alle Fragen Antworten, aber wir ziehen nicht unbedingt die gleichen Schlüsse daraus.

Die meisten Männer stellen sich dieser Inquisition überraschend bereitwillig. Das beweist nur, dass der Mensch eben doch am liebsten über sich selbst spricht. Für so viel Aufmerksamkeit verraten sie dann auch mal Details, die sie vielleicht lieber für sich behalten sollten. Seit das einmal passiert ist, haben Hanna und ich vereinbart, sexuelle Vorlieben aus dem Fragenkatalog herauszuhalten. Es ist nicht schön, wenn der Typ, mit dem du eine dauerhafte monogame Beziehung anstrebst, plötzlich von seinen Ausflügen in den Swingerklub schwärmt. Dass dort nicht nur die Atmosphäre sexy sei, sondern auch das Essen gut. Hanna trennte sich von ihm, ehe er ein drittes Getränk bestellen konnte.

Chris schlägt sich tatsächlich gut. Er gibt genau die

Antworten, von denen ich weiß, dass sie Hanna gefallen. Sport? Ja gern, aber nicht zwanghaft. Familie? Liebe Eltern, viele Geschwister, totaler Familienmensch. Lesen oder Fernsehen? Beides, wenn es gut gemacht ist. Hin und wieder dreht er den Spieß sogar um.

»Wir sind jedenfalls Freunde geblieben. Und wie war das bei dir so?«, beendet er unvermittelt die unspektakuläre Geschichte vom Scheitern seiner letzten Beziehung und schaut mich dabei unverwandt an.

»Wir haben nur noch gestritten«, antworte ich wahrheitsgemäß.

»Und worüber?«

»Über alles. Sein Desinteresse an allem außer Fußball, seine sogar auf meiner Seite des Bettes herumfliegenden Klamotten und unsere gemeinsame Unfähigkeit, uns auf ein Urlaubsziel zu einigen.«

»Das hatte ich auch mal! Blanka wollte immer an irgendeinen Strand, zwei Wochen lang. Ansonsten gar nicht raus aus der Hotelanlage.«

»Hast du das mitgemacht?«, fragt Hanna skeptisch.

»Ihr seht vor euch einen stolzen Veteran von zwei Antalya-Feldzügen.« Chris hebt sein Weinglas. Seine Stimme trieft vor Ironie.

»Du musst sie sehr geliebt haben«, hake ich nach.

»Ja. Klar. Das hörte allerdings recht schnell auf, als ich sie mit einem Kommilitonen erwischt habe.«

»Und dann?«

»Habe ich sofort einen Wanderurlaub in Nepal gebucht!«

»Da wollte ich schon immer mal hin«, rutscht es mir heraus.

Hanna verdreht die Augen. Sie urlaubt am liebsten in Städten.

»Es ist hinreißend dort. Ich würde sofort wieder hinfahren«, sagt Chris ernst. »Aber nicht mehr allein.«

»Der Alpenverein soll da interessante Angebote haben«, wirft Hanna ein.

»Ich würde lieber mit einer Frau hinfahren.«

»Hm. Wir werden sehen.« Hanna windet sich etwas in seinem Arm.

Vor der Tür verabschiedet Chris sich von uns. Er ist mit dem Auto da, Hanna mit dem Fahrrad, ich mit der U-Bahn. Offenbar sind die beiden doch nicht gemeinsam angekommen.

Ich bleibe noch einen Moment bei ihr stehen, während sie ihr Schloss löst.

»Wie findest du ihn?«, will sie wissen.

»Toll. Also, nett. Echt nett.«

»Ja, oder? Ich glaube, das könnte wirklich was werden.«

»Das wäre schön.«

Wäre es nicht, sagt mein Magen, der sich plötzlich und unerwartet umdreht. Ich reiße erschreckt die Augen auf.

»Alles in Ordnung?«

»Klar. Ich kann nur die Uhr da vorne so schlecht erkennen.«

Hanna reckt den Kopf. »Halb zehn.«

»Ach so. Danke. Komm gut nach Hause.«

In der U-Bahn befrage ich erst mal meinen Bauch zur Sachlage.

Was sollte das gerade, hm?, will ich wissen.

Der Typ gefällt dir.

Seufz.

Vergiss das mal sofort, mischt sich mein Kopf ein.

So gut gefällt er mir gar nicht!, versichere ich.

Ja, klar, sagt mein Kopf in verächtlichem Tonfall. *Und ehe wir's uns versehen, bist du in den Freund deiner besten Freundin verknallt, hörst nur noch Céline Dion und schaust Filme mit Cameron Diaz an. Da hab ich keinen Bock drauf!*

Okay, ist schon gut … Ich pass auf, verspreche ich.

Sicher?

Ja. Ehrlich. Ich reiß mich zusammen. Ich atme tief durch.

Aber ich will den wiedersehen, meldet sich mein Bauch.

Aber nicht wieder so tief in seine Augen schauen!, befiehlt der Kopf.

Die sind sehr braun, säuselt irgendeine Stimme in mir, die ich nicht zuordnen kann.

Ruhe da unten!, brüllt mein Kopf dazwischen.

Ermattet steige ich an meiner Haltestelle aus, schlurfe nach Hause und gehe sofort schlafen. Sonst hätte ich vielleicht die E-Mail von meinem Chef noch gelesen, die mich auf den morgigen Tag vorbereitet hätte.

Um Punkt neun Uhr steht Stefan von Schilo in meinem Büro und schaut mich abschätzig an.

»Aufstehen!«, befiehlt er im Kommandoton und ohne jegliche Begrüßung.

»Wie bitte?«

»Aufstehen!«

Alles klar, freundlicher wird das wohl nicht mehr. Ich stehe langsam auf und streiche mein Kleid glatt.

»Sie haben Größe 40, ne?«, fragt von Schilo, nachdem er meine Silhouette ausgiebiger als nötig betrachtet hat.

»Ich wüsste nicht, was Sie das angeht«, sage ich so gefasst und von oben herab wie möglich.

»Ich hab doch an alle geschrieben, dass wir heute die Ausrüstung fürs Fechten festlegen müssen«, bellt er.

Ach, verdammt! Das ist ja schon in ein paar Tagen.

»Was muss ich denn selbst mitbringen?«, frage ich.

»Eigentlich nur Unterwäsche.« Von Schilo zeigt sein ekelhaftes Grinsen.

»Gut. Habe ich«, knurre ich.

»Welche Schuhgröße?«

»38. Und meine Konfektionsgröße ist das übrigens auch. Nicht 40.«

»Wenn Sie meinen.« Mit diesen Worten lässt mein Chef mich stehen und verlässt mein Büro.

Ich werde das Gefühl nicht los, dass kleine Dampfwölkchen aus meinen Ohren kommen.

Kapitel 5

Immerhin passt die Fechtausrüstung, die in der Damenumkleide auf mich wartet. Die hochgewachsene Silvia, neben mir die einzige Frau in unserem Trupp, kämpft dagegen ein bisschen mit ihrer Hose, die definitiv mindestens eine Nummer zu klein ist.

»Lord Voldemort hat wieder zugeschlagen. Das war bestimmt Absicht!«, schimpft sie, während sie den Stoff mühsam über ihre Oberschenkel zerrt. Schließlich lässt sich die Hose zwar schließen, hängt aber nur knapp über dem Hintern und würde ganz offensichtlich gern fliehen.

»Ich kann doch so nicht rausgehen!«, klagt Silvia.

»Doch, natürlich«, versuche ich sie zu trösten. »Da kommt doch noch diese Jacke drüber, die im Schritt geschlossen wird.«

»Im Schritt?!«

»Hast du das noch nie gesehen?«

»Ich hoffe einfach nur, dass die nicht auch zu klein ist.«

Wenig später wanken wir beide wie dick eingepackte Astronauten in die Sporthalle. Es ist unglaublich heiß unter der Weste und der Jacke – dabei habe ich die Maske noch nicht mal auf. Geschweige denn Sport gemacht. Das wird ein Desaster, ich weiß es. Außerdem riecht es nach altem Leder und ebensolchem Schweiß, wie Turnhallen das nun mal so an sich haben. An den Enden stehen Fußballtore, von der Decke hängen Ringe. Bis auf die in einer Ecke aufgebaute Planche für Fechtkämpfe sieht alles aus wie zu meiner Schulzeit. Sofort frage ich mich insgeheim, ob meine Eltern mir wohl eine Entschuldigung schreiben würden.

In der Mitte der Halle erwarten uns Stefan von Schilo, dessen dünne Beinchen zum wachsenden Bauch in der weißen Fechtkleidung noch absurder als sonst aussehen, und der Trainer. Ein drahtiger Typ mit grauen Haaren à la General der Reserve. Kritisch mustert er uns, als wir uns vor ihm aufstellen. Die Herren haben schon auf uns gewartet. Ich riskiere einen Blick auf Matthias Fischer. Ihm steht diese bizarre Kombi sogar. Kunststück, an dem ist nichts dran. Ich dagegen sehe wahrscheinlich aus wie Christine Neubauer in einer besonders weit hergeholten Szene eines in Südafrika spielenden Films.

»Ich nehme an, ihr habt euch wie vereinbart alle schon mal warm gemacht und gedehnt, bevor ihr in die Fechtkleidung gestiegen seid?«, fragt der Trainer.

Silvia kichert. Wir hatten in ihrem Auto die Sitzheizung an, weil es für Juni recht kühl ist, und waren uns danach einig, dass das genügen müsse.

»Was gibt's da zu kichern?«, ätzt mein Chef dazwischen.

»Nix.«

»Ihr werdet heute die Grundlagen der Fechttechnik erlernen und euch danach einen kleinen Kampf liefern«, fährt der Trainer fort. »Dazu teile ich euch in Zweiergruppen ein.« Zu meinem Entsetzen deutet er erst auf mich und dann auf Matthias Fischer. »Ihr beide.«

»Aber Herr Fischer ist viel größer als ich!«, protestiere ich lauthals.

»Das sind erstens kaum mehr als zehn Zentimeter«, blafft der Trainer. »Und zweitens sind alle anderen hier noch größer. Du!« Er winkt Silvia herbei. »Du bildest ein Team mit deinem Chef.«

Silvia widerspricht nicht. Grinsend schlendert sie hinüber. Etwas in ihrer Haltung sagt mir, dass sie gerne jetzt schon eine Waffe in der Hand hätte.

Die anderen Kollegen, beide lange Lulatsche, bilden das dritte Team. Matthias Fischer und ich stellen uns einander gegenüber und lernen den richtigen Stand: rechter Fuß nach vorne, linker Fuß im 90-Grad-Winkel zur Seite, und dann schön tief in die Knie gehen. Meine Oberschenkel ziehen bereits nach zwei Minuten. Ich kann Fischers Knie leise knacken hören, als der Trainer ihn anweist, sie noch stärker zu beugen. Meine Weste drückt an der Hüfte. Wir sollen diese Position immer wieder lösen und neu einnehmen, um sie zu verinnerlichen, und uns dabei gegenseitig korrigieren.

»Ihr linker Fuß steht nicht richtig«, sagt Fischer

schließlich zu mir, als der Trainer uns gerade den Rücken zugewendet hat.

Während ich auf meinen Fuß schaue und ihn weiter nach außen richte, dreht unser Lehrmeister sich wieder um. Zum ersten Mal lächelt er.

»Sie?«, wiederholt er. »Leute, wir sind nicht im 17. Jahrhundert, und dies ist eine Sporthalle. Meine Schüler attackieren einander, aber sie siezen sich nicht.«

Matthias Fischer schaut bedröppelt drein und schweigt.

Ich löse mich aus meiner verkrampften Position, mache einen Schritt auf ihn zu und reiche ihm die Hand.

»Viola«, sage ich, als er sie nimmt.

»Matthias«, antwortet er so ernst, als habe er mir gerade die Geheimzahl für seine EC-Karte verraten. Dann lässt er meine Hand schnell wieder los. Mehr Worte fallen nicht zwischen uns.

Wir lernen einen direkten Stoß und eine Parade mit Gegenstoß – fürs Erste ohne Waffe. Mein neuer Duzfreund und ich stehen lauernd in unserer anstrengenden Ausgangsposition und versuchen, dem anderen anzusehen, wann er angreifen wird. Das ist für unseren späteren Kampf vollkommen unwichtig, weil wir ohnehin beide Masken tragen werden. Aber es bietet mir eine gute Gelegenheit, sein Gesicht zu betrachten. Seine ausgeprägten Wangenknochen und sein sanft abgerundetes Kinn. Kurz bevor er angreift, leuchten seine Augen auf. Und ich Idiot stehe versunken da und mache einfach gar nichts, bis er meinen ausgestreckten Arm weggeschoben und einen imaginären Degen auf mich gerichtet hat.

»Viola, träumst du?« Sein Amüsement ist nicht zu überhören. Zu übersehen allerdings ebenso wenig. Verdammt, Grübchen hat er auch noch.

»Ja. Nein. Vielleicht.«

»Wir bekommen gleich Waffen in die Hand. Und dann müssen wir gegeneinander antreten«, sagt er unerwartet sanft. »Du solltest aufwachen.«

»Wir müssen wirklich richtig kämpfen? Das ist doch Schwachsinn, wir üben gerade mal seit zwei Stunden!«

»Der Hassprediger will seine Gladiatoren aufeinander losgehen sehen. Das war doch klar.«

»Ich hab noch nicht mal eine Waffe zu Gesicht bekommen«, brummele ich schmollend.

»Das zumindest«, sagt Matthias und schaut über meine Schulter hinweg an mir vorbei, »wird sich gleich ändern.«

Ich drehe mich um und sehe den Trainer mit einem Arm voller Florette auf uns zukommen. Er drückt jedem von uns eines in die Hand und befiehlt uns in einen Kreis, in dem wir die Stoßtechnik üben sollen.

Silvia weigert sich allerdings.

»Was soll der Quatsch?«, ruft sie. »Komm mir doch nicht mit diesen lächerlichen Metallspaghetti! Ich will einen Säbel!«

»Damit würdest du dich nur selbst verletzen, Lady«, sagt der Trainer schmunzelnd.

»Lass mal meine Sorge sein, wen ich damit verletzen würde!«

Begeistert schlägt er ihr auf die Schulter. »Du bist eine Schülerin nach meinem Geschmack! Aber für heute musst du dich mit dem Florett zufriedengeben. Also vergiss es!«

Maulend reiht sich Silvia neben mir in den Kreis ein. Wir üben den Angriff mit Ausfallschritt, und ich weiß genau, dass ich mich trampelig bewege und eine tiefe Konzentrationsfalte über der Nasenwurzel habe. Nie wieder mache ich Sport in Anwesenheit von interessanten Männern.

Irgendwann ist es endlich Zeit für eine Pause und einen kleinen Snack. Ein Mädchen balanciert eine Platte mit Sandwiches herein, auf die wir uns hungrig stürzen. Mein Chef tut sich an der Lachsfront in beeindruckendem Tempo ganz besonders hervor. Für die meisten von uns bleiben daher nur Salami oder Käse zur Auswahl. Die Vorstellung, dass sich unter von Schilos Fechtmaske später ein Fischmief breitmachen könnte, den immer wieder einzuatmen er gezwungen wäre, hilft mir über den Neid schnell hinweg. Und auch die Tatsache, dass er gleich im ersten Kampf des albernen kleinen Turniers gegen Silvia antreten muss, die noch immer schnaubt vor Empörung und unterdrückter Wut, gefällt mir.

Trotzdem bin ich ein wenig besorgt, als die beiden die Fechtbahn betreten. Es ist offensichtlich, dass das hier nur ein Schaukampf werden kann. Denn Silvia ist zwar bis obenhin mit Adrenalin vollgepumpt, aber Stefan von Schilo macht das hier nun mal öfter. Viel öfter. Seit zwei Jahren schon, wie er nicht müde wird zu erzählen.

Aber falls ich erwartet hatte, er nehme sich deshalb jetzt vornehm zurück, habe ich mich geirrt.

Die beiden befinden sich kaum fünf Sekunden auf der Bahn, als Silvia schon einen Treffer einstecken muss. Sie schlägt sich wacker und versucht es mit ein paar unorthodoxen Manövern. Viermal erwischt sie von Schilo damit eiskalt – doch den Rest der Zeit spult er seine Routine ab und fügt ihr Treffer um Treffer zu.

Trotzdem wirkt sie ganz zufrieden, als sie die Maske abnimmt, ihm die Hand schüttelt und auf uns zukommt.

»Moralische Siegerin«, flüstere ich ihr zu.

»Es war herrlich!«, wispert sie zurück. »Ich bin gerade so viele Mordfantasien losgeworden. Am liebsten würde ich jeden Tag auf ihn losgehen.«

»Mach das mal. Ich verschaff dir ein Alibi.«

»Pass auf, das ist der Trick: Du musst Wut im Bauch haben auf deinen Gegner.«

Ich werfe einen Blick zu Matthias hinüber, der gerade seine Maske aufsetzt. Wir beide sind als Nächste dran. Ich kämpfe nun also gegen den Mann, der zu jeder Klientin tausendmal netter ist als zu mir. Gegen den Mann, der sich zu fein ist, mit mir Mittag essen zu gehen. Gegen den Mann, der mich von Anfang an ignoriert hat, wo es nur ging.

»Wut? Das dürfte kein Problem werden.«

Kaum habe ich die Planche betreten, bin ich mir da allerdings nicht mehr so sicher. Durch die Maske sehe ich alles wie von einem grauen Schleier überzogen, und ich fühle mich plötzlich doch dramatisch kleiner als mein Gegner. Und überhaupt: Was fällt diesen Idioten eigentlich ein, hier Männer gegen Frauen antreten zu lassen? Bestimmt hat mein Chef den Trainer dazu überredet, weil es ihm so noch mehr Spaß macht.

Aber dann krame ich den Gedanken wieder hervor, der mir eben einfiel, als Silvia von Wut sprach: Dieses Bürschchen, das mir gerade die Spitze seines Floretts entgegenstreckt, hat meine Einladung zum Mittagessen einfach ignoriert.

Na warte.

En garde!

Kaum ist das Duell freigegeben, stürze ich auch schon los und treffe Matthias am Bauch. Eins zu null für mich. Den nächsten Treffer landet er, doch das färbt meinen Blick erst recht rot. Danach läuft es gut. Ich weiche ihm ein paarmal aus, kontere und treffe wieder. Seine Bewegungen scheinen immer langsamer zu werden. Einmal weicht er sogar seitlich aus, verlässt die Bahn dabei versehentlich und kassiert eine Verwarnung dafür.

»Feigling!«, zische ich leise unter meiner Maske.

Nach drei Minuten Kampfzeit ist alles vorbei. Ich bin klatschnass geschwitzt, aber ich habe gewonnen. Mit gespielter Gleichgültigkeit nehme ich meine Maske ab, lächele den offensichtlich ebenfalls erschöpften Matthias freundlich an und schüttele ihm die Hand. Total souverän und bescheiden. Was für eine würdige Siegerin voller Großmut ich doch bin! Im Hochgefühl meines Erfolges mache ich mich daran, die Bahn zu verlassen …

Und dann setzt mein linker Fuß irgendwie schief auf, und ein stechender Schmerz fährt durch meinen Knöchel. Ich falle hin, noch ehe ich es bemerke. Am Boden finde ich mich wieder, mit der Hand meinen Knöchel umklammernd und vor Schmerz und Anstrengung keuchend.

Silvia und Matthias sind sofort bei mir.

»Es hat nicht geknackt oder geknallt«, verkündet Silvia fachmännisch und für meinen Geschmack etwas zu abgeklärt. »Du hast also weder einen Achillessehnenriss noch einen Bruch. Beruhigend, oder?«

Ich kann nicht antworten, weil mir gerade nichts angemessen Unfreundliches einfällt. Aber Matthias genügt ein Blick in mein schmerzverzerrtes Gesicht, um Silvia beiseitezuschieben, mich kurzerhand hochzuheben und zu einem leeren Kampfrichtertisch zu tragen. Der steht glücklicherweise etwa zehn Meter entfernt, sodass ich Zeit habe zu bemerken: Nach zwei Schritten höre ich auf zu keuchen. Nach dreien bin ich schon vollkommen entspannt. Nach vieren muss ich der Versuchung widerstehen, mich an seine Schulter zu kuscheln. Und ab da tut mir eigentlich schon gar nichts mehr weh.

Das ändert sich allerdings, als mein Ritter mich unsanft auf den Tisch plumpsen lässt.

»Hey, ich bin kein Mehlsack!«

»Ich weiß«, sagt Matthias kurz angebunden und schickt den Trainer nach einem Eisbeutel. Dann zieht er mir vorsichtig den linken Turnschuh aus und betrachtet einigermaßen ratlos meinen anschwellenden Knöchel.

»Sieht verstaucht aus«, konstatiert er.

»Ach nee. Ehrlich?« Verletzter Stolz lässt mich schnell mal giftig werden.

»Mein Bruder ist Orthopäde. Soll ich dich zu ihm bringen?«

»Toll, ein Jurist und ein Arzt. Eure Eltern weinen sicher täglich vor Glück.«

Matthias lacht gutmütig. »Möchtest du lieber zu Fuß in ein städtisches Krankenhaus gehen?«

»Nein«, gebe ich zu. Kann mir aber trotzdem nicht verkneifen, ihn genervt anzustarren.

Matthias nimmt dem herbeieilenden Trainer den Eisbeutel aus der Hand, hält ihn an meinen Knöchel und erwidert meinen Blick gelassen – bis der Hassprediger die Situation verkennt und quer durch die Halle brüllt: »Hey, ihr Turteltauben! Die Weichbodenmatte ist im Geräteraum, die braucht ihr ja offenbar bald!«

Pikiert zieht Matthias den Mund zusammen und lässt den Eisbeutel los, der mit einem schmatzenden Geräusch neben meinem Fuß auf dem Tisch landet.

Ich beuge mich vor, um das Ding zu erreichen und

wieder auf meinen Knöchel zu legen, aber das geht nicht so einfach: Schon in Jogginghosen bin ich nicht besonders gelenkig, und diese Fechtklamotten lassen mich in Bewegungslosigkeit erstarren. Zweimal wippe ich mit ausgestrecktem Arm nach vorne, ohne über mein Knie hinauszukommen. Dann wird mir bewusst, was für ein lächerliches Bild ich abgeben muss.

Ich kapituliere, lehne mich zurück und betrachte die Hallendecke. Unterdessen darf ich zuhören, wie Matthias den Kollegen sagt, er sei jetzt eigentlich mit einem Kumpel verabredet. Ob nicht Silvia mich zum Arzt fahren könne?

»Auf keinen Fall«, verneint das treulose Weib. Aus ihrer Stimme trieft etwas Genüssliches. Auch die beiden anderen Kollegen stehen für einen Krankentransport nicht zur Verfügung: Sie wollen ihren Kampf noch ausfechten und müssen dann nach Hause, in die andere Richtung, stadtauswärts. Ich vergaß zu erwähnen, dass man als Anwalt normalerweise im Speckgürtel rund um München wohnt und sehr viel Lebenszeit in SUVs vergeudet. Als potenzielle Chauffeure bleiben Matthias und Stefan von Schilo übrig, die einander wortlos anschauen.

Um Himmels willen! Ich will nicht in das Auto meines Chefs.

»Mir wird schlecht!«, krähe ich dazwischen.

Der Hassprediger verzieht angeekelt das Gesicht. »Das fehlt mir noch, dass die in meinen MG kotzt«, sagt er zu Matthias, als wäre ich gar nicht da. »Fahren

Sie sie! Ich bleibe noch hier und trainiere. Das Rumgehampel bis jetzt hat mich nicht ausgelastet.«

»Na gut.« Matthias tritt wieder an den Tisch, auf dem ich liege. »Kannst du laufen?«, fragt er harsch.

»Bevor ich mich von dir noch mal tragen lasse, krieche ich lieber auf allen vieren!«, fauche ich zurück.

»Prima. Dann mach das mal. Wir sehen uns vor der Halle.« Mit diesen Worten dreht mein Kollege sich um und marschiert zur Umkleide. Der Hassprediger schaut ihm anerkennend nach und verzieht sich ebenfalls. Die Kollegen stehen bereits auf der Planche am anderen Ende der Halle und warten auf den Beginn ihres Gladiatorenkampfes. Nur Silvia kommt zu mir, hilft mir auf und stützt mich, als ich aus der Halle humpele.

»Wieso fährst du mich nicht zum Arzt?«, jammere ich, während ich mich aus mehreren Schichten Kleidung schäle.

»Weil du doch selbst willst, dass Matthias dich fährt.«

»Aber er offenbar nicht!«

»Papperlapapp. Die Welt ist voller Männer, die überhaupt nicht wissen, was sie wollen. Und wenn sie es zu wissen glauben, ist es meistens das Falsche. Also zeig ihm, was er wirklich will.«

»Und das wäre?«

»Na, dich natürlich.« Silvia strahlt mich an. »Immer schön lächeln, Viola. Und ein bisschen auf Mitleid machen. Dein armer Knöchel! Lass dich ruhig tragen.«

»Hast du so deinen Mann erobert?«

»Was? Aber nein.« Glockenhelles Lachen. »Das war nicht nötig. Mein Mann hat mich erobert.«

Fünf Minuten später stehe ich vor der Halle. Zum Glück trage ich heute ausnahmsweise Sneakers. Den linken brauche ich nicht zuzubinden, weil mein Fuß so angeschwollen ist. Aber immerhin muss ich ihn auch nicht in der Hand tragen und auf einem Bein hüpfen. Silvia lässt mich an die Mauer gelehnt stehen, setzt sich in ihr Auto und braust davon. Aus taktischen Gründen, da bin ich mir sicher, aber schrecklich einsam fühle ich mich trotzdem. Bis ein grasgrüner, bestimmt fünfzehn Jahre alter Golf vor mir hält und Matthias aussteigt.

»Wie heißt denn dein Freund? Kermit?«, frage ich und zeige auf das Auto.

»Mach dich nur lustig. Ich habe ihn von meiner Schwester übernommen. Sie nannte ihn Flip.«

»Hallo, Flip.«

Matthias pflückt mich von der Wand, hebt mich ohne erkennbare Anstrengung hoch, trägt mich die paar Meter zum Auto und platziert mich vorsichtig auf dem Beifahrersitz. Meine Tasche legt er in den Kofferraum.

»Ich habe meinen Bruder schon angerufen. Eigentlich hat er freitagnachmittags geschlossen, aber er fährt in die Praxis und erwartet uns dort.« Matthias startet den Wagen. »Wir treffen ihn in einer halben Stunde.«

»Was hast du ihm gesagt, dass er extra in die Praxis kommt?«

»Dass du hübsch bist und Single.«

»Nicht dein Ernst.«

»Na gut. Ich habe ihm gesagt, ich besorge die nächsten gemeinsamen Geburtstagsgeschenke für unsere Eltern, wenn er dich untersucht.«

»Interessante Währung.«

»Es ist eigentlich egal, was wir ihnen schenken. Sie tauschen es sowieso um.«

Matthias' Bruder heißt Florian, hat ein kantiges Gesicht und eine freundliche *Wie geht's uns denn heute*-Art. In seiner auf zurückhaltende Weise schicken Praxis röntgt er persönlich meinen Knöchel und stellt Erfreuliches fest: Gebrochen ist nichts. Nur verstaucht.

»Ich bandagiere deinen Fuß und den Knöchel jetzt ziemlich fest. Matthias fährt dich nach Hause, und dort bleibst du das ganze Wochenende mit hochgelegtem Bein«, verordnet Florian in diesem Herr-Doktor-Ton, der keinerlei Widerspruch zulässt.

»Und dann?«

»Rufst du am Montagmorgen hier an, falls es nicht besser geworden ist. Ich habe Krücken im Hinterzimmer, die gebe ich dir mal mit.«

Ich seufze tief und frage mich, was am Wochenende wohl im Fernsehen kommt und ob ich eigentlich noch Lebensmittel in meinem vernachlässigten Fach in der WG-Küche habe. Punkt eins kann ich wohl nicht beeinflussen. Das Zweite spreche ich dann doch schüchtern an, als ich wieder in Flip sitze. Matthias wirkt nicht begeistert.

»Wie willst du denn so durch einen Supermarkt humpeln?«, fragt er. »Ich fürchte, du passt nicht in den Kindersitz am Einkaufswagen.«

»Deshalb wirst du für mich einkaufen müssen.« Allmählich bin ich etwas genervt. So viel Hilfsbereitschaft wird man unter Kollegen ja wohl erwarten können. Während ich das noch denke, hält das Auto bereits vor einem Supermarkt.

»Besondere Wünsche?«, will Matthias wissen, während er seinen Gurt löst.

»Brot, Milch, Butter, Joghurt, Hackfleisch, Zucchini, Auberginen, Äpfel«, zähle ich schnell auf.

Worte, die ich dabei absichtlich auslasse: Tiefkühlpizza, Schokolade, Coke Zero.

Zwanzig Minuten später ist Matthias mit drei vollgepackten Tüten zurück. »Ich habe dir jetzt auch ein paar Fertiggerichte eingepackt. Tiefkühlpizza und so. Falls du mit dem Knöchel doch nicht kochen kannst oder magst.«

Etwas in mir jubelt.

»Oh, danke. Was schulde ich dir?«

»Nichts.«

»Darf ich dich dann wenigstens doch mal zum Mittagessen einladen?«

»Viola, bitte nimm das nicht persönlich. Aber ich gehe nicht mit Kolleginnen zum Mittagessen.«

Autsch. Mein Stolz verzieht sich winselnd in eine Ecke. »Aber mit Kollegen schon!« Schließlich kenne ich seine Gewohnheiten inzwischen ein bisschen.

»Ja, klar. Das ist was anderes. Sonst wird so schnell getratscht, das finde ich furchtbar.«

»Aha.« Ich bin eingeschnappt und sehe nicht ein, warum ich das verbergen sollte. »Du bist also der Meinung, ein Mittagessen mit mir wäre nicht so nett, dass es das Getratsche aufwiegen würde.«

»Bei einem Chef wie unserem, Viola«, sagt Matthias und biegt in meine Straße ein, »ist Getratsche noch ein bisschen untertrieben. Wenn du dir ständig weitere Weichbodenmatten-Scherze anhören möchtest, musst du nur einmal mit einem der unverheirateten Kollegen essen gehen. Und seinen Lieblingsspruch ›Lunch is for Losers‹ bekämst du noch dazu.«

Darauf fällt mir nichts mehr ein. Am schlimmsten daran ist jedoch, dass er wahrscheinlich recht hat. Ein einziges Mittagessen zu zweit, und von Schilo würde in jeder Konferenz schlüpfrige Kommentare in unsere Richtung machen. Manchmal ist er wie ein Dreizehnjähriger.

Wortlos steige ich aus dem Auto und humpele mit den Krücken zu meiner Haustür, während Matthias mir die Tüten hinterherträgt. Schon als ich die Wohnungstür aufschließe, höre ich seltsame Geräusche. Mein erster Blick fällt durch die offene Tür von Sarahs Zimmer, wo meine Mitbewohner gerade im Bett mit einiger Lautstärke genau das machen, was ich mir noch bis vor wenigen Stunden gut mit Matthias hätte vorstellen können. Bevor ich anfing, ihn für arrogant, kaltherzig und stoffelig zu halten. Er starrt ebenso wie ich in das Zimmer, in dem Sarah und Leo uns noch nicht bemerkt haben. Dann setzt er die Tüten ab, geht die paar Schritte zu Sarahs Zimmertür und schließt sie leise. Wir hören die beiden noch gut, aber wenigstens müssen wir sie nicht mehr sehen.

»Wer ist das?«, fragt er flüsternd, während er meine Lebensmittel in die Küche trägt.

»Meine Mitbewohner.« Wer sonst? Sehe ich aus, als würde ich hier ein zwielichtiges Etablissement betreiben?

»Du wohnst mit einem Pärchen zusammen?«

»Bis eben waren sie noch keins. Verdammt, ich muss schnellstens ausziehen! Es war vorher schon schwierig, aber jetzt dürfte es unerträglich werden«, jammere ich.

»Bist du schon auf Wohnungssuche?«

»Ja. Es ist katastrophal. Der Markt ist wie leer gefegt.«

Matthias fixiert seine Schuhspitzen und murmelt etwas, das ich nicht verstehe.

»Wie bitte?«

Ruckartig hebt mein Kollege den Blick. »Ich sagte, ich wohne mit meinem besten Freund zusammen, aber er wird bald für ein halbes Jahr nach Hongkong gehen. Also, wenn du dringend etwas brauchst …«

Mit großen Augen starre ich ihn an. Der spinnt ja wohl.

»Also, ich fasse das mal zusammen«, sage ich langsam. »Du willst auf keinen Fall mit mir zum Mittagessen gehen, weil der Hassprediger sonst dreckige Witze über unser fiktives gemeinsames Sexleben macht. Aber du würdest mich bei dir einziehen lassen, woraufhin ich die Änderung meiner Anschrift und Telefonnummer in der Kanzlei angeben müsste, und zufällig würde beides mit deiner übereinstimmen.« Ich ziehe die Augenbrauen hoch und schaue ihn bedeutungsvoll an. »Und das hältst du für eine gute Idee?«

»Nein.« Matthias lässt die Schultern hängen. »Aber ich wollte es dir zumindest anbieten.«

»Danke, Matthias. Sowieso, für alles heute. Aber das würdest du bereuen, und wir wissen das beide. Also lassen wir es einfach und reden nicht mehr darüber.«

»In Ordnung.« Mit eingezogenem Kopf tritt Matthias den Rückzug an und lässt mich mit meinen vögelnden Mitbewohnern und drei Tüten voller Essen allein.

Das immerhin hat er großartig ausgesucht, finde ich, während ich eine Pizza Salami und zwei Packungen Kekse mit weicher Schokoladenfüllung auspacke. Um beides hatte ich nicht gebeten, aber der Mann scheint sich mit Frauen auszukennen. Sogar Cola light hat er gekauft, was meinem unausgesprochenen Wunsch doch ziemlich nahe kommt. Aber dann komme ich zu der Tüte mit Milch und Joghurt und frage mich, ob ich jetzt überempfindlich bin oder ob Matthias Fischer mich einfach für eine dicke Nudel hält: Beides ist so fettreduziert, wie es nur geht. Na, danke. Ich mag keine Lebensmittel, die schmecken wie mit Wasser verdünnt. Und Männer, die mich moppelig finden, mag ich auch nicht.

Mit den Schokokeksen und einem Glas Wassermilch verziehe ich mich schleunigst in mein Zimmer, bevor Sarah und Leo einfällt, auch noch nackt über den Flur zu toben. Und überhaupt könnte man doch durchaus die Tür schließen, wenn man Geschlechtsverkehr haben möchte. Immerhin wohne ich ja auch hier. Ich komme mir langweilig und sexuell frustriert vor, während ich das denke. Und denke deshalb lieber darüber nach, wie Leo Sarah wohl am Ende doch seine Verehrung gestanden und sie plötzlich bemerkt haben muss, dass er ihr auch gefällt. Und warum mir eigentlich nie jemand seine Verehrung gesteht, und warum mir Matthias nach dem heutigen Tag in einigen Dingen eigentlich doch ganz gut gefällt und in anderen viel weniger als vorher. Dann fällt mir auf, dass das, was mir an Matthias nicht gefällt, seine mangelnde Begeisterung für mich ist, wofür ich ihm wohl kaum charakterliche Abzüge geben kann. Und dann klappe ich frustriert meinen Laptop auf und besuche, was mittlerweile meine Startseite im Browser ist: den Immobilienscout.

»Du musst sofort ausziehen!«, brüllt dann auch Hanna, der ich am Samstagmittag am Telefon von dem neuen Liebespaar in meiner Wohnung erzähle. Von Sarah und Leo habe ich seitdem nichts gesehen und gehört. Wahrscheinlich schlafen sie gerade.

»Ja, ich weiß. Aber mehr als suchen kann ich doch nicht. Vor allem im Moment. Ich bin nicht so gut zu Fuß.«

»Du Arme. Brauchst du vielleicht ein paar DVDs?«

»Oh. Das wäre toll.« Das Fernsehprogramm hat sich als Panoptikum des schlechten Geschmacks herausgestellt, und ich darf am Abend keinesfalls aus Langeweile polltische Talkshows anschauen, weil ich mich dabei immer so aufrege.

»Dachte ich mir doch. Chris hat eine Riesensammlung, ich sage ihm, er soll dir ein paar vorbeibringen.«

»Und was ist mit dir? Kommst du nicht mit?« Ich erschrecke über einen einzelnen, hysterisch aufflatternden Schmetterling in meinem Bauch.

»Ich kann leider nicht«, seufzt Hanna. »Heute Nachmittag ist eine Art Symposium über moderne Partnersuche, und ich soll ein paar Teilnehmer interviewen für einen Artikel.«

»Ah, Soziologengewäsch.«

»Genau. Sei froh, dass du was Anständiges gelernt hast. Ich schicke dir Chris.«

Damit legt sie auf.

Ich kann mich nicht erinnern, jemals einen Mann an meiner Seite gehabt zu haben, den ich einfach so nach Gutdünken hätte herumschicken können. Bin mir aber nicht mal sicher, ob mir das so gut gefiele.

Dass Chris nur eine Stunde später bei mir auf der Matte steht, gefällt mir allerdings durchaus. Offensichtlich hat er Zeit mitgebracht, denn er schaltet den

Wasserkocher ein, fragt nach den Teebeuteln und errichtet dann mehrere DVD-Stapel auf meinem kleinen Tisch.

»Was ist das denn alles?«, frage ich neugierig. Ich habe es mir inzwischen auf dem Bett gemütlich gemacht, über dem eine Tagesdecke liegt.

»Das hier ist die Action-Abteilung.« Chris deutet auf den kleinsten Stapel. »Wahrscheinlich magst du so etwas nicht so gern wie ich, deshalb habe ich nur ein paar Klassiker mitgebracht. *Terminator, Stirb langsam, Karate Kid*.«

Ich muss ein Kichern unterdrücken. *Karate Kid?* Immer wieder erstaunlich, womit erwachsene Männer ihre Freizeit verbringen.

»Das hier«, Chris' Finger zeigt auf einen größeren Stapel, »sind die Komödien. Vor allem Woody Allen, aber auch *Harry und Sally* und *Mars Attacks*.«

»Eine gute Auswahl.« Ich bin entzückt.

»Dann habe ich hier noch das, was Hanna als ›die klugen Filme‹ bezeichnet. Du weißt schon, Melodramen im Amerika der Fünfzigerjahre, *Frost/Nixon*, ein Picasso-Biopic.« Chris zieht noch eine DVD aus der Tasche und hält sie hoch. »Und dies ist der neueste James Bond, den ich im Kino verpasst habe. Den habe ich mir gerade erst gekauft.«

»Du hast ihn also noch gar nicht gesehen? Bist du sicher, dass du ihn mir leihen willst?«, frage ich erstaunt.

»Ich dachte, wir könnten ihn vielleicht gleich zusammen ansehen. Wenn er dich interessiert.« Chris schaut mir offen in die Augen und lächelt warm.

Nachdem Matthias gestern immer wieder mit seinen Schuhspitzen Konversation betrieben hat, tut mir das richtig gut. Außerdem ist da immer noch dieser Schmetterling in meinem Bauch, der sich gerade anschickt, auf einer Blüte zu landen.

»Gerne«, sage ich. Und werfe *Harry und Sally* nur einen ganz kurzen sehnsüchtigen Blick zu.

Den Nachmittag verbringe ich mit Chris in meinem winzigen Zimmer. Er sitzt schräg vor mir neben meinem Bett auf einem Stuhl und hält mit der rechten Hand den Eisbeutel auf meinem Knöchel fest, während James Bond sich einmal quer durch die Weltkarte ballert und dann und wann eine Frau verführt. Dabei trinken wir Tee und teilen uns die restlichen Schokokekse. Manchmal schaut er sich zu mir um und grinst, weil irgendetwas im Film ihn amüsiert. Es ist fast perfekt. Mit dem winzigen Detail, dass ich die Hälfte der Zeit unauffällig Chris anstarre statt den Fernseher. Und dem weiteren winzigen Detail, dass ich das nicht darf, weil Chris mit Hanna zusammen ist, die wiederum meine beste Freundin ist. Warum gefallen mir eigentlich immer ausgerechnet die Typen, die überhaupt kein Interesse an mir haben? Seit Wochen hänge ich Matthias hinterher, der offensichtlich der Meinung ist, ich sollte Light-Produkte zu mir nehmen und meine Zeit mit jedem verbringen außer ihm. Und jetzt auch noch Chris. Er wirkt zwar nicht direkt uninteressiert, aber wahrscheinlich ist er einfach ein netterer Kerl als Matthias, und schließlich bin ich die beste Freundin seiner Freundin. Welcher Mann an seiner Stelle wäre schon so dämlich, es sich mit mir zu verderben?

Chris ist also einfach nur freundlich und fragt sich wahrscheinlich schon, wann ich endlich mal wieder einen Freund habe, mit dem wir dann lustige Pärchenabende zu viert machen können. Unsere Männer reden über Fußball, wir reden über unsere Männer – so stellen sie es sich doch immer vor. Männer sind eben auch einfach ein bisschen selbstverliebt.

Ich beobachte Chris und frage mich, ob er sich heimlich die Augenbrauen zupft. So perfekt können die doch nicht sein. Aber das ist natürlich ganz unwichtig, denn er ist Hannas Freund. Hannas Freund. HANNAS FREUND. In meinem Kopf hämmert das vor sich hin wie ein Mantra.

Trotzdem schlüpfen in meinem Bauch immer mehr Schmetterlinge, bis ich ihr Flügelschlagen als Summen in meinen Ohren wahrnehme, wann immer Chris mich ansieht.

Ich bin in echten Schwierigkeiten.

Kapitel 6

In den nächsten Tagen sammele ich Erkenntnisse über meine Mitbewohner. Mit Leo zu reden vermeide ich. Dafür bemerke ich, dass seine Tür jetzt eigentlich permanent offen steht, weil er sämtliche Zeit bei Sarah verbringt – im Bett, unterstelle ich frustriert. Wenn ich die beiden in der Küche antreffe, haben sie meist gerade irgendwelche Körperteile ineinander geschlungen: Hände, Beine, Zungen. Sarah erzählt mir eines Abends von Leo mit der gleichen Begeisterung, die sie sonst ihren jeweils neuen Studienfächern zuteilwerden lässt. Und mir bleiben nur noch zwei Gedanken.

Erstens: Neid.

Zweitens: Flucht.

Deshalb erklimme ich bei nächster Gelegenheit mit einer Krücke in der linken Hand die Stufen zu einer Zweizimmerküchebadbalkonwohnung in Aubing. Im Münchner Umland enden fast alle Ortsnamen auf *ing*, und jeder Student schwört sich zu irgendeinem Zeitpunkt, niemals in eins dieser Schicki-Käffer zu ziehen. Ich bilde da natürlich keine Ausnahme. Aber was soll's: Ich bin keine Studentin mehr, ich will unbedingt ausziehen, und außerhalb der Stadtgrenze steigen meine Chancen auf eine kleine Wohnung mit Balkon enorm. Nicht, weil es so viel billiger wäre – sondern weil die Leute, die hierherziehen, zumeist ein Häuschen oder zumindest eine Erdgeschosswohnung mit Garten wollen. Für ihre Kinder. Die nächste Generation, mit der ich um Wohnraum konkurrieren werde. Und die bekommen dann wieder Kinder, die später Heavy-Metal-Kneipen neben meiner seniorengerechten Wohnung eröffnen. Ein Teufelskreis.

In einem meiner Lieblingsbücher wacht ein Mann plötzlich morgens ganz alleine in München auf – von den Mitmenschen sind nur leere Pyjamas in ihren Betten übrig. Daraufhin zieht er erst in ein Nobelhotel und dann in die Residenz. Für mich ist das keine Dystopie. Es klingt eigentlich ziemlich traumhaft.

Wahrscheinlich bin ich für ein Leben im Ballungszentrum nicht geschaffen. Insofern wäre Aubing ein Schritt in die richtige Richtung. Rechtzeitig zur Rente schaffe ich es sicher in eine Einsiedlerhütte im Wald. Mit düsteren Gedanken dieser Art klopfe ich an die Tür.

Der Makler reißt die Tür auf und schaut mich entgeistert an. »Was haben Sie denn angestellt?«, fragt er zur Begrüßung, als würden wir uns schon ewig kennen.

Angestellt, ich? Gar nichts!, möchte ich am liebsten eilfertig versichern. Dann fällt mir ein, was er meinen könnte.

»Fechtunfall«, murmele ich.

»Na, dann kommen Sie mal rein.«

Ich humpele hinter seinem Glatzkopf her und finde ihn eigenartig. Den ganzen Mann, nicht die glänzende Platte. An einem Klapptisch im Wohnzimmer bleibt er stehen und weist einmal durch den ganzen hellen Raum. »Schauen Sie sich doch einfach erst mal um!«

Verwirrt ziehe ich mein Exposé aus der Tasche und reiche es ihm. »Mein Name ist übrigens Viola Nienhaus«, sage ich, wild entschlossen, die förmliche Begrüßung doch irgendwie nachzuholen.

»Ja klar! Wir waren doch verabredet«, sagt der Makler mit der routinierten Begeisterung eines Motivationstrainers und zwinkert mir zu.

»Ach so. Ja.« Und deshalb kann man sich nicht mal mehr vorstellen, oder was? Ich habe mir seinen Namen vom Telefonat nämlich nicht gemerkt. Mist! Ich deute auf das Exposé. »Da drin finden Sie meine Kontaktdaten und ein paar Informationen über mich als Mieterin, die vielleicht relevant sein könnten.«

»Sehr gut. Das haben Vermieter immer gern.«

»Sagen Sie, ich bin doch nicht die einzige Interessentin? Sonst kann man immer kaum den Fußboden sehen vor lauter Menschen.«

»Hier in Aubing haben wir es gerne etwas ruhiger«, erklärt mir der gute Mann, der mir immer sympathischer wird. »Ich hab alle Interessenten im Viertelstundenrhythmus bestellt, das reicht locker, um alles anzuschauen. Sie wollen ja schließlich wissen, wie es sich alleine hier wohnen würde, und nicht mit dreißig Fremden.«

Recht hat er. Ich lächele ihn kurz an und trete grübelnd ans Fenster. So schlecht ist dieses Aubing vielleicht doch nicht. Die Aussicht hat nur das klotzige Haus gegenüber als Blickfang zu bieten, aber immerhin steht rechts davon ein blühender Apfelbaum. Die Straße ist lebhaft, aber nicht laut. Und der Rest der Wohnung scheint solide renoviert zu sein: helles Parkett, weiße Wände, weiße Fliesen in Küche und Bad. Der kleine Balkon klebt am Schlafzimmer und geht zum Hof hinaus, in dem Fußballtore und Bobbycars stehen. Okay, es ist Aubing. Aber hier ließe es sich schon aushalten.

»Die Wohnung gefällt mir«, sage ich zum Makler, als mich ein schrilles Klingeln unterbricht. Erstaunt blickt er auf seine Uhr und drückt den Türöffner. Dann sieht er mich fragend an.

»Sie gefällt mir«, wiederhole ich. »Und der Ort scheint auch wirklich nett zu sein. Ich könnte mir gut vorstellen, hier zu leben.«

Irgendwo in mir schreit eine coole Jugendliche auf und verzieht sich in ihr schwarz gestrichenes Teenagerzimmer, um zu schmollen.

Ehe der Makler etwas antworten kann, steht ein Paar in der Tür und begrüßt ihn lauthals. Er: rot kariertes Hemd. Sie: Dreiviertelhose in Beige. Ein Paar gewordener Vorort. Außerdem hält sie eine Schachtel Pralinen in der Hand.

Pralinen?

»Guten Tag, Herr Huber!«, ruft die Frau, als hätte sie einen lang verschollenen Cousin wiedergetroffen. »Verzeihung, wir sind ein bisschen zu früh dran. Wir sind schon so aufgeregt, die Wohnung endlich besichtigen zu können!«

Dass ich hier nichts zu sagen habe, scheint sie gleich bemerkt zu haben. Mich lässt sie nämlich vollkommen links liegen. Ihr Gatte starrt dafür dümmlich grinsend in meinen Ausschnitt. Augenrollend mache ich ein paar Schritte zurück, um noch eine letzte Runde durch die Wohnung zu drehen. Noch im Badezimmer kann ich dem Gespräch gut folgen.

»Wir haben Ihnen ein paar Pralinen mitgebracht, weil Sie so nett waren am Telefon!«, jubiliert die Dreiviertelhose. Schleimerin.

»Das wäre doch nicht nötig gewesen. Ist ja mein Job«, antwortet Herr Huber leutselig.

»Ach, glauben Sie uns – da haben wir schon ganz anderes erlebt! Stimmt's, Schatz?«

»Stimmt«, bekräftigt das Karohemd. Mehr ist aus dem im Gespräch offenbar nicht rauszuholen.

Die drei gehen am Bad vorbei ins Wohnzimmer, und ich komme nicht umhin, der Schleimoffensive weiter zuzuhören. »Wir lieben Aubing!«, erklärt die Dreiviertelhose gerade. »Die Tante zweiten Grades meines Mannes hat hier ein paar Jahre gewohnt, und wir haben sie ganz oft besucht und für sie eingekauft, stimmt's, Schatz?«

»Na ja, so oft war es auch nicht«, brummt Schatz,

dem offenbar mehr an Ehrlichkeit gelegen ist als seiner Angetrauten.

Sie lacht ein bisschen schrill und geht dazu über, ausführlich zu erklären, warum ihnen beiden zwei Zimmer gerade vollkommen ausreichen würden.

»Wissen Sie, ich bin ja Grundschullehrerin! Ich habe also schon ganz viele Kinder. Es fühlt sich wirklich fast so an, als wären es meine eigenen. Deshalb habe ich zu meinem Mann gesagt, Schatz, habe ich gesagt, wir sind ja noch jung! Das kann wirklich noch ein paar Jahre warten.«

Argh. Erklärt sie gerade einem Fremden ihre Familienplanung? Macht man das heute so? Gehört das dazu, wenn man eine Wohnung will?

Auch Herrn Huber scheint das Thema nicht so ganz angenehm zu sein. »Und was machen Sie beruflich?«, wendet er sich an ihren Mann.

Elektroingenieur!, will ich schon aus dem Badezimmer rüberschreien, halte mich aber zurück.

»Elektroingenieur«, antwortet der Mann.

War klar. Erkennt man doch am Hemd. Unwillig humpele ich noch mal ins Wohnzimmer, um mich wenigstens anständig zu verabschieden. Ich reiche dem Makler die Hand, werde von der Frau aus schmalen Augen angestarrt und ziehe im Gehen die Tür hinter mir zu.

Ehe sie ins Schloss fällt, kann ich hören, wie die Dreiviertelhose gedämpft fragt: »Wer war das denn? Sie wirkte ein wenig ungepflegt.«

Ich schaue an mir herunter, sehe Jeans, alte Turnschuhe und ein rotes T-Shirt.

Dass ich sogar zu Wohnungsbesichtigungen meine Anwaltskluft tragen muss, hätte mir ja auch mal jemand sagen können.

Immerhin kann ich schon nach einer Woche Florian, dem neuen Orthopäden meines Vertrauens, die Krücken zurückbringen. Er untersucht meinen Knöchel und ist zufrieden.

»Die leichte Schwellung wird bald ganz verschwunden sein«, verspricht er mir. »Aber bleib bitte noch eine Weile bei den flachen Schuhen! Du solltest in absehbarer Zeit nicht mehr umknicken.«

»Na gut«, seufze ich und verabschiede mich im Geiste für diesen Sommer von ein paar entzückenden Sandaletten.

»Dann noch gute Besserung!« Strahlend reicht Florian mir die Hand. »Ich hoffe, wir sehen uns bald mal wieder. Zum Beispiel beim Sonntagsessen bei meinen Eltern.«

Entsetzt schaue ich ihn an. Hab ich mich verhört, oder ist das ein besonders beknackter Aufreißspruch?

»Ähm, weißt du«, hebe ich an, aber dann fällt mir kein Ende für den Satz ein. Zum Glück.

»Meine Frau und meine Schwester würden sich über weibliche Verstärkung sicher freuen«, sagt Florian.

Und endlich verstehe ich, in welcher Rolle er mich bei diesem Essen erwartet.

»Ich bezweifele, dass Matthias mich dazu einlädt«, sage ich mit meinem souveränsten Lächeln.

»Oh, tut mir leid!« Florian verzieht unbehaglich das Gesicht. »Es geht mich ja auch nichts an, was zwischen euch ist.«

Mühsam widerstehe ich der Versuchung, ihn auszuquetschen, was Matthias denn wohl für mich empfindet. Aus dem einzigen Grund, dass Florian ihm diese entwürdigende Szene bestimmt weitererzählen würde.

»Gar nichts ist zwischen uns«, erkläre ich deshalb betont munter. Und denke an Chris, mit dem leider auch nichts ist, und frage mich, warum es eigentlich gleich zwei spannende Männer in meinem Leben gibt, die sich nicht die Bohne für mich interessieren.

»Ach so.« Florian nickt ratlos. »Schade.«

Finde ich auch.

Zwei Tage später sitzt mir meine Lieblingsmandantin gegenüber. Nina Maierhofer hat ein derart weiches Herz, dass ich sie permanent beschützen möchte. Vor einem Dreivierteljahr ist sie mit zwei Kindern bei ihrem Mann ausgezogen, der mit zunehmender Ehedauer immer weniger Interesse an ihr zeigte. Auch sexuell, wie sie mir durch die Blume zu verstehen gab. Also hoffte sie, die Trennung würde ihm den Impuls geben, um die Ehe zu kämpfen. Er wirkt aber eher erleichtert, sie losgeworden zu sein und sich jetzt ohne Nörgelei jedes Wochenende auf dem Golfplatz seinem Handicap widmen zu können.

Leider scheint er darüber zu vergessen, sich am Lebensunterhalt der Kinder zu beteiligen. Das möchte Nina Maierhofer zumindest gerne glauben. Ich dagegen bin erstens Anwältin und zweitens pessimistisch genug, um zu vermuten, dass er sich aus reiner Berechnung drückt. Auch die letzte Frist hat er kommentarlos verstreichen lassen. Zu Gesicht bekommen haben ihn die wirklich reizenden Kinder seit der Trennung ohnehin nicht mehr.

»Vielleicht ist er verreist«, sagt seine Frau. Ihre blauen Augen schauen mich hoffnungsvoll an.

»Einen ganzen Monat lang? Und die neun Monate davor?«

»Er braucht eben ein bisschen Zeit für sich.«

»Frau Maierhofer, das mag ja alles sein. Aber Sie brauchen den Unterhalt für die Kinder.«

»Ich könnte mehr arbeiten«, überlegt sie tapfer.

»Wann denn bitte? Sie müssen Elias doch jeden Tag um fünf Uhr aus der Krippe abholen.«

»Vielleicht könnte das meine Mutter übernehmen.«

»Ihre Mutter ist Anfang siebzig und kümmert sich schon jeden Nachmittag um die Große.«

»Sie würde das sicher trotzdem machen, wenn ich sie darum bitte.«

»Wenn Sie Ihr weiches Herz von ihr geerbt haben, hege ich da keine Zweifel. Aber es ist ungerecht, Frau Maierhofer, und das wissen Sie auch. Ihr Mann soll Verantwortung übernehmen und sie nicht auf seine Schwiegermutter abwälzen.«

»Sie haben ja recht.« Meine Mandantin seufzt.

»Nichts höre ich lieber als das. Ich werde also die notwendigen Schritte einleiten, damit Sie an Ihr Geld kommen.«

»Kann man eigentlich auch irgendetwas unternehmen, dass er die Kinder wenigstens mal besucht? Sie fragen immer wieder nach ihm.« Sie dreht an ihrem Ehering, den sie immer noch trägt, und ich kann mich des Gefühls nicht erwehren, dass Nina Maierhofer ihren Mann selbst am meisten vermisst.

»Ich fürchte, dazu kann man ihn kaum zwingen. Der klassische Fall ist ja umgekehrt. Ihr Mann hat natürlich ein Besuchsrecht, aber wenn er es nicht wahrnimmt ...«

»Eine Schande ist das!«, schimpft meine Mandantin und schaut zornig auf. Wenn es um Paula und Elias geht, versteht sie keinen Spaß. »Es soll mir doch bitte mal jemand erklären, was daran gerecht sein soll, dass Väter ein Besuchsrecht haben und Kinder nicht.«

»Es steht zu befürchten, dass er die Kinder jedes Mal versetzen würde, wenn man ihm Termine aufzwingt. Das wäre bestimmt noch schlimmer für die beiden.«

»Ja, natürlich. Es ist nur so schade.« Traurig senkt sie ihren Blick. »Ich hätte mir einen besseren Vater für meine Kinder aussuchen müssen.«

»Das konnten Sie ja nicht ahnen, als Sie ihn geheiratet haben.« Ich tätschele vorsichtig ihre Hand.

»Wissen Sie, eigentlich ist er ganz anders«, sagt sie und lächelt zart.

Nina Maierhofer erinnert mich an mich selbst in meinen schlimmsten Liebeskummerphasen. Als ich überzeugt war, meine Umgebung verkenne den Mann vollkommen, dem ich mein Herz geschenkt hatte. Nur ich konnte sehen, wie es in seinem Inneren wirklich aussah. Und sein mieses Verhalten war nur Ausdruck irgendeines Schmerzes, den eine Beziehung mit mir sofort lindern würde. Na klar. Heute durchschaue ich das zwar rückblickend, bin mir aber überhaupt nicht sicher, ob ich nicht jederzeit wieder mit Karacho in diesen Irrtum schlittern könnte.

»Wir bringen jetzt erst mal die Finanzen in Ordnung«, schlage ich betont munter vor, »und dann können Sie ja weiterhin versuchen, sich mit Ihrem Mann über das Wohl der Kinder zu verständigen.«

»Na gut.« Nina Maierhofer blickt auf die Uhr und greift nach ihrer Tasche. »Ich muss jetzt leider los.«

»Kein Problem, wir haben ja alles geklärt. Ich schicke Ihnen das weitere Vorgehen per Mail, damit Sie alles in Ihren Unterlagen beisammenhaben.«

Diese Mail werde ich aber nicht über unser Vorzimmer schicken, beschließe ich, als Frau Maierhofer gegangen ist. Dieser Umweg geht mir allmählich schwer auf die Nerven. Und wenn ich den Text sowieso schon tippen muss, weil meine Diktierkünste immer noch nicht vom Himmel gefallen sind, maile ich ihn meiner Mandantin lieber schnell selbst. Ich notiere also die Ergebnisse des heutigen Termins und erläutere ihr das weitere Vorgehen: Wenn ihr Mann weiterhin alle

Einschreiben abweist und zu Hause die Tür nicht öffnet, habe ich vor, ihm die Post in seinem Golfklub zukommen zu lassen. Dort verbringt er mit schöner Regelmäßigkeit die Wochenenden, und auf dem Rasen kann er sich schließlich schlecht verstecken. Mit herzlichen Grüßen, Viola Nienhaus. Ich gebe *Maierhofer* ins Adressfeld ein, klicke auf *Namen vervollständigen* und schicke die Mail ab.

Und dann fängt mein Herz an zu rasen.

Nein, das darf nicht wahr sein! Das habe ich gerade nicht gemacht. Oder? Kann gar nicht sein. Während ich noch mit weit aufgerissenen Augen auf meinen Monitor starre, öffnet sich meine Bürotür. Oh nein, bitte nicht das jetzt auch noch!

»Viola, ich soll dir Bescheid sagen, dass die Konferenz sich verzögert.« Matthias hält inne, als er meinen Gesichtsausdruck sieht. »Was ist passiert?«

»Ich habe einen riesigen Fehler gemacht. Eine Katastrophe!«, kiekst eine Stimme, die meiner ähnelt.

»So schlimm wird es schon nicht sein.«

»Die Strategie an den Prozessgegner zu mailen?«

»Oh Himmel, das hast du getan? Wann? Gerade eben?« Matthias zieht schnell die Tür hinter sich zu und steht mit drei großen Schritten neben mir. Er schubst mich vom Stuhl und lässt sich darauf fallen.

»Vor zehn Sekunden. Ich bin geliefert!«, jammere ich verzweifelt und halte mich schwankend am Schreibtisch fest. »Frau Maierhofer hatte mir die Mailadresse ihres Mannes mal geschickt, und das blöde E-Mail-

Programm hat sie offenbar ins Adressbuch übernommen.«

»Einzelheiten später. Wo ist der letzte Brief, den du offiziell an ihn geschickt hast?«

Ich fische die Datei aus meinem geheimen Entwürfe-Ordner. Matthias kopiert in atemberaubendem Tempo den Inhalt in eine neue Mail, tippt die einigermaßen nichtssagende Betreffzeile *Kindesunterhalt* von meinem Irrläufer dazu und schickt sie an Maierhofer. Dann noch mal. Dann noch mal. Und dann noch mal. Immer wieder, bis es mir zu blöd wird, dabei zuzusehen.

»Was machst du da?«

»Dir helfen.«

»Was hilft es mir, wenn Maierhofer mich für eine Stalkerin hält?«

»Das wird er nicht.« Matthias lässt zufrieden die Maus los, lehnt sich in meinem Stuhl zurück und sieht mich an. »Er wird denken, dein Mailprogramm sei inkontinent.«

»Und?«

»Und, wenn du Glück hast, nur die neueste Nachricht lesen. Die kennt er ja schon, weil er sie vor mehr als einem Monat als Brief erhalten hat. Dann wird er feststellen, dass die nächsten zwei den gleichen Inhalt haben. Und dann alle zehn, die er insgesamt heute von deinem Account bekommen hat, löschen. Wie gesagt: Wenn du Glück hast.«

»Und wenn nicht?«

»Dann kontrolliert er jede Minute seine Mails und

hat deine erste schon gelesen, als ich die nächsten hinterhergeschickt habe.«

»Oh weh.« Ich setze mich auf die Kante meines Schreibtisches und versuche, tief durchzuatmen. »Kann ich das irgendwie herausfinden?«

»Nur indem du deine Strategie bald anwendest und schaust, ob er Gegenmaßnahmen ergriffen hat.«

Mein Mund ist ganz ausgetrocknet. Matthias trommelt mit den Fingern auf meiner Schreibtischplatte und sieht mich kopfschüttelnd an.

»Was hast du dir eigentlich dabei gedacht?«

»Gar nichts. Ich sagte doch, die Adresse war zufällig in den Kontakten gespeichert.«

»Das meine ich gar nicht. Wieso hast du die Mail selbst weggeschickt?«

»Ach, weil ...« Seufzend ziehe ich einen anderen Stuhl heran und setze mich. »Weil es mich schrecklich nervt, dass hier immer alles diktiert werden und übers Vorzimmer laufen muss. Das kostet doch unnötig Zeit!«

»Das ist richtig«, stimmt mir Matthias bedächtig zu. »Aber unsere Vorzimmerdamen haben noch nie einen falschen Adressaten eingegeben.«

»Mir ist das ja auch noch nie passiert!«

»Wie lange arbeitest du jetzt hier, ein halbes Jahr?«

»Lass mich bloß in Ruhe!«, fauche ich ihn an. »Ich hab's verstanden, es war blöd, ich hatte eine Heidenangst, und du hast mir den Arsch gerettet. Danke dafür. Aber auf die Predigt kann ich verzichten!«

Matthias zieht eine Augenbraue hoch, schiebt den Stuhl zurück und steht auf. »Prima«, sagt er. »Ich bin gespannt, ob ich den Tag noch miterleben werde, an dem dein Sturkopf dir die Kündigung einbringt.«

»Ganz bestimmt nicht!«, rufe ich ihm hinterher, als er mein Büro verlässt.

Dabei bin ich mir da gar nicht so sicher.

»Also habe ich einfach Schluss gemacht«, sagt Hanna und lässt ihre Beine vom Barhocker baumeln.

Mir schießt das Blut ins Gesicht, und ich nehme einen tiefen Schluck Weißwein, um davon abzulenken. Effektiver als gedacht, denn ich verschlucke mich und ersticke fast. Hanna klopft engagiert auf meinen Rücken, bis ich wieder atmen kann.

»Na«, sagt sie vergnügt, »so überraschend kam es ja nun auch wieder nicht.«

»Nicht?«, schnaufe ich. »Für mich schon! Was hat dir denn nicht gepasst an ihm?«

»Ach, weißt du, Chris ist echt ein netter Kerl. Aber irgendwann hat es mich genervt, dass er immer über Politik reden und die Menschheit retten wollte.« Hanna rollt mit den Augen und grinst. »Zumal das alles eher theoretisch war. Er ist ja nicht Albert Schweitzer oder so.«

»Ist doch toll, wenn jemand Ideale hat«, widerspreche ich entrüstet.

»Klar ist das toll. Nur passt der dann eben nicht zu mir.«

»Hast du denn keine Ideale?«

»Doch, klar. Karriere, Kind, Penthouse. Aber gesamtgesellschaftlich gesehen? Nein.«

»Da hättet ihr euch doch wenigstens gut ergänzt.«

»Pfff.« Hanna deutet mit einer Olive am Zahnstocher auf mich. »Hast du welche?«

»Natürlich hab ich Ideale.«

»Na dann erzähl mal.«

»Also, freier Zugang zu Trinkwasser für alle sollte ein Menschenrecht sein. Außerdem bin ich gegen Experimente mit Atomwaffen. Und …«

»… für Weltfrieden, was? Bei einer Miss-Wahl würdest du damit gut abschneiden.« Meine Freundin grinst spöttisch.

»Außerdem bin ich dagegen, dass Menschen mit Idealen von solchen ohne Ideale verarscht werden!«, sage ich beleidigt.

»Ich auch. Darum habe ich mich ja getrennt. Jetzt kann er bei *Blaship* in aller Ruhe weitersuchen. Nach einer Greenpeace-Aktivistin mit Magistergraden in Politischer Wissenschaft und Geschichte.«

»Und was ist mit dir?«

»Was soll sein? Ich date wieder. Meine Kolumne drohte sowieso schon allmählich langweilig zu werden, ich musste schon auf Erlebnisse aus dem letzten Jahr zurückgreifen.«

»Was machst du eigentlich, wenn dir mal der Richtige begegnet und du die Kolumne nicht weiterführen kannst?«

»Der Richtige.« Hanna lächelt ein bisschen und schaut in die Ferne. »Der ist es dann hoffentlich wert.«

»Das erhöht wahrscheinlich die Schwelle für die Kandidaten.«

»Irgendwie schon …« Im nächsten Moment beugt sich Hanna zu mir und flüstert: »Siehst du die Frau da an der Tür? Die hat mit mir studiert. Schlimme, arrogante Zicke.«

»So sieht sie auch aus«, stelle ich trocken fest, als die Lady mit ihrem Louis-Vuitton-Täschchen in unsere Richtung stöckelt. Alle Tische sind belegt, am Tresen ist noch ein bisschen Platz – direkt neben Hanna, die erbleicht.

»Oh nein, bitte nicht neben mich«, wispert sie. »Bitte nicht, bitte nicht … Amelie!« In der Sekunde, da die Handtasche neben ihr auf dem Barhocker landet, knipst Hanna täuschend echte Begeisterung an. »Wir haben uns ja ewig nicht gesehen! Kennst du mich überhaupt noch?«

»Kann schon sein«, antwortet Amelie blasiert. »Wie heißt du noch mal?«

»Hanna Rauch. Wir haben zusammen Journalistik studiert.«

»Ach ja, natürlich.« Amelie lächelt gleichgültig und winkt den Barkeeper herbei. Anscheinend hält sie das Gespräch damit für beendet. Aber wenn Hanna mal im Redefluss ist, wimmelt man sie nicht so leicht ab.

»Wohin hat es dich jetzt eigentlich verschlagen? Ich

habe deinen Namen schon länger nirgends mehr gelesen. Bist du zum Fernsehen gegangen?«

»Aber nein«, zwitschert Amelie. Ihr affektierter Tonfall macht mich allmählich wahnsinnig. »Ich schreibe über Kunst und Mode … Aber du siehst nicht so aus, als würdest du das Feuilleton der *Zeit* lesen.« Ihr Unterton macht deutlich: *Wer es nicht liest, ist Abschaum.*

»Ah«, macht meine Freundin mit merklich abgekühlter Freundlichkeit. Ich warte darauf, dass Amelie jetzt Hanna fragt, was sie so treibt. Auch Hanna scheint darauf zu warten. Allerdings kommt nichts. Amelie nippt an ihrem Cosmopolitan und schaut immer wieder zur Tür.

»Das ist übrigens meine Freundin Viola«, sagt Hanna schließlich zu ihr und weist in meine Richtung. Wir nicken einander zu.

»Auch auf einen Feierabenddrink?«, frage ich unkreativ. Etwas, das uns mehr verbindet, fällt mir nicht ein.

»Nein, ich erwarte jemanden … Bin verabredet.« Wieder wirft Amelie einen nervösen Blick in Richtung Eingang. Kurz darauf öffnet sich die Tür, und ein großer blonder Mann kommt herein. Verwaschene Jeans, Bartstoppel, Typ Naturbursche. Amelie setzt sich etwas aufrechter hin und sieht ihm entgegen. Der Naturbursche lässt aber nur prüfend seinen Blick über die Tische schweifen. Er scheint jemanden zu suchen. Hanna dreht sich zu mir und schneidet irgendwelche Grimassen, die ich nicht deuten kann. Ich beobachte den

Mann weiter über ihre Schulter, das erscheint mir gerade spannender. Dann wandert sein Blick zu Amelie, bleibt kurz an ihr hängen – ehe er ihn abwendet, ohne eine Miene zu verziehen, sich umdreht und das Café wieder verlässt.

Amelie dreht sich wieder in unsere Richtung und greift mit Todesverachtung im Blick nach ihrem Drink, während Hanna mir zuflüstert: »Ist er weg?«

»Ja, er ist weg«, bestätige ich verwirrt. »Aber wer war das eigentlich?«

Noch ehe Hanna mir antworten kann, tut es Amelie. »Das war mein Date«, murmelt sie und greift in die kleine Schale mit den Chips. Ihre Stimme ist eine halbe Oktave tiefer gerutscht.

Hanna wirft den Kopf herum und haut ihr kumpelhaft auf die Schulter. »Du hattest ein Date mit *Luftschiff33*?«, ruft sie lachend.

»Du kennst den?« Amelie starrt sie mit offenem Mund an. Sieht ein bisschen doof aus, aber sympathisch unsouverän.

»Ich bin eine deiner Vorgängerinnen.« Hanna grinst.

»Schön wär's.« Amelie lässt die Schultern hängen. »Bei mir hat er es sich offenbar gerade anders überlegt.«

»Mach dir nichts draus. Er küsst grauenhaft.«

»Ehrlich?« Hoffnungsvoller Augenaufschlag.

»Ganz schlimm. So stelle ich es mir vor, wenn man mit der Zunge in eine Schiffsschraube gerät.«

»Oh, igitt! Dann habe ich wohl wirklich nichts verpasst.«

»Froh kannst du sein.«

Es entsteht eine kleine Gesprächspause. Wir nippen an unseren Getränken, beobachten den Barkeeper beim aufmerksamkeitsheischenden Mixen eines Cocktails und bemerken erst spät, dass schmale Tränenbäche über Amelies Wangen laufen. Es steht ihr. So stilvoll habe ich noch nie jemanden weinen sehen.

»Irgendwas mache ich falsch!«, quietscht sie mit tränenerstickter Stimme.

»Wie meinst du das?«, frage ich vorsichtig.

»Seit drei Jahren bin ich auf der Suche. Und nie klappt es.« Hanna reicht ihr schweigend ein Taschentuch, mit dem sie ihre Wangen trocken tupft. »Je interessierter ich bin, desto früher springen die Typen ab. Aber so was wie heute Abend ist mir wirklich noch nie passiert!« Sie schnieft zart. »Was stimmt denn nicht mit mir? Ich mache Sport, ich bin vielseitig interessiert, ich esse sonst nie Chips, sondern fast ausschließlich Salat, ich bin erfolgreich und gut ausseh…«

»Du bist eine arrogante Kuh«, unterbricht Hanna sie gelassen.

»Hanna!«, rufe ich entsetzt. »Das ist gemein!«

»Wieso denn? Sie hat doch gefragt.« Ausdruckslos blickt Hanna Amelie an, der schon wieder dicke Tränen über die Wangen laufen. »Hör mal, Amelie, deine Freunde werden dir nie eine ehrliche Antwort darauf geben können. Wir sind nicht deine Freundinnen, und zumindest ich bin auch nicht daran interessiert, es zu werden. Dir bietet sich also heute Abend die kostbare Gelegenheit, eine offene Einschätzung zu erhalten. Möchtest du sie hören?«

»Ich glaube schon.«

»Nee, nix mit ›Ich glaube schon‹. Ja oder nein. Und wenn ja, darfst du nicht nach jedem Satz heulen.«

Amelie seufzt tief und putzt sich die Nase, bevor sie das Taschentuch einsteckt. »Also gut«, sagt sie und stützt ihren rechten Ellbogen auf den Tresen. »Ich bin bereit.«

»Punkt eins: Deine Arbeit ist nicht ehrenvoller als die anderer Leute. Und wenn jemand dich fragt, was du beruflich machst, dann frag gefälligst auch zurück. Alles andere ist unhöflich.«

»Verstehe«, murmelt Amelie.

»Punkt zwei: Unser Studium ist erst ein paar Jahre her. Wenn du dir tatsächlich so wenig Mühe gibst, dir die Namen anderer Leute zu merken, kannst du bald von vorne anfangen, die Typen von vor drei Jahren zu daten.«

»Ja, okay.«

Ich winke dem Kellner und bestelle eine neue Runde. Sieht aus, als würde es ein langer Abend werden.

»Punkt drei«, doziert Hanna weiter. »Hör auf, so geziert im zweigestrichenen Oktavbereich zu sprechen. Da tun einem nach fünf Minuten die Ohren weh; und dass deine echte Stimme anders klingt, wissen wir, seit das Luftschiff außer Sichtweite ist.«

Jetzt sagt Amelie gar nichts mehr.

»Punkt vier: Schau mich mal so an, wie du vorhin den Typen angeschaut hast.«

Widerwillig hebt Amelie den Kopf. Sie braucht ein paar Sekunden, um ihre Mundwinkel wieder nach oben zu ziehen, aber dann lächelt sie Hanna und mich mit einem sehnsüchtigen Mein-Prinz-wird-kommen-Blick an.

»Ach, Amelie«, sage ich ein bisschen gerührt und werde mit einem dankbaren Blick bedacht.

Aber Hanna schüttelt nur den Kopf. »Nach zwei Wochen Beziehung flippt jeder Mann aus vor Begeisterung über ein solches Lächeln. Trotzdem, Punkt fünf: Das erste Date ist zu früh, um ihn mit allen unausgesprochenen Erwartungen an ein langes gemeinsames Leben zu behelligen.«

»Wie soll ich denn sonst lächeln?«, begehrt Amelie auf.

»Zeig mal, wie du deinen Hausarzt anlächelst, wenn du mit einer Erkältung zu ihm gehst«, fordert Hanna und erntet ein herzliches, leicht zaghaftes Lächeln.

»Perfekt. Ich würde dich sofort beschützen wollen«, lobt meine Freundin. »Weiter geht's: Was wusstest du über das Luftschiff, bevor ihr euch verabredet habt?«

»Dass er gerne klettern geht, dass er seinen VW-Bus selbst ausgebaut hat, dass er keine Krawatte besitzt«, zählt Amelie auf und bestätigt mich damit vollkommen in meiner Überzeugung, dass Online-Dates nichts für mich sind. Was interessiert mich der Inhalt seines

Kleiderschranks, bevor ich den Mann überhaupt gesehen habe? Und langweilen einen dort alle Typen mit Details über ihre fahrbaren Untersätze? Klingt schrecklich. Aber ich bin lieber still und lasse Hanna reden, die ohnehin kaum zu halten ist.

»Und was genau, dachtest du«, setzt sie genüsslich an, »hält so ein Mann von deinem Auftritt mit Plateaupumps und Tussi-Täschchen?«

Amelie öffnet den Mund, klappt ihn wieder zu und sieht ratlos an sich herunter. »Nichts?«, rät sie.

»Hat man ja gesehen«, bestätigt Hanna zufrieden.

»Eigentlich war das noch gar nichts«, sagt Amelie. »Einer ist mal durch die Hintertür abgehauen und hat mich mit der Rechnung sitzen gelassen.«

Ich kann mir ein leises Kichern nicht verkneifen.

»Echt jetzt?«, fragt Hanna begeistert und greift nach ihrem Arm. »Wie heißt der? Wo hast du ihn gefunden? Ich will ihn auch daten!«

»Bist du noch zu retten?«

»Hanna datet Spinner aus Berechnung«, werfe ich zur Erklärung ein. »Sie schreibt eine Dating-Kolumne, und je schräger das Date, desto mehr Spaß macht die Kolumne.«

»Ach so? Das ist ja total spannend!«

»Hättest du viel früher erfahren können, wenn du gefragt hättest«, grunzt Hanna.

Aber Amelie ignoriert diese Bemerkung. »Ich hab einige Kandidaten auf meiner Schwarzen Liste stehen, die du dafür dringend mal kennenlernen solltest!«, sagt sie breit grinsend. »Volker mit den rasierten Beinen in kurzen Hosen. Rainer mit der eifersüchtigen Mutter, die am Nebentisch Platz nahm. Und Ben, der mich durch die halbe Stadt geschleift hat auf der Suche nach einer Bar, in der man noch rauchen darf.«

»Rauchst du denn?«, frage ich.

»Nö, ich nicht. Aber er.«

Als ich drei Stunden später daheim vor dem Badezimmerspiegel stehe und meine Zähne putze, weiß ich alles über Katastrophendates. Ich nehme mir vor, am nächsten Tag schon mal über einen Ordensnamen für mich nachzudenken. Schwester Walburga würde mir gut gefallen. Und dann werfe ich unvorsichtigerweise einen Blick nach links, wo ein benutztes Kondom über dem Badewannenrand hängt. Ich kann den sofortigen Würgereflex nur unterdrücken, weil ich nicht ein zweites Mal am Abend Zähne putzen möchte.

Hoffentlich kriege ich die Wohnung in der Pampa.

Kapitel 7

Als ich am nächsten Morgen aufwache, brummt mir der Schädel – und das liegt nicht nur an den Drinks, mit denen wir gestern Abend ausgiebig Schwesternschaft getrunken haben. Das Auftauchen von Amelie hat mich davon abgehalten, meinen Schock über die Trennung von Hanna und Chris zu verdauen. Noch im Bett trifft mich die Erkenntnis wie ein Schlag: Chris ist Single. Es ist nicht mehr verboten, in ihn verknallt zu sein.

Ist es wohl!, schaltet sich mein Kopf ein.

Ach ja? Warum denn?, zickt mein Bauch los.

Vielleicht weil er Hannas Exfreund ist? Die Exfreunde der Freundinnen sind tabu. Zumindest das müsstest du aus den ganzen Kitschfilmen gelernt haben, die du dir beim letzten Liebeskummer reingezogen hast, lästert mein Kopf.

Die Exfreunde der Freundinnen? Du meinst, ALLE Exfreunde ALLER Freundinnen?, fragt mein Bauch entsetzt. *Dann brauche ich in München ja gar nicht mehr zu suchen!*

Dann suchste halt woanders.

Manno, alles verbietest du mir!, jault mein Bauch. *Und bei Matthias hast du es mir mit deiner Bockigkeit versaut.*

»Ich bin nicht bockig«, grummele ich leise in mein Kopfkissen.

Na ja, ein bisschen schon, kommentiert mein Kopf.

»Ach, halt doch die Klappe! Auf wessen Seite stehst du eigentlich?«, begehre ich auf.

Aufseiten der Vernunft. Ich weiß, was gut für dich ist!, behauptet mein Kopf. *Du brauchst mich nur zu fragen.*

»Okay, ich frage: Was ist deiner Meinung nach gut für mich?«

Such dir ein Benediktinerinnenkloster. Schwarz-weiße Ordenstracht und Abgeschiedenheit sind genau das Richtige in deiner Situation.

Das Essen da ist aber bestimmt mies, protestiert mein Bauch.

»Gebt endlich Ruhe!«, schnaufe ich. »Es ist Samstagmorgen, ich will jetzt noch mindestens eine Stunde schlafen, und das werde ich auch tun!«

Denkste, kichern beide in trauter Eintracht.

Zwanzig Minuten später stehe ich tatsächlich widerstrebend auf und hole den Laptop ins Bett. Nur um den Wohnungsmarkt zu durchforsten, selbstverständlich. Es ist reiner Zufall, dass ich schon bald bei *Blaship* lande und dort enttäuscht feststelle, dass man sich die Profile der potenziellen Partner nur als registrierter Nutzer anschauen kann. Ich kenne niemanden, der dort registriert ist. Außer Hanna, aber die kann ich ja schlecht fragen. Amelie dagegen ist selbstverständlich bei *EdelPartner* – wo sonst.

Die Website umarmt zögerliche Neuankömmlinge wie mich sofort fest und herzlich. Ich solle mich doch einfach mal registrieren, schlägt sie vor, die ersten sechs Wochen seien gerade ohnehin kostenlos, und danach könne ich ja immer noch jederzeit kündigen. Mein Kopf nimmt sich offenbar gerade eine Auszeit – anders lässt es sich nicht erklären, dass mein Nutzername plötzlich *Pinienkern* lautet und ich mich einem endlosen Fragebogen gegenübersehe, der herausfinden will, wer am besten zu mir passt. Moment, so haben wir nicht gewettet! Ich will doch einfach nach großen, dunkelhaarigen Männern mit DVD-Sammlung in München-Sendling suchen. Aber das geht so nicht, erfahre ich. Hier wird mit System verkuppelt, und dazu muss ich erst mal etliche Seiten Fragebogen durchackern.

Bei den meisten Fragen erschließt sich mir der Sinn durchaus. Warum ich einen Partner suche? Ich möchte wirklich gern wissen, wie viele Menschen ehrlich genug sind, um *Verzweiflung, sexuelle Frustration, Langeweile* oder *familiärer Druck* hinzuschreiben. Ob ich Wert auf Treue lege? Bei meinem Partner schon, würde mir als Antwort gefallen. Aber ich klicke brav alles an, von dem ich vermute, dass es mich Chris näher bringt. Ich will ja nur mal schauen, wie sein Profil so aussieht. Wenn Unsinn darin steht, kann ich ihn mir sofort aus dem Kopf schlagen. Das wäre wirklich praktisch.

Also durchforste ich mein Gedächtnis nach allem, was er mir irgendwann mal erzählt hat, gebe bei bevorzugten Reiseländern *Nepal* an und bei Sportarten

Tauchen. Leider war ich noch nie tauchen, aber der Zweck heiligt bekanntlich die Mittel, und theoretisch könnte ich mir schon vorstellen, es mal zu lernen. Das muss doch reichen.

Bei manchen Fragen bin ich allerdings hoffnungslos aufgeschmissen: Welche Raumtemperatur ich präferiere, möchte die Partnerbörse von mir wissen. Ächz. Das soll ein Kriterium sein? Wenn ich abends auf dem Sofa friere, kann ich mich doch zudecken. Oder an Chris kuscheln. Nur muss ich ihn dazu erst mal finden. Ich wähle *20 Grad* als goldenen Mittelweg, weil ich zwar weiß, dass es den meisten Männern immer eher zu warm ist, meine Bedürfnisse aber doch nicht vollkommen verleugnen möchte.

Lieblingsmusik? Poah, keine Ahnung, was Chris hört. Ich gebe mal sicherheitshalber *Pop/Rock* an, damit kann man wahrscheinlich nicht allzu viel falsch machen. Beim bevorzugten Wohnort bin ich mit *München* immerhin auf der sicheren Seite. Die Größe meines Traumpartners kann ich ziemlich genau eingrenzen, die Haarfarbe natürlich auch. Meine Wünsche lesen sich eigentlich nicht wie ein ernsthaftes Partnergesuch, sondern eher wie ein Fahndungsplakat. Hoffentlich bekommt Chris das nicht angezeigt, sonst hält er mich für plemplem. Und das ist von der Wahrheit leider gar nicht so weit entfernt.

Wie ich mich selbst äußerlich beschreiben soll, weiß ich nicht recht. Am Ende steht Chris auf blond und hätte mich damit von vornherein aussortiert. Also gebe ich sicherheitshalber *blonde Locken* an. Das ist zwar das Gegenteil von mir, aber Hanna hat blonde Locken, und die hat Chris ja irgendwie gefunden. Auch *blaue Augen* kreuze ich vorsichtshalber an. Als Beruf wähle ich Yogalehrerin – das ist von Anwältin maximal entfernt, er kommt also niemals darauf, dass ich das sein könnte. Immerhin habe ich während des Studiums auch mal einen Yogakurs belegt. Da bin ich zwar nie hingegangen, aber ich war schließlich eingetragen.

Als ich die zehn Seiten endlich bewältigt habe, bin ich ganz wirr im Kopf. Aber die freundliche Maschine steht schon bereit, um mir wieder Klarheit zu verschaffen. Klarheit über mich selbst. Dass am Ende dieses Psychotests tatsächlich eine Auswertung wartet, finde ich ein bisschen gruselig. Ich hatte nur erwartet, mein Innerstes vor irgendeinem Algorithmus nach außen zu kehren. Dass er mir dann auch noch den Spiegel vorhält, ist mir unangenehm. Mein Blick auf die Menschen sei nicht besonders positiv, erfahre ich. Außerdem sei ich eigenbrötlerisch und etwas rechthaberisch. Innerhalb der nächsten fünf Stunden werde ich eine Mail empfangen mit Vorschlägen von Partnern, die zu diesem charakterlichen Sondermüll passen. Okay, zugegeben: Ganz genau so steht das da nicht. Trotzdem ist das Ergebnis natürlich vollkommener Unsinn. Diese Auswertung kann nur daran liegen, dass ich den Test nicht ganz ehrlich ausgefüllt habe, sondern in allem perfekt zu Chris passen wollte. Und wenn der eine zynische Eigenbrötlerin sucht, umso besser.

Trotzdem muss ich gleich mal meine Mutter anrufen. Sicher ist sicher.

»Mama, findest du mich negativ und eigenbrötlerisch?«, platze ich heraus, sobald sie abgenommen hat.

»Guten Morgen, Liebes. Ich hoffe, du hast gut geschlafen. Wieso fragst du mich nicht zuerst, ob ich finde, dass du manchmal mit der Tür ins Haus fällst?«

»Weil du mir das auch ohne Aufforderung sagst.«

»Hat dir der Mann auch vorgeworfen, du seist neunmalklug? Damit hätte er nämlich recht.« Meine Mutter zieht mich gern auf. Sie behauptet, sie müsse mir damit die Brüder ersetzen, die ich nie hatte.

»Welcher Mann? Das hat kein Mann gesagt.«

»Wie kommst du dann zu solch tiefschürfenden Erkenntnissen?«

»Du findest also, es stimmt?«, frage ich empört.

»Viola, sei nicht so anstrengend. Sag mir, wie du darauf kommst, und dreh mir nicht das Wort im Mund um.«

»Ich brauche eben klare Antworten.«

»Kind, ich liebe dich, aber heute bist du die Pest«, sagt meine Mutter freundlich. »Warte mal kurz.« Sie hält den Hörer zu, und ich höre nur leises Gemurmel, dem ein tieferes Gemurmel antwortet. Dann ist sie wieder dran. »In zwei Stunden bei uns. Dein Vater grillt Steaks. Bis dahin habe ich hoffentlich einen halben Liter Kaffee intus, und du hast dich ein bisschen beruhigt. Küsschen!«

Ehe ich antworten kann, hat sie aufgelegt.

Zwei Stunden später marschiere ich mental einigermaßen stabil bei meinen Eltern auf. Eine heiße Dusche hat den Kater vertrieben, und als ich sah, dass das Kondom vom Vorabend inzwischen verschwunden war, legte sich auch die latente Übelkeit. Ich gehe direkt ums Haus herum und finde meinen Vater in unserem kleinen Garten vor, wo er zwischen Flieder und Stachelbeerstrauch steht und an diesem ohnehin schon heißen Junitag mit einem Föhn die Kohle im Grill anfacht. Seine wenigen verbliebenen Haare stehen fast senkrecht in die Luft.

»Mensch, Papa, bist du faul geworden. Früher hast du immer mit einem Karton gewedelt«, sage ich und umarme ihn zur Begrüßung.

»Tja, das ist die Neuzeit!«, sagt mein Vater und fuchtelt mit dem Föhn herum. »Muskelschmalz zählt nicht mehr, die Maschine ersetzt den Menschen.«

»Armer Kerl. Wenn Mama eines Tages herausfindet, wie sie dich durch eine Maschine ersetzen kann, darfst du gerne bei mir einziehen.«

»In deine WG?« Mein Vater runzelt seine ohnehin zerfurchte Stirn. »Nein, vielen Dank. Mit so etwas bin ich seit den Siebzigern fertig.«

»Ich inzwischen auch, das kannst du mir glauben. Deshalb suche ich gerade eine eigene Wohnung.«

»Na dann, viel Glück. Dein Kinderzimmer kann ich dir leider nicht mehr anbieten«, sagt mein Vater schmunzelnd. »Ich erneuere gerade die Stromleitungen, weil deine Nichte beim letzten Besuch die Metallborsten ihrer Haarbürste in die Steckdose geschoben hat. So einen Funkenflug habe ich mein Lebtag noch nicht gesehen.«

»Aber ihr ist doch nichts passiert?«

»I wo. Die Bürste hatte einen Holzgriff.« Mein Vater schaltet endlich den lärmenden Föhn aus. »Jedenfalls haben wir uns gedacht, wir renovieren gleich das ganze Zimmer und reißen auch den alten Teppichboden raus. Man sieht deine Kaugummi-Experimente an manchen Stellen immer noch.«

»'tschuldigung.«

»Schon gut.« Mein Vater grinst. »Barbara ist in der Küche und macht Salate. Du könntest ihr helfen und mir dabei unauffällig ein Bier rausreichen.«

»Das lässt sich machen.«

Meine Mutter ist tatsächlich wacher als noch vor zwei Stunden und bedenkt mich mit einem gewitzten Blick aus ihren dunklen Augen. »Du hast also einen Mann kennengelernt«, sagt sie, nachdem sie mich an den Schultern gefasst und prüfend angeschaut hat.

»Nein, Mama. Also, ja, aber ich lerne dauernd Männer kennen.«

»Ach so? Na gut.« Sie wirkt nicht gerade überzeugt. »Wie kommst du dann auf diesen Psychokram?«

»Ich habe einen Test gemacht. Bei einer Online-Partnerbörse«, bekenne ich.

»Wirklich!« So erfreut habe ich meine Mutter selten gesehen. Sie unterbricht sogar das Gurkenschnippeln. »Du machst dich jetzt also ernsthaft auf die Suche?«

»Sieht ganz so aus.« Dass ich dort jemand ganz Bestimmten suche, kann ich ihr schlecht erzählen. Es wirft wohl nicht das allerbeste Licht auf mich.

»Das finde ich ja toll. Apropos, machst du deine tolle Salatsoße?«

»Äh, ja. Deine Gedankensprünge sind wirklich unübertroffen, Mama.« Da sie mir wieder den Rücken zugedreht hat, nutze ich die Gelegenheit, das Fenster zu öffnen und eine kühle Flasche Bier auf das äußere Fensterbrett zu stellen. Dort wird sie sich mein Vater gleich abholen. Dieses System ist jahrelang erprobt.

»Und? Hast du schon interessante Männer kennengelernt?«

»Nee, es dauert wohl ein bisschen mit den Vorschlägen. Kannst du mir jetzt bitte endlich verraten, ob du findest, dass die Auswertung recht hat?«

»Ich werde nach bestem Wissen und Gewissen antworten«, sagt meine Mutter und hebt die Hand zum Pfadfinderschwur. »Was war das noch mal genau?«

»Negative Einstellung gegenüber Menschen, eigenbrötlerisch, rechthaberisch«, zähle ich möglichst neutral auf.

»Wer, ich?«, fragt mein Vater, der soeben den Raum betreten hat. »Die Glut wäre jetzt perfekt.«

»Nein, nicht du!«

»Es klingt aber schon sehr nach deinem Vater«, wirft meine Mutter ein.

»Okay, schön, ist mir doch egal. Trifft es auch auf mich zu?«

»Ja, klar«, sagt mein Vater, tritt neben meine Mutter, legt ihr den Arm um die Schulter und zieht sie an sich. Sie nickt bekräftigend.

»Das ist furchtbar!« Ich bin entsetzt.

»Ist es gar nicht.« Meine Mutter küsst meinen Vater auf die Wange. »Wie du siehst, kann man auch mit derart schlechten Eigenschaften eine dauerhaft glückliche Beziehung führen.« Damit wendet sie sich zum Kühlschrank, holt das marinierte Fleisch heraus und drückt es meinem Vater in die Hand. Als er den Raum wieder verlassen hat, lächelt sie mich an und fügt hinzu: »Mach es einfach wie er und such dir einen unbeirrbaren Partner, der deine Marotten amüsant oder doch wenigstens unterhaltsam findet.«

»Welche Marotten denn?«

»Zum Beispiel die, dass du glaubst, du hättest keine.«

Autsch!

Draußen auf der sonnenbeschienenen Terrasse hat meine Mutter schon den Tisch gedeckt und die scheußlich geblümten Polster auf die Gartenmöbel gelegt. Sie hat es gerne kitschig. Beim Essen erzähle ich aus der Kanzlei, und meine Eltern berichten mir von ihrer Nil-Schifffahrt, die sie in Kürze antreten wollen. Mein Vater möchte ausspannen. Meine Mutter möchte die Basare leerkaufen. Ich bitte inständig darum, nichts Rosafarbenes oder Glitzerndes zum Anziehen mitgebracht zu bekommen, kann mich aber keine Sekunde darauf verlassen, dass meine Einlassung akzeptiert wurde.

Und dann macht mein Telefon in meiner Handtasche ein leises »Pling!«.

Die Partnervorschläge. Sicher sind das die Partnervorschläge! Ob Chris dabei ist? Ich traue mich nicht, in Anwesenheit meiner Eltern die Mail zu öffnen – bestimmt würden sie die Männer sofort selbst begutachten und kommentieren wollen, und das ist keine allzu reizvolle Vorstellung. Nachdem ich noch eine Weile auffällig gelassen weitergegessen habe, greife ich nach meiner Tasche und erkläre, ich müsse auf die Toilette.

Bis dahin schaffe ich es aber gar nicht. Auf der untersten Treppenstufe im herrlich kühlen Haus lasse ich mich nieder und öffne die Mail. Es sind die Partnervorschläge. Fünf Herren dient *Blaship* mir an. Die Fotos sehe ich noch von keinem, aber sie können meine auch nicht sehen – das gibt man erst bei näherer Bekanntschaft und Interesse frei. Gut so, denn mein Profil entspricht ja leider so gar nicht meinem wahren Aussehen. Deshalb habe ich ein paar Bilder von Comicfiguren hochgeladen. Betty Boop und Heidi. Ganz ohne ließ einen die Seite nämlich nicht weiter.

Kandidat Nummer eins gibt an, Zeitschriften zum Thema Technik und Motor zu sammeln und in seiner Freizeit am liebsten am Auto zu schrauben. Das kann er nicht sein. Zumindest hoffe ich das.

Nummer zwei interessiert sich für französische Literatur des 18. Jahrhunderts und spielt leidenschaftlich gerne Schach. Genauso drückt er das aus. Ich hätte Leidenschaft und Schach bisher nicht miteinander in Verbindung gebracht, aber man lernt ja dazu.

Nummer drei erklärt, sich für Zeitgeschichte und Politik zu interessieren und gerne ein bisschen dazu beitragen zu wollen, die Welt zu einem besseren Ort zu machen. Bingo! Das muss Chris sein. Und Hanna kann ihm nun wirklich nicht vorwerfen, er hätte mit diesen Überzeugungen hinter dem Berg gehalten, wenn sogar seine Kurzbeschreibung sie schon klarstellt. Mein Finger schwebt über *Kontakt aufnehmen*, als meine Mutter mit einem Stapel Teller von der Terrasse kommt.

»Geht es los? Sind das die Partnervorschläge?«, fragt sie aufgeregt.

»Nein, das sind …« Schnell, denk nach! »… nur neue Wohnungsanzeigen. Ich bin doch auf der Suche, und es ist mir gerade sehr viel eiliger damit geworden.«

»Ja, wieso denn?«

»Weil meine Mitbewohner neuerdings miteinander schlafen.«

»Oh. Ich verstehe.« Meine Mutter verzieht das Gesicht. »Wenn du es gar nicht mehr aushältst, kannst du gerne zu uns ziehen! Dein Zimmer ist zwar gerade ein Schlachtfeld wegen der Renovierung, aber wir könnten dir den Keller herrichten.«

Den Keller. Tolle Idee. Wir nennen ihn auch *Das Terrarium* wegen der vielen Spinnen, die darin hausen. »Danke, Mama, das ist lieb, aber erstens ist es mir ohne Auto zu viel Pendelei aus Kleindingharting in die Innenstadt …«

»Und zweitens?«

»Hätte ich dann ja schon wieder Mitbewohner, die miteinander schlafen.«

»Stimmt!« Kichernd verschwindet meine Mutter in der Küche.

Zu Hause finde ich endlich die Zeit, Kontakt mit Chris aufzunehmen. Worauf würde er wohl reagieren?

Hallo Unbekannter!
Mir sind ein paar Parallelen in unseren Profilen aufgefallen, und mit anderen Nepal-Reisenden tausche ich mich natürlich immer gerne aus. Vielleicht willst du mir ja auch mal erzählen, wie du die Welt verbessern willst? Ich habe meine persönliche Mission nämlich noch nicht gefunden.
Viele Grüße,
Pinienkern

Hm, Pinienkern. Was ist das eigentlich schon wieder für ein schwachsinniger Nickname, den ich mir da ausgesucht habe? Und sollte ich bei der Kontaktaufnahme nicht eigentlich schon meinen echten Namen benutzen? Wobei der ganz echte Name natürlich nicht infrage kommt. Ich müsste einen erfinden, und allmählich ist ganz schön viel an meinem Profil nur erfunden … Ach, was soll's. Ich unterschreibe als *Viviane*, näher an die Wahrheit heran traue ich mich nicht. Und wo ich gerade so schön dabei bin, erstelle ich auch gleich noch eine ganz simple Website für eine Viviane Distler, die als Yogalehrerin arbeitet. Es wäre ja komisch, wenn meine Figur gar nicht im Internet auftauchen würde – und einen Dutzendnamen wie Isabella Schneider will ich ihr nicht geben. Auch ein Facebook-Profil bekommt Viviane, dafür finde ich im Internet ein Foto des unscharfen Hinterkopfs einer Blondine, die aufs Meer schaut. Die Frau könnte jede sein – also, außer mir vielleicht. Über eine Yogagruppe findet Viviane auch schnell Freunde bei Facebook, die sie sogar ohne persönliche Bekanntschaft aufnehmen. Eine Frau ohne Freunde würde Chris sicher misstrauisch machen.

Den Rest des Abends warte ich. Und warte. Und warte. Sicher bekommt Chris ständig Nachrichten über dieses Portal. Bestimmt schreibt er nicht allen zurück. Aber mein Profil passt doch so perfekt zu seinem! Er wäre verrückt, sich das durch die Lappen gehen zu lassen. Oder er ist gerade unterwegs und vollbringt irgendwelche guten Taten, die ihn davon abhalten, seine Mails zu beantworten. Was man eben so macht an einem Samstagabend.

Schließlich plingt mein Telefon wieder. Eine Nachricht über *Blaship*. Endlich!

Es ist dann nur leider doch nicht ganz das, worauf ich gehofft hatte.

Hey Puppe,
ich habe dein Profil vorgeschlagen bekommen. Besonders spannend finde ich deinen Beruf. Als Yogalehrerin bist

du sicher sehr gelenkig! Bekomme ich mal eine Stunde Einzelunterricht bei dir? Besonders interessiert mich die Übung Hund oder auf gut Neudeutsch: Doggy-Style ☺
Grüße,
Nick

Igitt. Schreibt man auf so was in dieser Wunderwelt des Datings überhaupt zurück?

Hallo Nick,
eine Frage vorab: Hat in den vergangenen zwanzig Jahren schon mal eine Frau positiv auf die Ansprache mit »Puppe« reagiert?
Generell würde ich dir sogar ganz dringend zu Yoga raten: Wenn du gelenkig genug wirst, kannst du deine sexuellen Wünsche ja einfach selbst befriedigen und bist nicht mehr darauf angewiesen, respektvoll und höflich mit Frauen umzugehen.
Du wanderst jetzt übrigens auf meine Ignore-Liste.
Gruß,
Pinienkern

Ich weiß schon: Wenn ich mir die Zeit nehme, auf jede schwachsinnige Mail einzugehen, kann ich meinen Job an den Nagel hängen. Aber es ist ja Wochenende. Und von Chris habe ich sowieso noch nichts gehört.

Erst am Montagmorgen, als ich bereits mit einiger Ungeduld in der Kanzlei sitze, zeigt mein Online-Postfach eine neue Mail von der Partnerbörse an. Und es ist diesmal wirklich Chris!

Hallo Viviane,
wie schön, dass du dich meldest. Sieht ja tatsächlich so aus, als hätten wir einige gemeinsame Interessen. Wo genau warst du denn in Nepal? Als Yogalehrerin hast du sicher auch Indien-Erfahrung, oder?
Sorry, dass ich nicht früher auf deine Mail reagieren konnte. Ich war wandern und habe am Berg gezeltet – mit ziemlich schlechtem Mobilfunknetz. Du müsstest beim nächsten Mal also einfach mitkommen, wenn du mit mir reden willst. ☺
Viele Grüße,
Chris

Holla, der geht aber ran. Und was ist das bitte für eine Unsitte, dass jede *Blaship*-Mail mit einem Smiley endet? Trotzdem: Seine Nachricht gefällt mir.

Meine Mittagspause nutze ich, um im Buchladen einen Nepal-Reiseführer zu kaufen und mir eine Route auszusuchen, die ich bestimmt entlanggewandert wäre – wenn ich jemals in Nepal Urlaub gemacht hätte. Die schicke ich Chris am Nachmittag mit ein paar Ausschmückungen, die ich aus dem Reiseführer paraphrasiere. Die tollen Menschen, die herrlichen Sonnenaufgänge et cetera. Es geht ja nur um eine erste Kontaktaufnahme. Bald werden wir uns so tiefgründig und philosophisch unterhalten, dass unsere Lebensrealität ohnehin eine untergeordnete Rolle spielen wird. Trotzdem, ein paar Eckdaten muss ich alleine der Höflichkeit halber wohl abfragen. *Was machst du eigentlich beruflich?*, schreibe ich deshalb noch. *Du erwähnst das gar nicht in deinem Profil.*

Liebe Viviane,
das ist eine landschaftlich tolle Route, die hatte ich mir auch überlegt. Ich habe mich dann aber doch für eine entschieden, die sportlich etwas anspruchsvoller war.

Ja, danke. Vielen Dank. Nicht mal mein erdachtes Ich ist also sportlich genug.

Meinen Beruf habe ich nicht dazugeschrieben, weil er manche Menschen einschüchtert ☺. Ich bin Künstler. Also, um genau zu sein, Zeichner. Aber nicht halb so verschroben, wie das klingt!
Liebe Grüße,
Chris

Künstler? Ist das etwa doch ein anderer Chris? Hannas Chris arbeitet doch in der Werbebranche, das hat sie zumindest erzählt. Da bin ich mir ganz sicher. Wobei ich mich auch wundere, wie man in der Werbebranche sein kann, wenn man die Welt verbessern will. Man müsste ja zwei Drittel aller Kunden ablehnen.

Vielleicht jobbt er ja nebenbei. Danach kann ich jetzt aber schlecht fragen. Und auch die Spießerfrage, ob man denn davon leben könne, verkneife ich mir lieber. Das muss irgendwie unauffälliger gehen.

Künstler, wie spannend! Was sind denn deine bevorzugten Motive? Und machst du auch Auftragsarbeiten? Bist du eigentlich ursprünglich aus München, oder hat dich die Arbeit hergeführt? Ich bin im Umland aufgewachsen und konnte es immer kaum erwarten, in die Stadt zu ziehen. Seitdem muss ich endlich nicht mehr eine Dreiviertelstunde in der S-Bahn sitzen, wenn ich mal ins Kino gehen will.

So. Über irgendwas muss man ja schreiben. Leider hat Chris mir in seiner letzten Nachricht keine Frage gestellt, auf die ich hätte eingehen können. Ich hoffe, das ist kein Zeichen für mangelndes Interesse. Aber für die Antwort braucht er wieder nur eine Stunde – das wirkt nicht, als würde ich ihn schon langweilen. Die Grußformeln haben wir inzwischen weggelassen, schließlich ist das hier schon fast eher ein Chat.

Manchmal skizziere ich Entwürfe für eine Werbeagentur. Aber am liebsten zeichne ich Menschen. Ich plane gerade ein Projekt, für das ich die Bewohner eines Altersheimes porträtieren möchte. Diese Gesichter, denen man so viel Leben ansieht, faszinieren mich einfach. Natürlich muss ich erst mal ihr Vertrauen gewinnen. Das ist nicht ganz einfach, aber ich bin auf einem guten Weg. ☺

Wenn wir irgendwann verheiratet sind und zwei Kinder haben, verbiete ich ihm diesen Quatsch mit den Smileys einfach. Bis dahin muss ich sie wohl ertragen.

Ich komme auch vom Land, genau wie du – aber aus der Nähe von Augsburg. Bin also ein bayerischer Schwabe, oder ein schwäbischer Bayer, je nachdem. Aber ich träume immer noch davon, wieder zurück aufs Land zu ziehen. Am liebsten würde ich mir einen alten Einsiedlerhof kaufen, ihn renovieren und mir dort eine Wohnung und ein Atelier einrichten.

Oh je. Einerseits nervt mich diese Zurück-aufs-Land-Ambition, die so viele Großstädter an den Tag legen. Und natürlich ist es nie die öde Doppelhaushälfte im Kaff, von der sie träumen, sondern immer irgendwas, was man mit modernen Baumaterialien in ein von Oberlichtern durchsetztes Juwel mit alten Dielen verwandeln kann. Am Ende landen sie aber doch alle in der Doppelhaushälfte, denn so viele verlassene Bauernhöfe, die auf flüchtige Städter warten, gibt es nun mal nicht.

Andererseits bin ich gar nicht so viel besser als die. Ich hätte nur lieber eine Dachterrasse als einen Garten, weil ich denke, dass ich dann mit weniger ekligen Tieren konfrontiert bin. Und der Gedanke ans Pendeln schreckt mich auch ab. Aber ich sehe die Stadt eher als geringeres Übel. Es soll jeder seine Träume haben, und da Chris diesen Bauernhof sowieso nie finden wird, muss ich auch nicht mit ihm da einziehen.

Das klingt traumhaft!, heuchle ich skrupellos. *Ich hoffe, du suchst keine talentierte Handwerkerin, die dir beim Renovieren hilft. Da bin ich nämlich etwas ungeschickt. Solange kein Arzt in der Nähe ist, sollte ich eine Säge besser nicht mal anfassen. Aber ich bewundere jeden, der verputzen und Stromleitungen verlegen kann. Apropos Technik: Mit welchen Materialien zeichnest du eigentlich? Bleistift, Kohle, Tusche?*

Den Rest des Tages warte ich auf seine Antwort. Aber es kommt nichts mehr. Ich akquiriere noch ein paar Freunde für Viviane Distler auf Facebook und poste drei lustige Links, damit das Profil einigermaßen bewohnt aussieht, wenn Chris sich mit mir anfreunden will. Denn das wird er doch hoffentlich wollen. Irgendwann.

Kapitel 8

Am nächsten Vormittag erhalte ich endlich den lang ersehnten Anruf des Maklers für die Wohnung in Aubing. Ich erkenne seine Nummer auf dem Display. Er ruft mich an! Ein gutes Zeichen!

»Ich wollte Ihnen nur sagen«, erklärt er gemütlich, »dass Sie weitersuchen müssen.«

»Oh.« Scheiße! »Schade.«

»Ja. Ich wünsche Ihnen viel Glück.«

»Sagen Sie«, werfe ich schnell ein, bevor er auflegen kann, »es hat aber nicht etwa das Paar die Wohnung bekommen, das nach mir da war?« Warum mich das so interessiert, weiß ich selbst nicht recht. Wahrscheinlich hat es etwas mit Seelenheil zu tun.

»Aber nein.« Herr Huber kichert. »Die Pralinen waren mit Marzipan. Ich hasse Marzipan.«

»Aha«, sage ich schwach. Man muss jetzt also auch noch die bevorzugten Süßwaren des Maklers erraten? Ich hasse diese Stadt, die voller leer stehender Büros und verzweifelter Wohnungssuchender ist. »Danke fürs Bescheidsagen«, bringe ich noch heraus. Dann legt Herr Huber auf.

Ich höre noch eine kleine Weile dem Tuten des Telefons zu. Dann lehne ich mich in meinem Bürostuhl zurück, lege die Füße auf den Schreibtisch und gebe mich dem Selbstmitleid hin. Wie lange muss ich wohl noch in dieser WG wohnen bleiben, in der ständig das Gestöhne meiner eifrig kopulierenden Mitbewohner über den Flur hallt? Vielleicht sollte ich alles hinschmeißen, in den Thüringer Wald ziehen und Imkerin werden. Probleme bei der Wohnungssuche dürfte ich dort nicht haben. Allerdings reagiere ich allergisch auf Bienenstiche.

Während ich bescheuerte Lebensalternativen erwäge, fliegt die Tür auf.

»Alles gut?«, fragt Liane freundlich, marschiert herein und legt mir ein paar Papiere zum Unterschreiben hin. Ihr wagemutiger Kleidungsstil manifestiert sich heute in einer heißen Mischung aus Pink und Orange. Aber das ist nicht der einzige Grund, warum ich allmählich Kopfschmerzen bekomme.

»Schon wieder eine Wohnungsabsage«, seufze ich und setze meinen Ernst August unter die Briefe.

»Was, du suchst immer noch?«

»Ja. Und wahrscheinlich sollte ich mich an diesen Zustand gewöhnen. Es gibt einfach keine freien Wohnungen in dieser Stadt.«

»Eine Freundin von mir zieht aus«, erzählt Liane beiläufig und zeigt auf ein Blatt, das ich überblättert habe.

»Und hat noch keinen Nachmieter?«, frage ich verblüfft.

»Nein. Die Wohnung ist allerdings auch ziemlich furchtbar. Liegt direkt an der Lindwurmstraße.«

»Ist doch gut, so zentral.«

»Mhm, und so laut.« Liane fährt sich durch die kurzen Haare und zerzaust sie damit nur noch mehr.

»Dann lasse ich eben die Fenster nachts zu. Wie groß? Ab wann frei? Erzähl schon!«

»Oh je, es eilt bei dir wohl wirklich«, sagt Liane lächelnd. »Nächste Woche zieht sie aus. Es ist ein Zweizimmerapartment, aber das Schlafzimmer ist winzig, und in die Küche passt nicht mal ein Stuhl, geschweige denn ein Tisch.«

»Das macht nichts«, jubele ich. »Ich habe sowieso kaum Möbel. Gibst du mir ihre Nummer?«

»Na klar. Schicke ich dir gleich per Mail.« Hüftenwiegend verlässt Liane mein Büro und lässt mich ganz aufgekratzt zurück.

Eine halbe Stunde später habe ich einen Termin mit ihrer Freundin vereinbart, um mir die Wohnung kurz anzuschauen. Wenn mich dort nicht gerade Ratten begrüßen, ist die Sache für mich aber eigentlich klar. Die Wohnung liegt ziemlich zentral, ist einigermaßen bezahlbar, und es gibt sogar einen Aufzug im Haus. Ihr größter Vorzug aber lautet: Ich kann sie haben.

Mit dem Schwung der Begeisterung beuge ich mich zum Monitor und überprüfe zum etwa zehnten Mal, ob Chris mir endlich geantwortet hat. Und er hat! Nervös fahre ich mit dem Mauszeiger hin und her, während die Nachricht sich öffnet.

Ich arbeite vor allem mit dem Bleistift, schreibt Chris, *und inzwischen auch immer mehr mit dem Computer. Gerade habe ich auch Lust, mal ein richtig großformatiges Ölbild zu malen. Aber mir fehlt noch ein schönes Motiv. Wie siehst du denn zum Beispiel aus?*

Puh, flirten kann der Mann, das muss man ihm lassen. Aber wie komme ich aus der Nummer mit den blonden Locken wieder raus?

Bei mir ändert sich das ständig, antworte ich. *Ich experimentiere viel mit meinen Haaren, weil mich eine Frisur schnell langweilt. Also könnte es passieren, dass ich auf deinem Bild links blonde und rechts rote Haare habe – es dauert ja wahrscheinlich, bis so ein großes Ölgemälde fertig ist. Vielleicht suchst du dir lieber ein Stillleben. Still leben geht mit mir nämlich nicht …*

Ich schicke die Nachricht sofort ab und verfluche mich danach dafür, so unbedarft wie eine Achtklässlerin zu flirten. Und überhaupt: Ich experimentiere mit meinen Haaren?! Klingt wie eine gelangweilte Göre. Immerhin passt es zu einer Yogalehrerin etwas besser als zu einer Anwältin. Aber das mit dem stillen Leben leider gar nicht. Verdammt!

Zum Glück fallen Chris diese Unstimmigkeiten gar nicht auf. Wir schreiben noch eine Weile hin und her. Er erzählt viel von seiner Kunst, und ich gehe interessiert darauf ein – obwohl ich mich schon die ganze

Zeit frage, ob das nicht nur ein Hobby neben seinem Job in der Werbeagentur ist. Zumindest in Sachen Passion scheint es durchaus seine Hauptbeschäftigung zu sein. Und als Anwältin brauche ich mich über Berufe mit miesem Karma nun wirklich nicht zu erheben.

Das Mailgeplänkel geht tagelang so weiter. Manchmal schreibt Chris sofort, manchmal meldet er sich erst nach fünf Stunden wieder. Ich frage wie eine Bekloppte alle fünf Minuten meine Mails ab, warte aber manchmal auch unter dem Einsatz übermenschlicher Willenskraft mit der Antwort. Ein paar Stunden. Also, um genau zu sein: zwei. Mehr schaffe ich nicht.

Chris scheint mich aber nicht zu anhänglich zu finden. Zum Glück – ich hasse diese Regeln, nach denen sich der eine nur melden darf, wenn der andere vorher, aber dann frühestens, und bloß nicht schreiben, dass … Am besten sollte man nebenbei noch drei andere Männer daten, um nicht zu fordernd zu wirken.

Aber dann muss ich mich doch konzentriert einer anderen Unternehmung widmen: der nächsten unerfüllten Liebesgeschichte. Der zu dieser Stadt, die mich offenbar nicht sonderlich mag und mir deshalb die Wohnungssuche erschwert. München ist liebenswert, aber verschlossen. Nur in wenigen Liebesbeziehungen ist so viel Hartnäckigkeit vonnöten. Außerdem kann man mit einer Stadt nur zusammenziehen, aber kein Kind bekommen. Von Heirat gar nicht zu sprechen.

Optimistisch klingele ich bei Lianes Freundin in der Lindwurmstraße. Das Haus liegt direkt an der Kreuzung. Es ist ziemlich laut und ziemlich dreckig hier. Im Erdgeschoss ist ein großer Friseursalon namens *VerHAIRend*, was doch nun wirklich keine Empfehlung ist. Selbst wenn ich tatsächlich mit meinen Haaren experimentierte, würde ich niemals einen verheerenden Friseur an sie lassen.

Im zweiten Stock öffnet mir Lianes Freundin Mareike die Tür. Zumindest versucht sie es, aber der winzige Flur steht voller gepackter Umzugskartons. Ich schiebe mich durch den Spalt und stakse storchenbeinig über die Hindernisse hinweg. Nach anderthalb Metern stehe ich schon im Wohnzimmer, lasse meinen Blick über weitere Legionen von Kartons schweifen und frage mich, wie man eigentlich in einer so kleinen Wohnung so viele Sachen unterbringen kann. Dass Mareike selbst ziemlich umfangreich ist, macht den Raum nicht leerer.

»Wie lange wohnst du denn hier schon?«, frage ich.

»Seit vier Jahren. Anfangs war ich noch Studentin, da war ich unglaublich froh über diese Bude«, erzählt Mareike.

»Und dann nicht mehr?«

»Es ist eben laut. Ich würde ja mal ein Fenster öffnen, um dir das zu zeigen, aber ich komme gerade nicht an den Kartons vorbei.«

»Schon gut, danke. Ich weiß, wie Verkehrslärm klingt«, wehre ich ab. »Wo ziehst du denn hin?«

»Nach Düsseldorf. Dort lebt mein Freund, und ich habe einen ziemlich guten Job gefunden. Ich bin Steuerberaterin.«

»Schön«, sage ich und komme mir blöd vor, weil ich neidisch bin. Ich beneide Mareike um eine Beziehung mit einem Typen, den ich nicht mal kenne. Allmählich entwickle ich mich zu einer verzweifelten alten Jungfer.

»Komm mit, ich zeig dir das Schlafzimmer«, schlägt Mareike vor und geht voran. Leider ist es dort etwas dunkel, weil es nur ein kleines Fenster gibt. Der Raum ist tatsächlich winzig, aber das stört mich gar nicht: Mehr als mein Bett und mein Schrank sollen ja gar nicht reinpassen.

Auch das Wohnzimmer ist nicht viel größer, selbst wenn man sich die Kartons wegdenkt. Das Badezimmer ist fensterlos und spartanisch. In die Küche, in die Mareike mich anschließend führt, passen exakt zwei Personen im Stehen. Vorausgesetzt, keiner kommt auf den Gedanken, sich umzudrehen.

»Wegen dem Fußboden …«, setzt Mareike an.

»Ja, der ist mir auch schon aufgefallen«, bemerke ich leidend. Die ganze Wohnung ist weiß gefliest. Es hat etwas von einer Kasernendusche oder einer Metzgerei oder einem Sadomaso-Studio oder einem anderen Ort, an dem man nicht wohnen möchte.

»Der kommt raus«, fährt Mareike fort. »Die Nachbarn von unten beschweren sich schon seit Jahren, weil sie angeblich jeden Schritt hören. Die Wände sind ziemlich dünn, und die Decken scheinen auch nicht so gut isoliert zu sein.«

Toll, erst eine gute Nachricht und dann zwei schlechte. Das ist für mich momentan eine gute Quote. »Und was kommt dann rein? Parkett?«, frage ich hoffnungsvoll. Man wird ja wohl noch träumen dürfen.

»Teppich«, nimmt Mareike mir den Wind aus den Segeln. »Grau, kurzflorig, pflegeleicht, haben sie gesagt.« Sie verdreht die Augen, ich tue es ihr gleich.

»Besser als die Fliesen«, versuche ich mir selbst Mut zu machen. »Gibt es sonst noch irgendetwas, das ich über die Wohnung wissen sollte?«

»Eigentlich nicht. Die Nachbarn sind okay, die Vermieter auch. Sie wollten mit der Nachmietersuche abwarten, bis der Teppich verlegt ist. Also bist du die Erste.«

»Tja. Ich nehme sie, wenn die Vermieter einverstanden sind«, sage ich ohne große Begeisterung. Von Sarah und vor allem Leo wegzukommen, erscheint mir himmlisch. Aber meine Traumwohnung ist das hier eben nicht gerade. Meine Traumwohnung hätte zum Beispiel einen Balkon, und zwar nicht auf eine vierspurige Straße hinaus.

Fünf Minuten später stehe ich mit der Telefonnummer der Vermieter auf einem Klebezettel wieder vor dem Friseursalon. Am besten rufe ich sofort an. Man weiß ja nie! Ich fische das Handy aus der Tasche, wähle die Nummer – und höre nicht mal das Tuten. Der Verkehrslärm ist zu laut. Hektisch laufe ich in eine Seitenstraße, wo ich immerhin verstehen kann, dass inzwischen jemand »Hallo?« in den Hörer brüllt.

»Hallo!«, brülle ich zurück.

»Hallo?«, tönt es noch einmal. »Wer ist denn da?«

»Viola Nienhaus«, kreische ich meinen Namen durch die halbe Stadt. »Ich rufe wegen der Wohnung an!«

»Wegen der was?«

»Wegen der Wohnung! In der Lindwurmstraße!«

»Ach so! Entschuldigen Sie, ich bin nicht mehr der Jüngste und etwas schwerhörig«, brüllt der gute Mann weiter.

»Macht nichts, ich auch!«, rufe ich mit einem Seitenblick auf die Straße zurück.

»Was?«

»Macht nichts!« Endlich biege ich um eine Ecke und stehe in einer ruhigen Sackgasse. Hier muss ich zwar immer noch brüllen, aber dafür verstehe ich den Mann besser. Ich möge ihm doch morgen einfach eine Selbstauskunft faxen, gibt er mir zu verstehen, dann schaue er sich das gerne an. Faxen. Dass es das noch gibt.

Im Bus nach Hause frage ich meine Mails ab. Mein Herz hüpft ein bisschen, als ich eine von Chris finde. Aber vielleicht ist der Bus auch nur über eine Unebenheit gefahren.

Zuletzt hatte ich ihm geschrieben, dass wir uns nun schon seit Tagen mailten, aber er doch noch fast gar nichts von mir wisse. Ob er nicht irgendwelche Fragen habe? Denn tatsächlich kommt es mir so vor, als hätte ich bei all der interessierten Nachfragerei noch viel zu wenig von mir selbst erzählt. Und Chris hat zwar tatsächlich viel zu erzählen, könnte aber schon mal ein bisschen nach meinem Leben fragen. Bis auf die Jobsache natürlich. Ich kenne mich mit Yoga nämlich überhaupt nicht aus – obwohl ich inzwischen einigermaßen regelmäßig in der Facebook-Gruppe mitlese, in der ich Vivianes Yogafreunde rekrutiere.

Du findest, ich frage zu wenig? Mich interessiert deine Zukunft eben mehr als deine Vergangenheit. ☺
Aber wenn du das wichtig findest: Hast du Geschwister? Was war der erste Film, den du im Kino gesehen hast? Welche Partei würdest du wählen, wenn am Sonntag Bundestagswahl wäre?

Ich bin etwas enttäuscht. Macht er sich etwa über mich lustig? Ach nein, dann hätte er ja noch so einen blöden Smiley dahintergesetzt. Kann also nicht sein. Dann meint er diese Fragen wohl ernst.

Mir ist das alles zu unromantisch. Obwohl ich natürlich aus berufenem Munde weiß, dass Online-Dating alles andere als romantisch ist, nie romantisch war und es nie sein wird. Außerdem muss ich zugeben, dass zumindest die bevorzugte Partei einiges über einen Menschen verrät. Leider bin ich da ziemlich unentschlossen. Ich lehne mich an das Fenster des fahrenden Busses und beobachte die Menschen in den kleinen Parks vor den Pinakotheken, die Federball spielen oder ihre Nase in die Sonne strecken. Welche Partei wählt Chris wohl? Bestimmt die Grünen. Oder SPD. Eher die Grünen, er will schließlich die Welt verändern, und Künstler ist er auch noch.

Dabei fällt mir ein, dass ich dieses Projekt ursprünglich begonnen habe, um Fehler an Chris zu finden. Wenn ich einen kapitalen Fehler gefunden habe, entliebe ich mich sofort und beichte Hanna die ganze Geschichte. Aber momentan finde ich einfach alles gut, was Chris so macht. Wahrscheinlich müsste ich die Fehler vorher definieren. Die politische Frage ist doch die Gelegenheit! Wenn er FDP wählt, ist er raus, beschließe ich. Zum einen, weil mir die Partei herzlich unsympathisch ist. Das kann durchaus mit all den Polohemdenträgern in meinem Jurastudium zusammenhängen. Zum anderen, weil laut den jüngsten Wahlergebnissen die Wahrscheinlichkeit, einem FDP-Wähler in freier Wildbahn zu begegnen, verschwindend gering ist.

> *Tolle Fragen*, schreibe ich zurück, in der nicht ganz unrealistischen Hoffnung, dass er die Ironie nicht mitbekommen wird. *Ich habe eine Schwester, mein erster Kinofilm war* Asterix der Gallier, *und ich würde die Grünen wählen. Alles nicht besonders originell, fürchte ich. Und selbst?*

Und nur eine halbe Stunde später kommt mal wieder eine von diesen typischen Chris-Mails, die dafür sorgen, dass ich ein kleines bisschen schwebe.

Nicht besonders originell? Irgendwo musst du ja konventionelle Punkte haben! Jetzt ist es eben Asterix. Damit kann ich gut leben. Mein erster Kinofilm war Das letzte Einhorn, *und ich bin nicht stolz darauf.*

Da du nun schon dieses peinliche Detail über mich weißt, kann ich dich bestimmt kaum noch schocken. Also könnten wir uns mal treffen. Unsere Mails machen mir nämlich großen Spaß, und ich würde dich gern kennenlernen. Was meinst du?

Um genau zu sein, schwebe ich durch mein WG-Zimmer – taumelig wie eine Fruchtfliege, die schließlich auf einem attraktiven Apfel landet und feststellt, dass schon der Wurm drin ist.

Er will mich treffen!, jubelt mein Bauch.

Denkste, sagt mein Kopf kühl. *Viviane will er treffen. Yoga- und Nepal-Viviane.*

Aber Viviane gibt es doch gar nicht!, ereifert sich mein Bauch. *Also, eigentlich bin doch ich Viviane. Bis auf ein paar dumme Kleinigkeiten.*

Und was machen wir, wenn gerade diese dummen Kleinigkeiten ihm richtig wichtig sind?, schaltet sich mein Herz bibbernd ein.

Und wie erklären wir ihm überhaupt, dass ich nicht Viviane, sondern Viola heiße?, sekundiert der Kopf.

Das muss er doch anfangs überhaupt nicht erfahren, schmollt mein Bauch. *Soll er doch »Viviane« sagen, das ist mir egal. Ich fühle mich trotzdem gemeint!*

Zur Bekräftigung lässt er ein paar Schmetterlinge los.

Mann, Bauch, lass das!, jault mein Herz auf. *Du machst mich ganz nervös.*

Ich bin hier der Chef!, triumphiert mein Bauch mit der Selbstherrlichkeit eines verwöhnten Kindes.

Klappe, Bauch!, grunzt mein Kopf. *Die Ansagen mache hier immer noch ich.*

Dann mach doch mal eine, schlägt mein Herz zaghaft vor.

Erstens: Wir zögern dieses Treffen so lange wie möglich hinaus. Quatsch ihn mit irgendwas voll, Viola, suche Ausreden, darin bist du doch sonst auch gut.

»Noch einmal so eine Frechheit, Kopf, und ich hau dich gegen die Wand.«

Verstanden. Zweitens: Wenn wir ihn treffen, müssen wir vorher klare Verhältnisse geschaffen haben. Er muss wissen, dass es Viviane nicht gibt, und Hanna muss erfahren, dass wir ihn treffen.

Na gut, seufzen Herz und Bauch unisono. *Und was noch?*

Drittens: Die Suche nach seinen kapitalen Charakterfehlern geht weiter.

Um den Friedensschluss der widerstreitenden Parteien zu besiegeln, gehe ich an mein Fach in der Küche. Eine der Schokokeks-Packungen, die Matthias nach meiner Sportverletzung für mich gekauft hat, ist noch da. Weil Sarah und Leo ausgegangen sind und nicht wie sonst häufig um diese Zeit beim Pastakochen die Küche verwüsten, setze ich mich auf den winzigen Balkon in den lauen Sommerabend. In heftiger Vorfreude öffne ich die Kekspackung.

Und stelle fest, dass die Schokolade angeschmolzen ist und alle Kekse zu einem einzigen dicken Batzen verbunden hat. Egal, wie sehr ich sie mit den Fingern zu trennen versuche – sie bleiben aneinandergeklebt.

Verwirrt drehe ich mich um und betrachte durch die Balkontür mein Fach. Direkt darunter hat Leo vor einer Woche eine neue Lampenleiste für die Arbeitsplatte angeschraubt.

Ich stehe auf, schalte die Lampe ein und bleibe fünf Minuten daneben stehen. Dann lege ich die Hand auf den Boden meines Faches. Er ist bereits badewannenwarm.

Kurz erwäge ich, die Lampe einfach wieder abzuschrauben und unter Leos Fach anzubringen, von wo aus sie sogar einen größeren Teil der Arbeitsfläche beleuchten würde.

Aber dann lege ich doch nur meine Schokoladentafeln auf die Teepackungen, setze mich wieder auf den Balkon und esse mit Todesverachtung den ganzen Schokoladenkeksbatzen auf. Ich muss abbeißen. Es krümelt ziemlich. Bald habe ich drei Spatzen zur Gesellschaft, die begeistert aufpicken, was ich von meiner Hose fege, und ich fühle mich wie ein verfressener Franz von Assisi.

Kapitel 9

»Hallo? Ich rufe wegen Ihrer Selbstauskunft an. Sie können die Wohnung haben«, brüllt es mir aus dem Telefon entgegen.

Ich stehe schnell auf, schließe meine Bürotür und brülle erst dann zurück: »Das ist ja fantastisch! Ich freue mich! Wann kann ich denn einziehen?«

»In zwei Wochen. Bis dahin ist der Teppich verlegt. Wissen Sie, Ihre Nachbarn von unten sind ganz schön empfindlich«, dröhnt mein schwerhöriger neuer Vermieter. »Die behaupten, man höre jeden Schritt! Alles Unsinn. Also, ich hör da nix.«

Zum Glück hört er mein albernes Kichern auch nicht.

Die Bürotür bleibt zu. Erst mal muss die Neuigkeit verkündet werden.

»Mama, ich hab eine neue Wohnung!«

»Gratuliere, Viola! Ist sie schön?«

»Na ja. Es geht so«, bekenne ich.

»Aber dann liegt sie wenigstens gut?«

»Ziemlich zentral, ja.«

»Ist sie ruhig?«

»Nein, ist sie nicht. Aber könntest du dich bitte trotzdem mit mir freuen? Es ist nämlich fürchterlich schwer, hier überhaupt etwas zu finden, und ich bin wirklich erleichtert.«

»Ach, ich freu mich doch«, sagt meine Mutter. »Wir hätten damals doch das Grundstück nebenan kaufen sollen, als wir die Gelegenheit hatten. Dann könnten wir dir dort jetzt ein kleines Häuschen bauen.«

»Mama, das ist wirklich ganz rührend von dir, aber ich möchte nicht mehr in Kleindingharting wohnen.«

»Weil wir hier wohnen?«

»Nein!« Allmählich werde ich genervt. »Weil ich dort meine komplette Kindheit und Jugend verbracht habe und das nächste Kino eine halbstündige Autofahrt entfernt ist.«

»Wann warst du denn zuletzt im Kino?«

Mist. Vor vier Monaten. »Darum geht es nicht. Ich möchte die *Möglichkeit* haben, jederzeit ins Kino zu gehen.«

»Deine Schwester fühlt sich mit ihrer Familie auf dem Land sehr wohl.«

»Katrin ist Grundschullehrerin und hat zwei Kinder. Das Landleben ist in ihre DNA eingebaut«, fauche ich. Meine Schwester und ich stehen uns nicht sonderlich nahe. Das liegt zum einen an unserem Altersabstand von zehn Jahren und zum anderen an ihrer mir absolut unverständlichen Lebensführung in einem Thüringer Dorf.

Meine Mutter seufzt. »Ich würde dir doch nur so wünschen, dass du es schön hast, mein Kind.«

Das rührt mich nun doch ein bisschen. »Ich weiß doch, Mama. Ich mache es mir schön in dieser Wohnung. Und es geht mir ja gut. Alles in Ordnung.«

»Ja?« Sie horcht auf. »Was macht deine Partnersuche?«

»Och …« Ich drehe mich auf meinem Bürostuhl und versuche, unbeteiligt zu klingen. »Ganz gut. Ich schreibe mit jemandem, aber wir haben uns noch nicht getroffen.«

»Geh nur nicht in fremde Wohnungen mit, und nimm ihn nicht mit zu dir, ja? Man liest ja so viel.«

»Klar.« Mit geschlossenen Augen zähle ich langsam bis drei, aber meine Mutter unterbricht mich dabei.

»Übermorgen beginnt unsere Nil-Reise. Bis zu deinem Umzug sind wir zurück und helfen dir.«

»Danke, Mama, das ist sehr lieb.«

»Und wenn die Wohnung nicht schön ist, nehmen wir deine Sachen sofort mit zu uns!«

Als Nächstes gehe ich zu Liane und baue mich grinsend vor ihrem Schreibtisch auf.

»Was kann ich für Sie tun, Frau Nienhaus?«, fragt sie kokett.

»Dich von mir zum Essen einladen lassen. Ich habe Mareikes Wohnung bekommen.«

»Wie schön!« Liane springt auf und umarmt mich. »Dann kannst du ja bald aus dieser Besamungsstation ausziehen, die du deine WG nennst.«

»Fräulein, das habe ich gehört!«, keift Chefdrache Blettinger dazwischen. Von Liane erntet sie nur einen amüsierten Blick, und auch ich erspare mir diesmal die Konfrontation.

»Du, und eine Sache wollte ich dich noch fragen«, flüstere ich jetzt. »Dieser Brief, den wir an den Kurier gegeben haben, damit er ihn dem Maierhofer am Wochenende in den Golfklub bringt – ist der angekommen?«

»Ja klar«, sagt Liane und schaut mich aus großen Augen an. »Wieso hätte er nicht ankommen sollen?«

Weil ich ein Depp bin und dem Prozessgegner diesen Plan versehentlich verraten habe. »Ach, nur so.«

»Ist angekommen. Er muss jetzt Stellung dazu beziehen. So einfach kommt er aus der Nummer mit dem Kindesunterhalt nicht mehr raus.«

Meiner Lieblingsklientin geholfen und eine Wohnungszusage bekommen. Heute bin ich unbesiegbar!

Mit diesem Gefühl des Überschwangs steuere ich direkt auf Matthias' Büro zu, lasse seine Tür hinter mir zufallen – und merke ganz kurz vor seinem Schreibtisch, dass ich ihm ja nicht einfach um den Hals fallen kann wie Liane. Dabei wäre mir danach. Also bremse ich ab, bleibe unsicher stehen und bemerke, dass er mich bereits freundlich-ironisch ansieht. Fast so, als hätte er meine Gedanken gelesen.

»Ich wollte dir danken«, sprudele ich heraus.

»Wie schön.« Matthias lächelt. »Wofür denn?«

»Für deine Rettungsaktion mit meiner falsch versendeten Mail. Der fiese Noch-Ehemann meiner Klientin ist auf den Trick reingefallen.«

»Sehr gut. Ich freue mich, dass ich dir helfen konnte.«

Seine vornehme Zurückhaltung macht mich wahnsinnig.

»Sag mal«, fährt Matthias fort, »was wurde eigentlich aus deiner Klientin mit dem Erbstreit um den Schmuck?«

»Schmuck? Welcher Schmuck?«

Mein Kollege schaut mich an, als wäre ich ein bisschen zurückgeblieben. »Der Fall, bei dem du mich hinzugezogen hast«, sagt er langsam. Ah. Er meint die Geschichte, die ich für Hanna erfunden habe, damit sie ihn mal begutachten konnte. Damals, als ich noch dachte, das mit uns könnte was werden.

»Ach, die!«, sage ich schnell und überlege fieberhaft. »Die hat … sich mit ihrem Mann versöhnt.«

Matthias wirkt überrascht. »Verblüffend, dass manche Frauen sich immer wieder bequatschen lassen.«

»Ja, ja, so sind wir«, sage ich leichtfertig. »Schwankende Rohre im Winde.«

»Du etwa auch?«

»Ich bitte dich. Ich bin eine Juristin aus Bayern. Einen festeren Boden gibt es gar nicht.«

»Gut zu wissen.« Matthias lehnt sich grinsend zurück. Dann nimmt er seine Papiere wieder in die Hand. Ich bin wohl entlassen.

Zurück in meinem Büro, nehme ich die Deo-Sprühdose aus der Schublade und versuche, mir damit die

Haare zu bürsten. Ein bisschen durcheinander bringt Matthias mich schon noch. Aber wirklich nur ein bisschen.

Doch das verdränge ich sofort wieder, weil ich eine Mail von Chris vorfinde. Die Idee mit dem Treffen habe ich vorerst durch ein bisschen Koketterie mit meiner angeblichen Schüchternheit abgebogen. Derzeit unterhalten wir uns übers Kochen. Davor waren wir bei Filmen, landeten über klassische Musik bei den Zwanzigerjahren und sind jetzt bei der richtigen Zubereitung von Ente angelangt. Keine Ahnung, wie wir darauf kamen, aber: Chris kennt sich mit all diesen Themen richtig gut aus. Ich selbst muss dagegen öfter mal eingestehen, keine Ahnung zu haben.

> *Bei aller Bescheidenheit, meine Ente in Orangenjus ist fantastisch,* schreibt Chris. *Das Rezept stammt von meiner Mutter, also darf ich damit angeben und die Lorbeeren einfach an sie weiterreichen. Ganz wichtig dabei ist, dass man sie früh aus der Pfanne holt und noch ein bisschen ruhen lässt.*

Das ist wichtig? Oh je. In meiner Küche kommt fertig zubereitetes Essen eigentlich nie zur Ruhe.

> *Wenn du deine Schüchternheit doch mal überwinden kannst und mich treffen willst, koche ich das jedenfalls gerne für dich. Dazu gibt's einen französischen Rosé. Du in einem rosa Kleid würdest gut dazu passen.*

Ein rosa Kleid? Ich schaue an mir runter und sehe mal wieder eines jener Outfits, die Hanna zum Gähnen findet: marineblau, knielang. Das geht so nicht.

Am Abend stehe ich in Unterwäsche vor meinem Kleiderschrank und ziehe wahllos Sachen heraus. Ich finde ein paar Pullover, die zu ribbelig geworden sind, ein paar Hosen, die schlecht sitzen, und ein paar T-Shirts mit Aufdruck, die ich schon lange nicht mehr trage. Am Ende der Aktion habe ich eine große Tüte für die Kleidersammlung in der Ecke stehen und eine Erkenntnis gewonnen: Wenn man von einem eher lässig durchgezogenen Studium direkt in einen konservativen Beruf einsteigt, wirkt der Kleiderschrank, als teile ihn sich ein ungleiches Geschwisterpaar. Ich habe supercoole Kapuzenpullis und richtig schicke Blazer. Aber im Bereich dazwischen sieht es ganz mau aus.

Ich greife zum Telefon und rufe Liane an.

»Hättest du morgen Abend Zeit für die versprochene Einladung? Und … vorher vielleicht Lust, mit mir ein Kleid kaufen zu gehen?«

»Unbedingt!« Liane lacht. »Zu welchem Anlass brauchst du es denn?«

»Och, ich … Einfach so?« Allmählich komme ich mir doch mies vor bei der ganzen Heimlichtuerei. Deshalb rücke ich wenigstens mit der halben Wahrheit raus. »Ich werde ein Date haben. Also, noch nicht so bald, aber es sieht doch sehr danach aus, und ich möchte dann vorbereitet sein.«

»Tatsächlich? Mit Matthias?«

»Wie kommst du denn auf Matthias?«

»Ich dachte, da wäre was. Er schaut dich manchmal so an. Und er redet so nett von dir.«

»Ehrlich?« Ich muss schlucken. »Nein, es ist nicht Matthias. Keine Dates mit Kollegen.«

»Dann freue ich mich auf die ganze Geschichte morgen Abend!«

»Ich glaube, ich hätte gerne ein rosa Kleid«, erkläre ich der erstaunten Liane, als wir am nächsten Tag von der Kanzlei aus in die Einkaufsstraße schlendern.

»Rosa? Bei deinen dunklen Haaren und deinem hellen Teint?« Prüfend blickt sie mich an. »Nicht eher Fuchsia?«

»Fuchsia?«

»Das ist intensiver als Rosa.«

»So wie Pink?«

»Nein, blauer.«

»Blauer?« Ich komme mir vor wie ein Papagei, aber Farbenlehre ist nun mal nicht meine stärkste Seite.

»Wow, du stellst dich an wie mein Vater.« Liane hakt sich bei mir ein. »Mit dem Unterschied, dass er nicht nachfragen würde. Komm, wir suchen dir einfach eine schöne Farbe aus, und dann sage ich dir, wie sie heißt.«

An dem Stapel Kleider, den ich schließlich im ersten Geschäft mit in die Umkleide nehmen möchte, macht Liane ihr Versprechen wahr. »Mauve, Aubergine, Rostrot … und das da würde ich nicht als Farbe bezeichnen, aber man nennt es Greige.«

»Bitte wie?«

»Halb grau, halb beige.« Liane schiebt mich in die Kabine und setzt sich im Vorraum auf ein bequem aussehendes Sitzmöbelstück, dessen Farbe ich bisher als lila eingestuft hätte.

Keines der Kleider findet Anklang – nicht bei Liane, und auch nicht bei mir. Schließlich ist keines in Rosa dabei. Oder, Pardon: Fuchsia. Was auch immer das sein mag.

Also zieht Liane mich weiter in den nächsten Laden. Und in den übernächsten. Und dann noch in zwei, bis sie schließlich strahlend hinter einem Kleiderständer auftaucht und mir einen Bügel in die Hand drückt.

»Da! Dein Kleid! Übrigens, das ist Fuchsia.«

»Also himbeerfarben.«

»Das hätte mein Vater auch gesagt. Probier es an!«

Das Kleid hat breite Träger und einen schönen weiten Rock. Wenn ich mich schnell drehe, fliegt er. Es sieht aus wie in einem Fünfzigerjahre-Film. Ich kann gar nicht genug von dem Anblick bekommen, aber nach fünf Drehungen ist mir leicht schwindelig, und Lianes Stimme klingt misstrauisch, als sie mich durch die Tür fragt, ob alles in Ordnung sei. Kein Wunder: Sie kann meine Füße sehen.

Kurz darauf sitzen wir in meinem Lieblingscafé, die Tüte mit dem Himbeerkleid steht neben meinem Stuhl, und ich bin glücklich. Zumindest bis Liane ihr Risotto bestellt hat und das zum Anlass nimmt, mit dem Interview zu beginnen.

»Also, wer ist der Typ?«

»Welcher Typ?« Ich gebe mich ganz unschuldig.

»Sei nicht albern, Viola. Der, mit dem du wahrscheinlich bald ein Date haben wirst. Für das du gerade ein bezauberndes Kleid gekauft hast. Du erinnerst dich?«

Am liebsten würde ich Liane alles erzählen. Aber später werden Hanna und Amelie zu uns stoßen, und ich kann ihr jetzt schlecht mein Herz ausschütten und nachher erwarten, dass sie gegenüber Hanna so tut, als wäre nichts.

»Ich habe ihn online kennengelernt«, beginne ich schließlich. »Wir verstehen uns sehr gut, aber wir haben uns noch nie getroffen.«

»Will er nicht?«

»Doch. Aber ich will noch nicht. Ich bin zu nervös.«

»Ob das besser wird, wenn du länger wartest? Habt ihr schon Fotos ausgetauscht?«

»Nein. Stimmt, daran habe ich gar nicht gedacht. Er hat nicht danach gefragt.«

»Na, das zeigt ja zumindest schon mal, dass ihm das Aussehen beim Verlieben nicht so wichtig ist«, konstatiert Liane zufrieden. »Aber was ist mit dir? Willst du nicht wissen, wie er aussieht?«

»Ach, weißt du …« Kurz denke ich an Chris' braune Augen und drohe abzuschweifen. »Ich glaube, er wird mir so oder so gefallen.«

Als Hanna und Amelie aufkreuzen, muss ich die ganze Geschichte noch einmal erzählen. Hanna kann es gar nicht fassen.

»Du beim Online-Dating? Seit Monaten will ich dich dazu überreden, und dann fängst du einfach so damit an, ohne es mir zu verraten?«

»Steter Tropfen höhlt den Stein«, murmele ich.

»Stein? Das war ein Felsbrocken!«

»Wir sollten uns jetzt eigentlich absprechen«, schlägt Amelie vor. »Sonst daten wir versehentlich dieselben Typen.«

Hanna lacht nur. »Das wäre aber doch ein ziemlicher Zufall, nicht?«

»Ich bin außerdem nur auf *Blaship* und nicht bei *EdelPartner*«, werfe ich ein. »Nur Hanna ist überall unterwegs.«

»Und du so?«, fragt Amelie Liane.

»Ich interessiere mich momentan nicht für Männer.«

»Sei froh!«

»Vorsischt, 'eiß. Sähr 'eiß«, mischt sich der neue belgische Kellner ein, der gerade eine Crème brûlée vor Hanna abstellt und dafür ihren schönsten Augenaufschlag zu sehen bekommt.

»Sie auch«, haucht sie, worauf er sich verlegen grinsend abwendet. Gedankenverloren sieht sie seinem Hintern nach, als er sich entfernt. »Ich brauche einen Mann für den neunzigsten Geburtstag meiner Oma«, sagt sie, und nur Ahnungslose könnten vermuten, dass es zwischen diesem Satz und ihrem Blick keinen logischen Zusammenhang gibt.

»Wieso sagst du nicht einfach, dass du Single bist?«, fragt Liane verständnislos.

Hanna grinst bloß. »Erstens benutze ich diese Erklärung schon seit fünf Jahren, und zweitens ist meine Oma inzwischen drauf und dran, mich mit dem Postboten zu verheiraten. In meinem Alter hatte sie schon drei Kinder. Sie wird nicht müde, das zu erwähnen.«

»Bei mir ist meine Mutter am schlimmsten«, seufzt Amelie. »Wenn ich noch einmal das Wort ›Enkelkinder‹ mit diesem speziellen Unterton höre, fange ich an zu schreien! Sie hat einfach keine Ahnung, wie kompliziert das heutzutage alles ist.«

»Oh, mach dir nichts draus«, wirft Liane ein. »In der Disziplin Gestrigkeit ist meine Mutter ungeschlagen. Als ich ihr erzählt habe, dass ich in eine WG ziehe, hat sie mich gefragt, ob wir da alle im selben Raum schlafen.«

»Du hast hoffentlich Ja gesagt?«

»Klar! Sonst wäre sie womöglich hin und wieder zu Besuch gekommen. Dann hätte ich Staub wischen müssen. Ich hasse Staubwischen.«

Der belgische Kellner läuft mit einem Tablett voller Gläser an uns vorbei. So glühend, wie Hanna ihn ansieht, müssten die eigentlich zerspringen.

»Wie war dein letztes Date?«, frage ich sie. »Mit wem du dein nächstes haben wirst, wage ich übrigens zu erahnen.«

»Meinst du?«, fragt sie kokett. »Na, mal sehen. Mein letztes Date war … eigenartig.«

»Und es ist meine Schuld«, sagt Amelie. Sie wirkt bedröppelt.

»Ach, das konntest du doch nicht wissen«, tröstet Hanna sie.

»Ähm, Entschuldigung? Worum geht es? Hattest du ein Date mit Amelie?« Ich bin verwirrt.

»Aber nein. Dummerchen.« So darf mich niemand, aber wirklich absolut niemand außer meiner besten Freundin nennen. Sie weiß das und kichert. »Amelie hat mir einen Bekannten als Date vermittelt.«

»Hanna will ja immer ein bisschen komische Typen«, schaltet sich die Kupplerin ein. »So einen hatte ich tatsächlich. Ein netter Kerl – der allerdings aus irgendeinem spirituellen Grund seit einem Jahr seinen Bart ungebremst wachsen lässt. Wir nennen ihn den Rabbi.«

»Klingt tatsächlich ein bisschen komisch«, sagt Liane anerkennend.

»Dachte ich mir auch! Deshalb habe ich ein Date arrangiert.«

»Das auch wirklich sehr nett war!«, versichert Hanna.

»Ja, klar. Bis zum Schluss.«

Hanna verzieht das Gesicht. »Das ist leider wahr. Ich habe ihn mit Sand beworfen.«

»Mit Sand? Wo zur Hölle hattest du Sand her?«

»Wir waren auf einem Kinderspielplatz.«

»Was habt ihr denn da gemacht?«

»Der Spielplatz lag auf dem Weg zwischen Bar und U-Bahn. Ich wollte nur einmal rutschen.«

»Und er dachte: Sie geht nachts mit mir auf einen Spielplatz, das ist eine Einladung zum Fummeln«, analysiert Liane.

»Genau! Woher wusstest du das?«

»Ich habe drei Brüder. Glaub mir, ich weiß alles über Männer.«

»Wo hat er dich denn angefasst?« Ich bin leicht angeekelt.

»Am Busen. Dann hat er versucht, mich zu küssen, aber der Bart war im Weg!« Hanna lacht schallend. »Also hat er sich darauf verlegt, an meinem Hintern rumzutätscheln.«

»Und was hast du in der Zeit gemacht?«

»Tja, ehrlich gesagt: Erst war ich ein wenig perplex.«

»Verständlich.«

»Dann wollte ich nicht loslassen, weil ich gerade an diesem Hangeldings war.«

»Hanna, du redest wirr. Was für ein Hangeldings?«

»Wo man sich etwa drei Meter weit entlanghangeln muss, ohne dass die Füße den Boden berühren. Das habe ich früher nie geschafft. Aber an dem Abend war ich richtig gut!«, erklärt Hanna. »Ich wollte es zum ersten Mal bis ans Ende schaffen.«

»Ehrgeiz gegen Anstand. Klar, wer würde sich da anders entscheiden?« Liane kichert.

»Ach was. Es ist doch nicht *mein* Anstand, der da flöten ging«, sagt Hanna fröhlich. »Na ja, jedenfalls musste ich dann doch loslassen. Dann hat er diesen missglückten Kussversuch gestartet, der sich anfühlte, als würde jemand mein Gesicht in die raue Seite eines Spülschwammes tauchen.«

»Sexy.«

»Total. Ab dem Punkt habe ich einfach nur noch innerlich mitgeschrieben. Und dann habe ich eben angefangen, ihn mit dem Inhalt des Sandkastens zu bewerfen. Als ich nach Hause kam, war die Kolumne schon fix und fertig. Ich hab sie nur noch runtergetippt. Na ja, und am nächsten Tag die Fehler rausgemacht. Ich hatte ein paar Mojitos am Abend.«

»Es tut mir echt so leid«, sagt Amelie schuldbewusst.

»Man kann aber behaupten, du hast das Beste daraus gemacht«, lobe ich.

»Dein Sandangriff in allen Ehren. Aber müsste man so einem Typen nicht einfach mal eine scheuern?«, fragt Liane. »Es hat ja auch nicht jede Frau das Glück, für das Aufschreiben bizarrer Erlebnisse bezahlt zu werden.«

»Doch, wahrscheinlich hätte ich das tun sollen. Aber erst war ich zu verblüfft, und dann dachte ich: Wenn du ihm keine gescheuert hast wegen Busenfummeln, kannst du jetzt auch schlecht wegen der Potätschelei damit anfangen. Also habe ich eine eher weiche Waffe gewählt.«

Ich kann Hanna gut verstehen. Ein einziges Mal bin ich begrapscht worden, auf einer Hochzeit – und anstatt dem Typen, den ich zuvor erst einmal gesehen hatte, mein Getränk ins Gesicht zu kippen, fragte ich mich, ob ich nicht dem Brautpaar damit die Feier versauen würde.

Ich erzähle von meiner Theorie, dass man in eine solche Situation immer zweimal kommen muss: Einmal, um sich anschließend vorzunehmen, dass man sich beim nächsten Mal wehrt, und ein zweites Mal, um die Gelegenheit zu haben, das Vorhaben umzusetzen. Leider bringe ich Hanna damit auf dumme Ideen.

»Genial!«, jubelt sie. »Ich gehe einfach noch mal mit ihm aus!«

»Neeeiiiin!«, jaulen wir drei anderen gleichzeitig.

»Na gut, passt auf, wir machen es so.« Hanna grinst frech. »Wenn ich diesen entzückenden Kellner heute Abend noch zu einem Date bewegen kann, lasse ich es bleiben.«

»Das ist alles?« Ich bin erleichtert und winke den Mann heran. Wenn es um die Sicherheit meiner Freundin geht, setze ich mich gerne ein. »Hallo, ich bin Viola. Und du?«, frage ich jovial.

»Isch bin Jean«, antwortet der Kellner erstaunt. Ich höre, wie aus Hanna leise die Luft entweicht. Ein unterdrückter Seufzer.

»Jean, meine Freundin Hanna hier ist ein wunderbarer Mensch und äußerst unterhaltsam. Wir haben gerade einen Deal gemacht: Sie geht entweder mit Ihnen aus oder mit einem ekelhaften Typen mit ZZ-Top-Bart. Finden Sie nicht auch, dass Sie da die bessere Wahl sind?«

»Isch 'offe doch«, sagt Jean und schaut vergnügt drein.

Es ist beschämend, aber dieser Akzent genügt schon, dass auch ich ihm das Gesicht ablecken möchte. Gereizt rufe ich mich zur Ordnung. In meinem Leben gibt es wahrlich schon genug unpassende Männer.

Glücklicherweise kommt plötzlich Leben in Jean. Er stellt sein Tablett ab, zieht den Block für die Bestellungen hervor und lässt sich von mir Hannas Nummer diktieren. Dazwischen blickt er sie immer wieder verlegen an, während sie über das ganze Gesicht strahlt. Anschließend beugt er sich zu ihr hinüber. Eine dunkelblonde Locke fällt ihm in die Stirn. »Darf isch disch anrufen?«, fragt er mit Schmelz in der Stimme.

»Ja, bitte«, piepst Hanna. Ehrlich: Sie piepst. Das habe ich noch nie bei ihr gehört.

»Du hast gepiepst«, sage ich, als Jean wieder in Richtung Küche verschwunden ist.

Hanna räuspert sich. »Ja, und?«

»Ach, nichts.«

»Lasst uns anstoßen!«, ruft Liane.

»Worauf denn?«, fragt Amelie, als wir unsere Gläser heben.

»Darauf, dass die beste Rache an Scheißkerlen ist, mit netten Männern auszugehen.«

Gegen die Scheißkerle, bei denen man in Lohn und Brot steht, kann man freilich wenig machen. Das wird mir mehr als bewusst, als ich wenige Tage später in Stefan von Schilos Büro gerufen werde.

»Muss das jetzt sein?«, frage ich die Blettinger am Telefon. »Ich habe in zwanzig Minuten eine Mandantin hier.«

»Er sagt, es dauert nicht lang«, schnauft sie.

Na immerhin. Das ist eigentlich auch schon das beste Kriterium, wenn ich mit meinem Chef in einem Raum sein muss. Ähnlich gut wären nur:

1. Er ist ohnmächtig.
2. Er ist stumm.
3. Ich bin taub.

Stefan von Schilo betrachtet mich kalt, als ich sein Büro betrete, und weist auf einen Stuhl. »Setzen!«, schnarrt er. Keine Begrüßung, kein förmliches Hochziehen der Mundwinkel. Das kann ja heiter werden! Er steht auf und beginnt, um den Tisch und damit auch mich herumzugehen.

»Frau Nienhaus, was haben Sie sich dabei gedacht?«, raunzt er in meinen Rücken hinein.

Ich erschrecke ein bisschen, drehe aber nicht den Kopf und warte lieber, bis er auf seiner Tour wieder in meinem Blickfeld ist. Dabei überlege ich fieberhaft: Habe ich ein Mandantengeheimnis verraten? Eine Frist verpasst? Öffentlich schlecht über meinen Chef geredet? Und wie definiert man in so einem Fall noch mal öffentlich?

»Was meinen Sie?«, frage ich schließlich mit kaum brüchiger Stimme.

Von Schilo fährt herum und stiert mich an. Der zivilisierte Gesprächseinstieg ist abgeschlossen, jetzt tobt er los. »Wollen Sie etwa leugnen, dass Sie sich in Ihrer Arbeitszeit eine falsche Identität im Internet aufgebaut haben?«

Verdammte Hacke! Ich kaue auf meiner Unterlippe herum. »Ich habe sie nicht während meiner Arbeitszeit aufgebaut«, sage ich schließlich. »Ich habe sie nur gepflegt.« Was unfassbar dumm von mir war zugegeben. Aber dass mein ewiggestriger Chef das mitbekommen hat, kann ich nicht fassen. Er tippt E-Mails im Zweifingersystem und beschwerte sich neulich, das Internet sei »schon wieder kaputt«. Sein Netzwerkkabel steckte nicht richtig im Rechner.

»Und Sie dachten wohl, ich bekomme das nicht mit, was?«, brüllt von Schilo und lacht höhnisch.

In der Tat dachte ich das. Jetzt bloß nicht die Wahrheit sagen.

»Ich habe mir einfach gar nichts dabei gedacht«, sage ich, was immerhin auch wahr ist. Meine Güte, ich habe eben aus der Kanzlei heraus einen Tippfehler auf Viviane Distlers Homepage korrigiert und ein paar Sachen für sie auf Facebook geliked. Dass mein Chef sich deswegen so anstellt, macht mich fassungslos.

»Sie sind eine Kriminelle!«, tobt er mit der Lautstärke eines trompetenden Elefanten. Auf meinem linken Ohr stellt sich ein leises Fiepgeräusch ein. »Eine falsche

Identität! Sie sind fristlos entlassen! So etwas lasse ich mir nicht bieten!«

Allmählich wird mir etwas schwindelig. Mein Chef ist ein Verrückter, aber auch ein fähiger Anwalt. Ich möchte nicht in einen Rechtsstreit mit ihm verwickelt werden. Und meinen Job möchte ich bitte auch nicht verlieren. Ich habe gerade erst den Mietvertrag für die neue Wohnung unterschrieben.

»Ich bin keine Kriminelle«, halte ich lahm dagegen. »Es ist doch nicht illegal, ein Facebook-Profil unter falschem Namen anzulegen. Nur gegen die Nutzungsbedingungen. Das machen die Nutzer aber andauernd.«

»Was die Leute in diesem Internet machen«, faucht von Schilo, »interessiert mich nicht. Ich werde Ihnen nachweisen, dass Sie Bilder hochgeladen haben, die gegen Urheberrechte verstoßen. Hinzu kommt die private Nutzung des Internets während Ihrer Arbeitszeit. Morgen Mittag haben Sie die schriftliche Kündigung auf dem Tisch. Bis dahin schreiben Sie ausführliche Übergabedossiers über jeden einzelnen Ihrer Mandanten.«

Meine Mandanten! Unter mir öffnet sich der Boden, und der geschmacklose Teppich und ich fallen sekundenlang in eine tiefe Dunkelheit. Meine Mandanten brauchen mich doch. Wer soll ihnen denn jetzt helfen? Aber vor allem brauche ich meine Mandanten. Wo soll ich jetzt einen neuen Job finden? Nachdem ich bei dieser Feld-Wald-und-Wiesen-Kanzlei rausgeflogen bin, nimmt mich doch keiner mehr. Allmählich steigen ein paar Verzweiflungstränen in mir hoch.

»Fangen Sie jetzt bloß nicht an zu flennen!«, schreit mein Chef mich an. Der Schreck hindert mich tatsächlich daran. Vielleicht ist es auch der Luftzug seines Geschreis, der meine Augen trocknet. »Raus hier!«

Stocksteif stehe ich auf und gehe langsam zur Tür. Meine Gliedmaßen fühlen sich an, als könnten sie bei einer falschen Bewegung in Einzelteile zerfallen. Ich steuere durch das Vorzimmer, ohne etwas wahrzunehmen. Stefan von Schilos Geschrei war hier sicher deutlich vernehmbar, aber ich kann weder mitleidige Blicke noch den erwartbaren Triumph der Blettinger ertragen. Liane hat sowieso frei und kann mir nicht beistehen. Noch vor meinem Büro kommen die Tränen. Ich schließe blind meine Tür hinter mir, schlage die Hände vors Gesicht und bleibe schluchzend stehen. Die Verzweiflung breitet sich in mir aus und lässt keinen Raum für etwas anderes.

Nach ein paar Sekunden meldet sich immerhin die Selbstachtung wieder. Es muss mich ja nun wirklich nicht die ganze Kanzlei laut weinen hören. Irgendwo auf dem Tisch stehen doch die Taschentücher. Vorsichtig reibe ich mir die Augen. Als sich der Nebel um mich herum auflöst, sehe ich jemanden am Tisch sitzen.

»Es tut mir leid«, sagt Nina Maierhofer sanft. »Ich bin zu früh dran. Einer Ihrer Kollegen hat mich hereingelassen.«

»Frau Maierhofer!«, japse ich. Nicht einmal meine

Lieblingsmandantin möchte ich in diesem Moment sehen. Aber sie schaut mich so freundlich und verständnisvoll an, dass innerhalb von zwei Minuten die ganze Geschichte aus mir heraussprudelt. Vollkommen verworren und wahrscheinlich weitgehend zusammenhanglos, aber Nina Maierhofer ist so höflich, nicht nachzufragen. Stattdessen hält sie mir ruhig die Kleenexbox hin, aus der ich laufend Tücher zupfe, weil es doch gar nicht so einfach ist, mit dem Weinen aufzuhören, auch wenn man es sich noch so fest vorgenommen hat.

Dann klopft es plötzlich an der Tür. Es ist ein merkwürdiges Klopfen, etwas gedämpft, fast mehr ein Schaben. Ich sitze verwirrt da und starre ins Leere, aber meine Mandantin wirkt kein bisschen überrascht, geht zur Tür und öffnet sie.

»Das ist so nett von Ihnen!«, sagt sie.

Ich hebe den Blick und sehe Matthias, der ein Tablett mit einer Kaffeetasse und einem Glas Wasser in der Hand hält. Er wirkt überfordert. Wahrscheinlich hat er deshalb nicht gewagt, eine Hand vom Tablett zu nehmen, und stattdessen mit dem Kopf angeklopft. Ein Käfig voller Narren.

Matthias lächelt die zugegebenermaßen sehr hübsche und sympathische Frau Maierhofer an. »Versprochen ist versprochen«, sagt er und drückt ihr das Tablett in die Hand, offensichtlich froh, den Balanceakt beenden zu können. Dann streift sein Blick mich und verdüstert sich sofort. »Was ist passiert?«, fragt er brüsk.

»Frau Nienhaus wurde gerade von Ihrem Chef angeschrien und entlassen«, informiert meine Mandantin ihn, noch ehe ich Luft holen kann.

Matthias starrt erst sie an, dann mich. »Warum denn das?«

»Das ist eine lange Geschichte«, antwortet Frau Maierhofer für mich. »Ich habe nicht mal ein Drittel davon verstanden, aber ich bin mir sicher, dass Ihre Kollegin nichts Schlimmes getan hat.«

»Sie vertritt Sie wohl noch nicht lange, was?«, sagt Matthias, wirft mir einen kurzen Blick zu und macht auf dem Absatz kehrt.

Und so verbringe ich meinen letzten Termin in dieser Kanzlei damit, mich von meiner Mandantin trösten zu lassen, die auch findet, dass Männer das Allerletzte sind und mein Chef in der Hölle einen Extraplatz zwischen Richard III. und Attila dem Hunnen reserviert bekommen sollte. Am Ende sind wir mit ihrem Fall nicht weitergekommen, aber wir duzen uns jetzt. Unprofessionell? Ja, klar. Ist mir egal. Ich bin doch eh schon entlassen.

Am Abend würde ich am liebsten Chris schreiben, was passiert ist. Den ganzen Nachmittag über habe ich mich nicht bei ihm gemeldet. Das ist ungewöhnlich, aber er scheint sich keine großen Sorgen gemacht zu haben. Die ganze Geschichte kann ich ihm nicht erzählen, denn ich bin für ihn ja nicht die Anwältin Viola, sondern Viviane, die Yogalehrerin. Und dass die einen Chef hat, der sie anbrüllt und rausschmeißt, passt nicht recht in ihre Legende. Also schreibe ich ihm, es gehe mir nicht so gut, ich hätte eine kleine Job- und Existenzkrise.

Ansonsten teile ich das unschöne Erlebnis des Tages mit niemandem. Meine Eltern sind auf Nilkreuzfahrt, und meinen Freundinnen möchte ich das Elend erst erzählen, wenn ich es ein bisschen besser verpackt habe.

Chris' Antwort lässt auf sich warten. Ich gehe ins Bett und schlafe nicht. Die Schuld dafür würde ich gern diesem Satan von einem Chef geben, aber in Wahrheit ist es die Studenten-WG über mir, die eine Party feiert. Sarah und Leo sind nicht zu Hause. Vielleicht gehören ihnen die Füße, die über mir eine Art Polka tanzen. Der Lärm ist kaum zu ertragen. Das Geschrei vom Balkon tut ein Übriges. Während ich wach liege, lenke ich mich von meiner eigenen Misere ab, indem ich davon fantasiere, wie ich mit Eiern auf die Partygäste ziele. Wie ich die Polizei rufe, die in voller Kampfausrüstung anrückt, alle Anwesenden verhaftet und mich in absoluter Stille zurücklässt. Wie ich morgen früh um sieben Uhr den Walkürenritt auf voller Lautstärke direkt vor ihrer Wohnungstür abspiele.

Es funktioniert. Schon nach fünf Stunden voller Fantasien, die immer blutrünstiger werden, schlafe ich ein.

Kapitel 10

Nach jämmerlich wenig Schlaf wache ich mit dröhnenden Kopfschmerzen auf. Wenn ich das gewusst hätte, hätte ich gleich in die WG über mir gehen und mitsaufen können. Wie ein Schlag trifft mich die Erinnerung an den gestrigen Tag. Und die Einsicht, dass der heutige mein letzter in der Kanzlei von Schilo sein wird. Dafür mein erster auf einer wohl ziemlich langwierigen Jobsuche.

Müde versuche ich, mein Gesicht ein bisschen zu restaurieren. Ich würde schwören, dass meine Augenlider vor zehn Jahren noch nicht so herunterhingen nach kurzen Nächten. Da hilft die beste Camouflage nichts.

Vor dem Kleiderschrank schaue ich all meine Business-Kostümchen durch und möchte keines davon anziehen. Für wen denn auch? Meine Kollegen sehe ich heute zum letzten Mal, und meine Mandanten werden mir nur in Form der Dossiers begegnen, die ich über sie schreiben soll. Eigentlich hätte ich Lust auf einen Kapuzenpullover, in dem ich mich ein bisschen verstecken könnte. Das erscheint mir aber doch etwas pubertär-trotzig. Dann streift mein Blick das fuchsiafarbene Kleid.

Warum eigentlich nicht?

Wenn ich schon rausgeschmissen werde, will ich wenigstens gut dabei aussehen.

»Hallo, du Anwaltsgranate!«, sagt Liane entzückt, als ich die Kanzlei betrete. Offenbar hat ihr noch keiner die Neuigkeit erzählt.

Ich lächele sie etwas gequält an und mache mich unter dem gestrengen Blick der Blettinger davon. In meinem Büro frage ich erst einmal meine privaten Mails ab. Das zu verbieten, halte ich immer noch für lächerlich.

Sorry, ich war gestern Abend bei einer Preisverleihung, schreibt Chris. *Willst du deinen Job wechseln? Das ist doch eine tolle Sache! Ich träume schon lange davon, noch mal etwas ganz anderes zu machen. In Krisengebiete zu gehen und dort zu helfen, wo Hilfe wirklich gebraucht wird. Vielleicht studiere ich eines Tages Medizin und gehe zu Ärzte ohne Grenzen. Kunst ist zwar für viele Menschen eine Hilfe, aber sie rettet sie nicht, weißt du.*

Hm. Offenbar habe ich die Situation gestern Abend doch etwas zu lässig geschildert. Den Ernst der Lage konnte ich damit jedenfalls nicht vermitteln. Aber wie auch, wenn ich sie erst in eine ganz andere Branche hineinerfinden muss. Vielleicht wäre Yogalehrerin doch der bessere Job für mich, wenn es ernsthafte Krisen für die nicht gibt.

Gegen Mittag habe ich für fast alle meine Fälle eine Übergabe geschrieben, die die Besonderheiten kurz zusammenfasst und die angepeilte Strategie für die Zukunft darlegt. Ich bin unglaublich müde und finde die Aussicht, künftig arbeitslos zu sein und tagsüber schlafen zu können, ein bisschen verlockend. Dass mich dafür niemand bezahlen wird, ist allerdings ein großer Nachteil.

Als sich Schritte meiner Bürotür nähern, mache ich mich auf die schriftliche Kündigung gefasst. Stefan von Schilo stampft mit grimmigem Blick herein, ohne anzuklopfen, und lässt einen großen Stapel Akten auf meinen Schreibtisch fallen.

Nanu? Dass eine Kündigung so umfangreich sein kann, war mir neu.

Ich werfe einen Blick auf die Namen, die auf den Mappen stehen, und sage vorsichtig: »Herr von Schilo, das sind nicht meine Fälle. Diese sind von Herrn Fischer. Mit meinen bin ich fast fertig.«

»Das sind jetzt Ihre«, schnarrt er. »Sie werden alle Fälle von Herrn Fischer zusätzlich übernehmen.«

»Wie meinen Sie das? Ich bin doch gekündigt«, wage ich anzumerken.

»Papperlapapp. Fischer hat gekündigt und ist ab sofort freigestellt. Wir besetzen die Stelle nicht nach. Sie können bleiben, dafür arbeiten Sie jetzt für zwei.«

Ich schlage eine Akte auf, ohne sie vom Stapel zu heben. Schon die erste Seite macht mich schwindelig. Ich verstehe nur ansatzweise, worum es geht.

»Hören Sie, Matthias Fischer macht Erbrecht. Damit kenne ich mich überhaupt nicht aus.«

»Na und?«, sagt von Schilo hämisch. »Mit Familienrecht kennen Sie sich auch nicht aus, und trotzdem sind die Leute am Ende geschieden.«

Mit diesen Worten verlässt er mein Büro und lässt mich schockiert sitzen.

Ich bin doch nicht arbeitslos. Das ist gut, aber mein Atem geht trotzdem stoßweise. Wenn ich alle Fälle von Matthias zusätzlich übernehmen soll, brauche ich gar keine neue Wohnung. Dann kann ich mich gleich hier in der Kanzlei häuslich einrichten. Und was soll das überhaupt heißen, er hat gekündigt? Wann denn?

Verwirrt suche ich Matthias in seinem Büro auf. Er ist schon dabei, seine persönlichen Sachen in einen Karton zu packen, und wirkt dabei sehr entspannt.

»Schönes Kleid«, sagt er, als er mich sieht.

»Was?« Ich schaue an mir herunter. »Oh. Danke.«

Matthias wickelt sorgfältig eine Teekanne in eine alte Zeitung und stellt sie in den Karton.

»Wieso hast du gekündigt?«, platze ich heraus.

»Wo soll ich anfangen?« Matthias' Lächeln hat etwas Befreites. »Der Chef ist ein sexistisches Arschloch, das weder seine Affekte noch seinen Körpergeruch unter Kontrolle hat und mit einer perversen Neugierde all unsere Mails untereinander mitsamt sämtlicher privaten Internet-Aktivitäten kontrolliert …«

»Das wusstest du?!«

»Jeder hier weiß das.«

Außer mir. Verdammt!

»Außerdem«, fährt Matthias fort, »hat er gestern meiner Lieblingskollegin gekündigt mit einer Begründung, die so fadenscheinig sein muss, dass die Blettinger sie mir nicht mal verraten wollte.« Er legt zwei Fachbücher in seinen Karton und schaut mich fragend an. Aber die Geschichte ist mir viel zu peinlich, deshalb schüttele ich nur abwehrend den Kopf.

Achselzuckend geht Matthias dazu über, seinen Rollcontainer auszuräumen. »Ich habe gehofft«, klingt seine Stimme gedämpft unter dem Schreibtisch hervor, »dass er dich behält, wenn ich sofort kündige, damit jemand die liegen gebliebene Arbeit übernimmt.« Mit einer Packung Kopfschmerztabletten in der Hand steht er aus der Hocke auf und schaut mich an. »Hat es funktioniert?«

»Ja.« Allmählich wird mir die Tragweite seines Einsatzes bewusst. »Du hast gekündigt, um meinen Job zu retten?«, frage ich entsetzt. »Aber was wirst du denn jetzt machen?«

»Mach dir keine Sorgen um mich, Viola«, sagt Matthias freundlich. »Ich habe natürlich schon einen neuen Job.«

O Gott, wie peinlich! Jetzt muss er denken, ich denke, ich bin ihm so wichtig, dass er sich meinetwegen in die Arbeitslosigkeit stürzt. Ich wirke wohl größenwahnsinnig.

»Warum hattest du dann noch nicht gekündigt?«, will ich wissen und schäme mich ein bisschen.

»Ich wollte noch ein paar wichtige Fälle abschließen. Sieht aus, als würdest du dich jetzt um sie kümmern. Die meisten Übergaben hatte ich aber längst geschrieben.« Matthias schließt seinen Karton und lächelt mich an. So entspannt und zugänglich habe ich ihn noch nie erlebt. »Du siehst müde aus.«

»In meiner Fantasie war ich die halbe Nacht damit beschäftigt, ein ganzes Partyvolk auszulöschen.«

»Oh, Partysanenkämpfe«, witzelt Matthias. Er ist wirklich wie ausgewechselt. Seit wann macht der Mann Witzchen mit mir?

»Es tut mir leid, dass du gehst«, presse ich schließlich hervor.

»Ich wünschte, ich könnte das auch behaupten«, erwidert Matthias. »Aber ich bin wirklich froh, hier bald weg zu sein.«

»Wo gehst du hin?«

»Zu einer Kanzlei, die auf Erbrecht spezialisiert ist. In der Sonnenstraße.«

»Wie passend. Aus dem Schattenreich ins Licht«, wage ich einen schwachen Versuch, ihn zu amüsieren. Aber er bleibt ziemlich ernst.

»Ich lasse dich wirklich ungern beim Hassprediger zurück.« Seine blauen Augen haben einen Graustich bekommen. Als hätte sich ein Schleier davor gelegt. »Pass bitte auf dich auf«, sagt er schließlich. »Was auch immer er dir vorgeworfen hat, lass es in Zukunft einfach bleiben.«

»Davon kannst du ausgehen.« Der Gedanke daran,

welche meiner privaten Mails Stefan von Schilo gelesen hat, wird mich tagelang peinigen. Zum Glück war nichts Obszönes dabei. Meine seitenlangen Konversationen mit Chris darüber, wie Kunst die Menschen beglücken kann, haben meinen Chef wohl kaum interessiert.

Matthias zieht eine seiner nunmehr veralteten Visitenkarten hervor, dreht sie um und schreibt seine Handynummer darauf. »Hier. Falls du Fragen hast zu deinen neuen Fällen.«

»Danke, Matthias.«

Ich halte die Karte ganz fest in der Hand. Mein Kleid hat keine Taschen.

»Und dann hast du ihm deine Handynummer gegeben«, sagt Hanna, als ich ihr ein paar Tage später die ganze Geschichte erzähle. Also, fast die ganze Geschichte: Die Vorwürfe meines Chefs habe ich etwas modifiziert und den Teil mit Chris und Viviane weggelassen. Erwartungsfroh nippt Hanna an ihrem Prosecco.

»Äh, nein. Mist, das hätte ich tun sollen, nicht wahr?«

»Du hast es nicht getan?« Meine Freundin schlägt sich mit der Hand vor die Stirn.

»Ich war durcheinander«, verteidige ich mich. »Außerdem kennt er doch meine Büronummer.«

»Da wird er natürlich nicht anrufen!«

»Wieso denn nicht?« Ich bin etwas eingeschnappt.

Gleichzeitig frage ich mich, warum ich das eigentlich schade finde, wo ich doch in Chris verknallt bin.

»Einem Mann deine Handynummer zu geben«, doziert Hanna, »ist mehr als nur ein informativer Akt. Es ist eine Einladung zum Anrufen. Und jemandem deine Nummer nicht zu geben, der dir zuvor seine aufgeschrieben hat, ist eine Abfuhr. *Don't call us, we call you.*«

»Warum muss das alles so kompliziert sein? Ich glaube, ich suche mir doch ein schönes Benediktinerinnenkloster aus.«

»Das solltest du nicht tun. Wenn du den richtigen Mann triffst, geht alles plötzlich ganz leicht«, sagt Hanna verträumt. »Mit ihm kannst du ganz du selbst sein.« Gedankenverloren schaut sie an mir vorbei.

Ich drehe mich um und sehe Jean hinter der Bar stehen. »Habt ihr euch schon getroffen?«

»Ja, gestern Abend.« Hanna lächelt.

»Wie war es? Erzähl!«

»Es war toll.«

»Erde an Hanna! Mehr Details!«

»Roger.« Meine Freundin lacht. »Wir haben stundenlang geredet. Über unsere Familien, über unsere liebsten Bücher als Kinder, über seinen Anfang in der neuen Stadt. Dazwischen hatte ich Sorge, dass sein Akzent irgendwann verloren gehen würde, wenn wir so viel Deutsch sprechen. Aber das wird wohl noch einige Jahre dauern.«

Ich bin fassungslos. Plant meine Freundin gerade

nach dem ersten Date, die nächsten Jahre mit Jean zu verbringen? Meine Freundin Hanna, die sonst problemlos Dates mit drei verschiedenen Männern in einer Woche unterbringt?

»Inwiefern hat es sich von deinen sonstigen Dates unterschieden?«, frage ich neugierig. Denn dass hier etwas ganz anders läuft als sonst, ist offensichtlich.

»Ganz einfach: Es fing nicht damit an, dass er eine Stunde lang von seiner Karriere erzählt hat. Das machen die Typen sonst immer. Ich hasse das!«

»Hm. Ich möchte nicht abwertend klingen, Süße, aber er ist eben Kellner. Vielleicht hat er einfach nicht so viel zu erzählen.«

»Das ist mir absolut recht. Ich hab auch nicht danach gefragt. Wir hatten uns andere Dinge zu erzählen.«

»Wo wart ihr denn?«

»In einem winzigen französischen Restaurant im Lehel. Du hättest sein Gesicht sehen sollen, als ich das Steak blutig bestellt und um Herzoginkartoffeln anstatt des Salates als Beilage gebeten habe. Er sah richtig begeistert aus.«

Ich bin auch begeistert. Wer Hannas Vorliebe für Essen teilt, kann nur gut für sie sein.

»Und wie seid ihr auseinandergegangen?«

»Vor meiner Haustür hat er mich umarmt und ist gegangen.«

»Wie – das ist alles?«

»Falls du damit fragen möchtest, ob wir uns geküsst haben: Nein, haben wir nicht.«

»Aber Hanna, du hast ungefähr deine letzten hundert Dates geküsst.«

»Ich weiß. Eben. Diesmal war alles anders. Deshalb habe ich keine Anstalten gemacht. Außerdem«, sie senkt die Stimme ein bisschen, »habe ich vorher *bisou premier rendez-vous* gegoogelt.«

»Du bist verrückt. Du kannst dir doch nicht vom Internet sagen lassen, ob du ihn beim ersten Date küssen darfst oder nicht.«

»Ich hatte keinen besseren Informanten! Mit Belgiern kenne ich mich nicht aus.«

»Was hatte das schlaue Internet dazu zu sagen?«

»Es war widersprüchlich.« Hanna seufzt. »Aber laut meiner Recherchen besteht durchaus die Möglichkeit, dass man in Belgien nicht als Beziehungskandidat gilt, wenn man sich beim ersten Date küsst.«

»Sondern?«

»Na, als Affäre.«

»Du möchtest aber keine Affäre mit ihm?«

»Nein.« Hanna schaut wieder zur Bar hinüber, wo Jean ihren Blick auffängt und sie anlächelt. Nebenbei gießt er schwungvoll meinen nächsten Weißwein in ein Glas.

»Was möchtest du denn?«

»Ich möchte ihn besser kennenlernen.«

»Du schwebst ja über der Erde, wenn du das sagst.«

»Ja, das Gefühl habe ich auch.« Hanna strahlt. »Und weißt du, was komisch ist? Ich habe überhaupt nichts dagegen, dass er das auch sieht.«

»Du meinst, er weiß, worüber wir die ganze Zeit reden? Steile These«, sage ich grinsend und drehe mich zu ihm um. Gemeinsam beobachten wir ihn, bis er anfängt zu lachen, nach einer Speisekarte greift und sie mit einer Hand vor sein Gesicht hält, während er ein Bier zapft.

»Außerdem bin ich ja leider doch ein bisschen berechnend«, sagt Hanna fröhlich. »Das liegt an meiner Deformation durch jahrelanges Dating.«

»In welche Richtung gehen denn deine Berechnungen?«

»Am Freitag ist der Geburtstag meiner Großmutter. Du weißt schon, für den ich noch eine Begleitung brauchte.«

»Dem entnehme ich, dass du inzwischen eine gefunden hast.«

»In der Tat!« Hanna wirkt zufrieden.

»Süße, du weißt, ich bewundere dein Geschick im Umgang mit Männern. Aber irgendetwas daran, wie er dich vorhin angesehen hat, sagt mir: Er kommt nicht mit, um einen Dankbarkeitskuss abzustauben.«

»Das glaube ich auch. Ist das nicht irre?«

Kapitel 11

Der Kündigung bin ich entronnen, aber mein Leben hat sich verändert. Ich musste Chris gegenüber eine Ausrede erfinden, warum ich ihm tagsüber nur noch selten schreiben kann. Er denkt, ich hätte die Yogaklassen einer Kollegin zusätzlich übernommen. So weit ist das von der Wahrheit ja gar nicht entfernt. Von der Kanzlei aus melde ich mich nur noch zwei- oder dreimal am Tag, und die Mails schicke ich von meinem Handy. Chris bohrt öfter nach, ob und wann wir uns denn nun mal treffen könnten. Allmählich kann ich mir das selbst auch ganz gut vorstellen.

Leider hat sich zugleich meine Arbeitszeit massiv ausgedehnt: Matthias hat mir durch seinen verfrühten Abschied ein paar offene Baustellen hinterlassen, und in diese Fälle muss ich mich erst mal einlesen. Außerdem habe ich alles, was ich mir fürs Studium über Erbrecht ins Gehirn gepresst habe, längst wieder mit Liedtexten von dämlichen Chartsongs überschrieben. Also musste ich meine Skripte rauskramen und ganz von vorne anfangen.

Ein guter Grund, Matthias anzurufen, hat sich aber bisher nicht gefunden. Ich weiß nicht mal, ob ich es wollen würde. Schließlich sagte er, er sei froh, die Kanzlei verlassen zu können. Das klang nicht, als würde er jetzt regelmäßig sehnsüchtig in den Sommerregen hinausblicken und sich fragen, warum ich seine Nummer noch nicht gewählt habe. Ich, die bezaubernde, souveräne Kollegin mit der beeindruckenden Contenance. Oh, Verzeihung, das bin ich ja alles gar nicht. Wäre ich nur gerne.

»Fräuleinchen, was tun Sie denn da?«

Erschreckt hebe ich den Kopf von einem besonders vertrackten Fischer'schen Fall. Silvia steht in meiner Bürotür und ist sichtlich stolz auf ihre gelungene Blettinger-Imitation.

»Ich erwäge, den Job zu wechseln. Womöglich wäre ich eine passable Yogalehrerin«, erwidere ich bitter.

»Ach komm schon, so schlimm kann es nicht sein.«

»Nein«, räume ich ein. »Schlimm wäre gewesen, den Job zu verlieren. Aber plötzlich mit einem Haufen neuer Fälle in einem neuen Fachgebiet dazustehen, ist auch nicht einfach.«

»Das kann ich mir vorstellen.« Silvia sieht mich verständnisvoll an. »Trotzdem ist jetzt halb zwei, und ich habe genau mitbekommen, dass du seit Tagen keine Mittagspause mehr gemacht hast. Isst du überhaupt nichts mehr?«

Statt einer Antwort hebe ich die Familienpackung Salzstangen hoch, mit der ich mich gerade über den Tag zu bringen versuche.

Silvia schnaubt entsetzt. »Das ist kein Mittagessen! Du lässt den Kram jetzt liegen und gehst mit mir einen Teller Nudeln essen.«

Ein einziger Blick auf ihr Gesicht verrät mir, dass Widerspruch vollkommen zwecklos wäre. Sie erahnt meine Suche nach einem Gegenargument, noch ehe ich eines gefunden habe.

»Viola, ich bin zwei Köpfe größer als du und in zweiter Ehe verheiratet. Glaub mir, ich kann mich durchsetzen.«

»Schon gut, du hast ja recht.« Geschlagen stehe ich auf und greife nach meiner Handtasche. »Wieso beobachtest du überhaupt, ob ich zum Mittagessen gehe?«

»Auf vielfachen Wunsch eines einzelnen Herrn passe ich ein bisschen auf dich auf.«

»Wie bitte?«

»Der Kollege Fischer stand an seinem letzten Tag hier in meinem Büro und teilte mir mit, er mache sich Sorgen, ob du mit der ganzen Arbeit zurande kommst.«

»Das ist ja ...« Tja, was denn? Lieb? Übergriffig? Respektlos? Rührend?

»Albern, nicht?« Silvia zwinkert mir zu. »Wir wissen natürlich alle, dass du der Belastung gewachsen bist und sehr gut auf dich selbst aufpassen kannst.« Mit diesen Worten hält sie mir die Tür der Kanzlei auf. »Deshalb gehst du jetzt auch immer schön brav etwas Anständiges zu Mittag essen, damit ich dem Kollegen nichts Gegenteiliges erzählen muss, wenn ich ihn mal rein zufällig auf der Straße treffe.«

Die Frau macht mich fertig. »Ich weiß das ja zu schätzen, aber – erpresst du mich gerade, Silvia?«

»Erpressen, ha!« Silvia wirft den Kopf in den Nacken und lacht lauthals. »Herzchen, wir sind doch Anwälte. Wir nennen das einen Deal.«

Dass ich solche Erlebnisse nicht einfach Chris weitererzählen kann, macht mir immer mehr zu schaffen. Wir reden inzwischen über alles, was uns so begegnet, aber meine Geschichten sind immer irgendwie gefiltert, modifiziert, in eine andere Situation versetzt oder, wie ich es ehrlicherweise nennen muss: gelogen.

Heute hat mir eine Kollegin eine Standpauke gehalten, schreibe ich ihm an diesem Abend. *Ich habe durch den Stress in letzter Zeit keine Gelegenheit zum Essen gefunden, aber sie hat so mit mir geschimpft, dass ich das jetzt ändern werde. Ist auch besser so: Ich war schon kurz davor, mich an die Salzstangen als Mittagessen zu gewöhnen.*

Die Antwort folgt auf dem Fuße.

Ein Zeichen! Das ist der richtige Zeitpunkt, dir meine berühmte Ente vorzusetzen. Komm schon, gib dir endlich einen Ruck! Ich weiß doch sowieso schon alles über dich. Fotos habe ich auch längst gesehen, weil ich dich gegoogelt habe. Was sollte sich ändern, wenn wir uns treffen?

Nachdenklich rolle ich mich auf meinem Bett zusammen. Was sich ändern würde? Alles! Obwohl wir uns nun schon seit einiger Zeit schreiben, habe ich den gesuchten kapitalen Charakterfehler einfach noch nicht gefunden. Dafür werden mir die Knie immer noch ein bisschen weich beim Gedanken an sein Gesicht. Ich werde ihm erst mal vorsichtig beibringen müssen, dass ich vielleicht nicht ganz die Frau bin, die er sich derzeit vorstellt. Andererseits bin ich genau diejenige – schließlich sind es meine Mails, auf die er antwortet.

Ich flüchte mich in eine miese Ausrede und behaupte, ich führe am Samstag für fünf Tage nach Spanien.

> *Dort werde ich gerne über deinen Vorschlag nachdenken und mich anschließend gleich melden. Sobald ich wieder in Deutschland angekommen bin, meine Wäsche gewaschen und meinen Sonnenbrand weggecremt habe,* schreibe ich ihm.

Und dann beginne ich zu packen. Nicht für Spanien, natürlich. So durchgedreht bin ich noch nicht. Am Samstag ziehe ich in meine neue Wohnung, und bis dahin muss ich noch einiges verräumen.

Schon nach fünf Kartons klingelt mein Telefon. Warum Mütter immer dann anrufen, wenn man gerade überhaupt keine Zeit hat, ist eines der großen Rätsel der Menschheitsgeschichte.

»Mein Kind, wir sind wieder zu Hause!«, zwitschert sie wohlgelaunt ins Telefon. »Hast du uns vermisst?«

»Was, wart ihr verreist?«, ziehe ich sie auf, aber darauf fällt meine Mutter nicht herein.

»Witzig wie immer, Viola!«, geht sie lässig darüber hinweg. »Unsere Nilfahrt war fantastisch. Ich habe vier riesige Posamenten gekauft. Du wirst sie hassen!«

»Mama, was um alles in der Welt sind Posamenten?«

»Quasten. Troddeln. Puschel. In allen Farben des Regenbogens. Mit Goldfäden!«

»Du hattest recht. Ich hasse sie jetzt schon.«

»Du kommst eben nach deinem Vater. Er hat sich während meiner Shoppingtouren immer zwei Meter neben mich gestellt und so getan, als kenne er mich nicht.«

»Das kann ich verstehen. Aber macht dir das nichts aus?«

»I wo. Ich habe das zu meinem Vorteil genutzt. Wenn es ans Handeln ging, spielte er den genervten Ehemann. Also, *spielen* ist vielleicht falsch formuliert. Jedenfalls haben wir viel bessere Preise bekommen als unsere Mitreisenden, weil dein Vater stets den Eindruck erweckt hat, er wolle mich gleich wegziehen, bevor ich etwas kaufen kann.«

»Ihr seid ein echtes Traumpaar.«

»Liebe ist, wenn deine Neurosen zu den Neurosen deines Partners passen. Sagt Woody Allen. Und warum sollte man einem Mann in Liebesdingen nicht vertrauen, der die Adoptivtochter seiner Lebensgefährtin geehelicht hat!« Meine Mutter kichert. »Sag mal, Liebes, wegen deinem Umzug am Samstag – wann sollen wir denn vorbeikommen?«

»Ach, eigentlich gibt es gar nicht so viel zu tun. Ich hab zwei Umzugsleute engagiert und ja sowieso nicht viele Sachen hier. Am tollsten wäre, wenn ihr ein paar empfindliche und sperrige Sachen abholen und mit dem Auto in die neue Wohnung bringen könntet. Hanna hilft mir dann beim Auspacken. Auf die Weise muss jeder von euch nur einen halben Samstag opfern.«

»Gutes Kind. Sobald du dich ein bisschen eingerichtet hast, kommen wir mit dem Anhänger vorbei und bringen dir deine eingelagerten Kisten. Und dann erzählst du uns auch mal, was die Partnersuche so macht.«

»Klar. Mache ich.« Bis dahin muss ich einfach nur irgendeine Geschichte erfinden, für die man sich nicht in Grund und Boden schämen muss.

In meiner persönlichen Vorstellung von Hölle muss ich jeden Tag umziehen. Wahrscheinlich liegen in der echten Hölle dann auch noch Glasscherben auf dem Boden, und man stellt in der neuen Wohnung fest, dass die Kartons vertauscht wurden und mit toten Katzen gefüllt sind. Aber einstweilen ist mir die diesseitige Version schon schlimm genug: Als der Umzugstag anbricht, liegen meine Nerven blank.

»Warum wollte ich noch mal ausziehen?«, frage ich meinen Vater, während er auf einem Stuhl stehend meine Lampe abmontiert.

»Weil deine Mitbewohner miteinander schlafen«, sagt er vernehmlich, und ich werfe einen scheuen Blick durch die offene Tür in den Flur. Aber Leo und Sarah schlafen noch. Ich bekomme sie selten vor Mittag zu Gesicht.

Kurz frage ich mich, ob dieser Grund wirklich die Strapazen rechtfertigt. Ich ziehe grundsätzlich nur um, wenn es gar nicht anders geht. Wenn sich eine WG auflöst oder eine Beziehung. Oder wenn direkt vor meinem Fenster eine Baustelle aufgerissen wird, die fünf Jahre bestehen soll. Alles schon passiert. Und da ich die bisherigen Umzüge schließlich auch alle überstanden habe, sollte ich mich nicht so anstellen. Finde ich zumindest. Mache ich dann aber doch immer.

Immerhin bin ich inzwischen schlau genug, zwei starke Männer zu engagieren, statt Freunde zu bitten. Sonst plagt mich nämlich den ganzen Tag ein schlechtes Gewissen, weil ich deren Freizeit und Rücken ruiniere. Und die heutigen Umzugsmänner wirken recht patent. Innerhalb von zehn Minuten haben sie mein Bett auseinandergenommen. Mein Schrank allerdings erscheint ihnen kompliziert.

»Wo is'n der her?«, fragt einer.

»Aus einem Möbelhaus«, entgegne ich so unoriginell wie wahrheitsgemäß.

»Der ist falsch zusammengebaut.«

»Aber er steht doch. Und sieht ganz normal aus. Und funktioniert.«

»Trotzdem müssen wir das ganz anders machen.« Er kratzt über seinen Fünftagebart.

Ich werde ungeduldig. »Machen Sie, wie Sie meinen. Hauptsache, ich kann ihn danach genauso benutzen wie jetzt.«

»Da müssen wir erst mal schauen. So geht das jedenfalls alles nicht.«

»Ich habe vollstes Vertrauen in Sie«, sage ich, und es bemerkt mal wieder niemand meine Ironie.

Eine Stunde später drücke ich meinen Eltern die Schlüssel zur neuen Wohnung in die Hand und schicke sie mit den empfindlichen Sachen voraus. Eine weitere halbe Stunde später machen sich gerade die Umzugsleute auf den Weg, als mein Handy klingelt.

»Viola, hier ist deine Mutter«, sagt sie düster.

»Oha.«

»Liebes, bist du sicher mit der Wohnung? Wir könnten den Umzugsleuten sagen, dass sie deine Sachen direkt raus nach Kleindingharting bringen sollen.«

»Aber warum denn?«

»Wir wissen einfach nicht recht, ob du dich hier wohlfühlen wirst.«

Den Geräuschen nach zu urteilen, wird ihr gerade das Handy aus der Hand genommen. Mein Vater meldet sich zu Wort.

»Mach dir keine Sorgen, Viola«, sagt er munter. »Wir akzeptieren deine Entscheidung für diese Wohnung natürlich. Barbara hat nur zu viel gekriegt, als sie die ganzen Silberfischchen gesehen hat. Und zu laut ist es ihr auch, sie ist geräuschempfindlich, das weißt du ja. Mich selbst würde nur der Teppich nerven, aber na ja, ich hab eben eine Stauballergie. Dass es nicht so hell ist, muss toll sein zum Ausschlafen!«

»Papa, ich erkenne eine besonders perfide Strategie, wenn ich ihr gegenüberstehe. Was soll das?«

Er seufzt. »Wir finden es beide schlimm hier und wünschten, du kämst zurück aufs Land.«

»Wenn ich eines Tages einen reichen Diplomaten heirate und in eine Villa am Ammersee ziehe, seid ihr die Ersten, die es erfahren. Einstweilen ziehe ich die Stadt eurem spinnenhaltigen Keller vor.«

»Ich verstehe.« Schweigen. »Dann hänge ich jetzt mal deine Lampe auf.«

»Danke, Papa.«

Obwohl meine Eltern anschließend gute Miene zum bösen Spiel machen, bin ich froh, als sie gemeinsam mit den kaum weniger kritischen Umzugsleuten (»Oh, haben wir die Kaninchen vergessen? Die Wohnung sieht aus wie ein Hasenstall.«) gehen. Um 15 Uhr sitze ich inmitten von Kartons auf dem Boden und trinke Leitungswasser aus einer Tasse – die Gläser sind noch bei meinen Eltern. Ich müsste das Bett beziehen, aber ich kann mich nicht aufraffen. Ich müsste ein paar Kleider auspacken, damit sie nicht vollends verknittern, aber ich mag nicht. Ich könnte auch einfach rausgehen, den nächsten Park suchen und den herrlichen Sommertag genießen, aber dazu habe ich keine Lust. Ich sitze einfach nur da und warte auf bessere Zeiten.

Sie brechen an, als es an der Tür klingelt. Hanna rennt mich fast um zur Begrüßung, fischt Brot und Salz aus ihrer sackähnlichen Handtasche und drückt sie mir in die Hand.

»Herzlichen Glückwunsch zur neuen Wohnung! Ich muss dir was erzählen!«, ruft sie. Ihre Augen leuchten.

»Also, ich saß gerade gemütlich auf dem Boden«, sage ich. »Setz dich doch dazu.«

»Bist du verrückt? Ich lass dich bestimmt nicht mit diesen ganzen Kisten alleine. Hast du schon irgendwas ausgepackt?«

»Nö.«

»Gut. Dann fangen wir mit deinen Klamotten an, und dabei quatschen wir.« Hanna greift noch einmal in ihre Tasche und zieht eine Flasche Prosecco hervor. Zum Glück hat Mareike ihren alten Kühlschrank hiergelassen.

»Wie war es beim Geburtstag deiner Oma?«, frage ich Hanna, während ich meine Unterwäsche in eine Schublade stopfe.

»Fantastisch! Aber, Viola«, sagt meine Freundin und hebt einen alten BH von mir in die Höhe, »was ist das denn?«

»Ein BH.«

»Unsinn. Das ist ein Bungee-Seil.«

»Mach dich nur lustig.«

»Ich mein's ernst. Dieser BH hält deine Brüste nicht. Es ist allenfalls umgekehrt.«

Zugegeben, die Unterwäsche-Schublade habe ich vergessen, als ich meinen Kleiderschrank ausgemistet habe.

Dass meine erbarmungslose Freundin das nicht unkommentiert lässt, hätte ich wissen müssen. »Wenn ich dünner wäre«, sagt sie gerade, »würde ich unglaublich winzige Unterwäsche tragen.«

»Im Gegensatz zu mir sorgst du wenigstens auch ab und zu dafür, dass jemand deine Unterwäsche sieht«, kontere ich. »Bei mir lohnt sich schwarze Spitze momentan nicht.«

»Bei mir auch nicht.«

»Wieso? Was ist mit Jean?«

»Jean ist fantastisch!« Hanna dreht eine Pirouette vor Freude.

»Geburtstag fantastisch, Jean fantastisch. Dann war er also dabei?«, schlussfolgere ich.

»Er war dabei. Ich hatte ihm vorher erzählt, dass meine Familie ein bisschen nervig ist und immer will, dass ich das mache, was sie ›einen guten Fang‹ nennt. Er hat ziemlich gelacht.«

»Gott sei Dank, er hat Humor.«

»Tja, und nicht nur das.« Hanna grinst. »Als meine Großmutter ihn fragte, was er denn beruflich so macht, hatte ich den Kopf schon vollständig eingezogen. Ich hatte befürchtet, sie reagiert hochnäsig, wenn er sagt, er ist Kellner.«

»Oh je. Und?«

»Sie war ganz begeistert.«

»Ehrlich?«

»Ja. Aber er hat nichts von Gastronomie gesagt.«

»Sondern?«

»Er sagte, er sei Schauspieler. Meine Familie war unglaublich beeindruckt, und ich konnte das Lachen kaum unterdrücken. Dem langweiligen Finanzbuchhalter-Mann meiner Cousine sind die Gesichtszüge entglitten.«

Auch ich muss kichern. Immerhin hat Jean Hanna an diesem Abend einen echten Triumph verschafft. »Aber haben sie nicht nachgefragt?«

»Doch. Er hat sie wunderbar unterhalten mit Geschichten von streitlustigen Regisseuren und Maskenbildnerinnen, die einer Kollegin mit dem Glätteisen versehentlich die Haare abgefackelt haben.«

»Jetzt weiß ich, was du mit fantastisch meintest!« Allerdings bin ich inzwischen auch ein wenig beunruhigt. »Wie wollt ihr diese Story denn jetzt aufrechterhalten?«

»Das dürfte kein Problem werden.« Hanna faltet einen Umzugskarton zusammen und lässt sich auf mein Bett fallen. »Auf dem Heimweg habe ich ihn zu seiner darstellerischen Leistung beglückwünscht und gesagt: ›Man könnte meinen, du wärst wirklich Schauspieler.‹ Und er sagte: ›Chérie, das bin isch doch auch.‹«

»Bitte was?«

»So habe ich auch reagiert.« Hanna blinzelt zu mir herauf. »Er sagt, er übernimmt maximal eine Schicht pro Woche im Café. Weil das der beste Weg ist, um Menschen zu studieren. Beobachten reicht ihm nicht, meint er. Wenn man an ihre Tische gehen kann, bekommt man die Unterhaltungen mit, und das ist ihm wichtig, um die Körpersprache einordnen zu können.«

»Hast du ihm das etwa abgekauft?«

»Natürlich nicht. Ich bin doch nicht erst seit gestern auf Partnersuche. Ich glaube überhaupt niemandem mehr auch nur ein Wort.« Hanna steht auf, verlässt den Raum und kommt kurz darauf mit der Proseccoflasche und zwei Tassen zurück. »Gläser gibt's nicht?«

»Bringen meine Eltern nächste Woche.« Ich schaue meine Freundin mitfühlend an. Ein reizender Mann, der ihr auf den ersten Blick gefallen hat, hat sich als notorischer Lügner entpuppt, und sie trinkt Prosecco. Sogar aus Tassen. Ihre Moral ist wirklich bewundernswert.

»Also habe ich um seinen Führerschein gebeten und mit dem Handy seinen Namen gegoogelt«, kehrt sie zum Thema zurück.

»Du hast dir seinen Führerschein zeigen lassen?«

»Ich sagte doch, ich glaube niemandem mehr. Er hätte mir ja einen falschen Namen sagen können.«

»Jean Dujardin zum Beispiel.«

»Genau!« Hanna wirft lachend den Kopf zurück. »Und weißt du was?«

»Was denn?«

»Wir hätten uns beim ersten Date vielleicht doch mal über unsere Berufe unterhalten sollen. Er ist tatsächlich Schauspieler.«

»Nicht im Ernst.«

»Doch. Film und Theater. Nicht die ganz großen Rollen, aber er ist ganz gut dabei, soweit ich das beurteilen kann. Gerade spielt er bei einer deutschen Produktion mit, und er würde gern in Deutschland bleiben. Brüssel ist ja nicht gerade Hollywood.«

Ich lasse meine Proseccotasse sinken. Diese Neuigkeit muss ich erst mal verdauen. »Heißt das, er spielt dann immer Franzosen?«, frage ich verständnislos.

»Tja, das ist die schlechte Nachricht«, seufzt Hanna.

»Was denn, um Himmels willen?«

»Ich habe ihn das auch gefragt, als wir vor meiner Haustür im Auto saßen. Stell dir vor: Er hat eine deutsche Mutter und kann völlig akzentfrei sprechen.«

»Das ist ja zum Heulen.«

»In der Tat!«, stimmt mir Hanna eifrig zu. »Aber er sagt, es strengt ihn total an, seine Zunge so kontrollieren zu müssen. Deshalb macht er es privat nicht, sondern behält lieber seinen Akzent bei.«

»Ein Glück.«

»Oh ja.«

»Und dann?«

»Was?«

»Hast du deine Zunge etwa auch kontrolliert?«

Meine Freundin kichert. »Das hast du schön gesagt.«

»Beantworten Sie die Frage, Angeklagte.«

»Wir haben uns nicht geküsst«, bekennt sie.

»Hanna, was ist denn nur los mit dir?« Ich bin fassungslos. »Das zweite schöne Date mit Jean, du hast sogar schon seine Personalien überprüft, und trotzdem hat sich der Abend noch einiges an Romantik erhalten. Du hast wirklich schon weniger perfekte Typen geküsst.«

»Haufenweise«, sagt Hanna trocken.

»Und warum ihn nun nicht?«

»Es ist mir peinlich.« Hanna dreht ihre Tasse zwischen den Händen. »Ich habe befürchtet, er denkt, ich wollte einen Kellner nicht küssen, aber einen Schauspieler schon.«

»Aber so war es doch gar nicht. Du wolltest ihn ja sofort küssen.«

»Das weiß ich, und du weißt das auch. Aber woher soll er es wissen?«

»Ach, Hanna.« Dazu fällt mir nun wirklich nichts mehr ein. »Nach dieser Logik dürfte man überhaupt nie einen erfolgreichen oder schönen Menschen küssen. Es könnte ja immer nur wegen des Erfolges oder des Aussehens sein.«

»Mir ist klar, dass das bekloppt ist!« Hanna springt auf und tigert in meinem winzigen Schlafzimmer auf und ab. Dabei muss sie immer um vier Kartons herumlaufen, die mitten im Zimmer stehen.

Ich betrachte ihren Slalomlauf eine Weile schweigend und stelle mich ihr schließlich mit ausgebreiteten Armen in den Weg. Zum zweiten Mal an diesem Tag rennt Hanna mich um und bleibt in meiner Umarmung.

»Ich bin so verliebt und so glücklich«, flüstert sie an meiner Schulter. »Aber ich habe furchtbar Angst, etwas falsch zu machen. Und vielleicht habe ich auch schon etwas falsch gemacht. Er könnte denken, ich interessiere mich nicht für ihn!«

»Oder, was noch viel schlimmer wäre: Er könnte denken, du seist prüde!«, ziehe ich sie auf.

»Oder lesbisch!«

»Oder asexuell!«

»Oder zungenamputiert!« Hanna lacht schon wieder.

»Bei deiner Gesprächigkeit wird er das als Letztes vermuten.«

»Verdammt. Das wäre noch am besten gewesen.«

Wir lassen uns nebeneinander auf mein Bett fallen. Ich strecke den Arm nach ihrer Handtasche aus und lasse sie zwischen uns fallen.

»Hol dein Handy raus und ruf ihn an.«

»Findest du wirklich, ich sollte ihm das am Telefon erklären?«

»Auf keinen Fall. Es ist ein schöner warmer Samstagnachmittag, du verabredest dich mit ihm und küsst ihn gefälligst.«

»Aber wir haben uns doch gestern erst getroffen.«

Ich wühle selbst nach ihrem Handy und aktiviere das Display. Zwei SMS sind für sie eingegangen. »Wenn die von Jean sind, machst du es«, schlage ich vor. »Und wenn nicht, dann hältst du dich an deine bescheuerten Dating-Regeln, die wahrscheinlich die katholische Kirche zwecks Empfängnisverhütung aufgestellt hat, und triffst ihn erst nächste Woche wieder.«

»Hm. Einverstanden.« Hanna nimmt mir das Handy ab, öffnet die SMS und bekommt sofort wieder diese leuchtenden Augen von vorhin. Ich brauche die Nachrichten nicht zu sehen, um den Absender zu kennen. Ein tiefer Seufzer markiert das Ende ihrer Lektüre.

»Ich hab gewonnen«, stelle ich zufrieden fest. »Ruf ihn an.«

»Na gut.« Hanna geht zum Telefonieren in die Küche, während ich noch ein paar leere Kartons zusammenfalte. Meine Kleider sind eingeräumt, der Rest steht in der Gegend herum. Aber da ich bisher kaum Möbel habe, stört mich das momentan wenig. Ich überlege bereits, wie ich übergangsweise aus vollen Bücherkisten einen Tisch und einen Stuhl bauen kann.

Mit geröteten Wangen kehrt Hanna schließlich zurück und sagt: »Wir sind in zwei Stunden verabredet. In der Innenstadt. Ich kann dir also jetzt noch helfen und dann direkt hingehen.«

Ich räuspere mich dezent und deute auf ihr Outfit.

»Oh nein. Das habe ich ganz vergessen!«, jault Hanna. Sie ist für einen Umzug perfekt gekleidet und trägt eine löchrige Jeans, die am Bund ein bisschen eng geworden ist, und ein altes grünes T-Shirt, auf dem *Des Wahnsinns fette Beute* steht.

»Ab nach Hause mit dir.«

»Aber wer hilft dir dann beim Auspacken?«

»Ich mach das schon. Es sind ja nur noch fünfzehn oder zwanzig Kisten. Du bist entlassen.«

»Danke!« Hanna fällt mir um den Hals, drückt mich an sich und ist schon halb zur Wohnungstür hinaus.

Später bekomme ich eine SMS von ihr.

Ich habe ihm alles erzählt. Er hat mich ausgelacht.

Zu Recht, schreibe ich zurück. *Und jetzt leg dein Handy weg.*

Er ist auf dem Klo. Und er kann küssen!

Zum Glück hast du immer so fleißig geübt!

Danach höre ich nichts mehr von ihr. Ich fühle mich einsam. Am liebsten würde ich Chris schreiben, aber da ich offiziell im Urlaub bin, lasse ich das besser. In meinem einzigen Topf koche ich Nudeln und mache danach einen Spaziergang durch mein neues Viertel. Der Abend ist lau, der Verkehr laut. Ziemlich viele Eckkneipen gibt es hier, manche verweisen auf Schildern stolz auf ihre Kegelbahn. Ein Kostümverleih hat so viele Latex-Anzüge im Schaufenster stehen, dass ich mich frage, wie groß seine Zielgruppe eigentlich ist. Und dann ist da noch ein Zoofachgeschäft, in dessen Auslage ein Fisch kieloben schwimmt. Ich beschließe, mein Viertel trotzdem zu lieben. Das fällt mir sogar noch ein bisschen leichter, als mein Handy klingelt und ich Leos Nummer auf dem Display sehe.

»Wann gedenkst du eigentlich dein Zimmer zu streichen?«, fragt er nach einer kühlen Begrüßung.

»Gar nicht. Ich musste ja beim Einzug streichen.«

»Und du denkst, deshalb musst du es jetzt nicht machen?«

»Das denke ich nicht, das steht im Übergabeprotokoll. Außerdem gebietet es der gesunde Menschenverstand«, sage ich freundlich.

»Nur weil du Anwältin bist, kannst du nicht alles bestimmen.«

»Das eine hat mit dem anderen nichts … Ach, egal. Ich leg jetzt auf, Leo.«

»Nee, ich leg auf!« Klick.

Den Rest des Abends beglückwünsche ich mich mit einer Tüte Chips von der Tankstelle selbst zu meiner famosen Entscheidung, die WG zu verlassen. Ein paar Kisten habe ich zu einem Tisch zusammengestellt, auf dem ich meinen Laptop platziere. So kann ich vom Bett aus prima *16 Uhr 50 ab Paddington* sehen.

Kapitel 12

Am nächsten Morgen werde ich kaum wach. Mein Vater hatte recht: Die Düsternis der Wohnung ist prima zum Ausschlafen. Gut möglich, dass man mich den ganzen Winter draußen nicht zu Gesicht bekommen wird, weil ich ihn verpenne. Aber ein Fenster aufmachen sollte ich schon mal: Es riecht komisch. Wahrscheinlich der Kleber, mit dem der neue Teppichboden verleimt wurde. Mit offenem Fenster zu schlafen ist wegen des Verkehrs unmöglich, also muss ich jetzt wohl oder übel aus dem Bett krabbeln und mich zum Fenster bequemen.

So ganz schlecht finde ich den Teppich übrigens nicht mehr. Er fühlt sich angenehm warm an unter meinen Füßen, als ich sie auf den Boden setze. Barfuß tapse ich zum Fenster – und trete in etwas Kaltes, Nasses. Erschrocken ziehe ich den Fuß zurück. Dabei macht der Boden ein zufrieden schmatzendes Geräusch. Beim näheren Hinsehen erkenne ich einen dunkelgrauen Rand im grauen Teppich, der sich an zwei Wänden entlang fortsetzt. Immerhin scheint es nur Wasser zu sein, es ist farb- und geruchlos – der chemische Geruch, der im Raum hängt, dürfte tatsächlich vom Kleber kommen.

Zum Glück bin ich noch zu müde, um mich ernsthaft aufzuregen. Ich schiebe alle Kisten von den Wänden weg und gehe ins Wohnzimmer, wo ich sofort wieder in einer schmatzenden Pfütze stehe. Es fühlt sich ekelhaft an. Selbstverständlich bin ich eigentlich im Besitz von Hausschuhen. Doch die sind in irgendeinem meiner Kartons, und da das Gesuchte bekanntlich immer im letzten Karton ist, aber man nicht mit dem letzten anfangen kann, beschließe ich, keine halbe Stunde zu investieren.

Kaffee. Jetzt sofort.

Eine halbe Stunde später bin ich endlich richtig wach und registriere allmählich, dass der Teppich nicht durch ein bisschen Lüften trocknen wird. Darf man sonntagvormittags seinen Vermieter anrufen? Darf man ihn *nicht* anrufen, obwohl sein Besitz gerade überschwemmt wird? Wahrscheinlich eher nicht.

»Hallo? Hier ist Viola Nienhaus, Ihre neue Mieterin.« Ich halte den Hörer ein bisschen von meinem Ohr weg. Man lernt ja dazu.

»Frau Nienhaus, guten Morgen!«, ruft mein Vermieter.

»Entschuldigen Sie, dass ich Sie an einem Sonntagvormittag anrufe …«, setze ich an.

»Wo denken Sie hin!« Allmählich erreicht er die Lautstärke eines Düsenjets. »Ich bin schon seit sieben Uhr wach. In meinem Alter kann man ja nicht mehr so lange schlafen!«

Er sollte mal in diese Wohnung ziehen, dann ginge

das prima. »Ah, dann ist's ja gut. Also, ich habe heute Morgen festgestellt, dass an einigen Wänden Wasser eingedrungen ist. Der Teppich ist an den Rändern ganz nass.«

»Oh! Was machen wir denn da?«

»Einen Gutachter anrufen? Oder Handwerker?«, schlage ich vor.

»Ja, schon! Aber am Sonntag werden die nicht erreichbar sein. Es gibt zwar Notdienste, aber wir wissen ja gar nicht, wo genau das Problem liegt.«

»Hm. Und was machen wir jetzt?«

»Passen Sie auf, Frau Nienhaus. Ich rufe morgen gleich die Handwerker an, die die Wohnung renoviert haben. Die kennen die Wände am besten. Und Sie müssten sich leider freinehmen, wenn das geht.«

»Och«, sage ich. »Ich kann mir was Schlimmeres vorstellen.«

»Deine Wände sind nass?«, fragt Liane entgeistert, als ich mir am nächsten Morgen telefonisch freinehme.

»Nicht wirklich die Wände. Der Boden.«

»Aber das ist bei Mareike nie passiert. Die können doch nicht plötzlich Löcher in die Mauern gemacht haben.«

»Ich kann's mir auch nicht erklären.«

»Kommst du denn morgen wieder in die Kanzlei? Für elf Uhr ist die wöchentliche Konferenz angesetzt.«

»Keine Sorge, die verpasse ich nicht. Das kann ich

mir zurzeit gar nicht erlauben, wenn ich nicht rausfliegen möchte.«

»Dann bis morgen.«

Kurz darauf rücken zwei Handwerker bei mir an: ein kleiner Dicker und ein großer Dünner. Mir vergeht jegliches Amüsement darüber, als ich sehe, was für Werkzeug sie mitgebracht haben.

»Was ist das denn bitte?« Ich zeige entsetzt auf etwas, das wie ein Presslufthammer aussieht.

»Des is a Elektromoaßl«, erklärt mir der Dicke.

»Und damit wollen Sie herausfinden, wo das Wasser herkommt?«

»So kannt ma's sogn.«

Sein Kollege reicht mir wortlos Ohrenschützer gegen den Lärm. Sie sofort aufzusetzen, stellt sich als gute Idee heraus: Ich befinde mich in einer stillen, glücklichen Blase und bekomme gar nicht recht mit, was die beiden miteinander reden. Die besorgten Blicke, die sie tauschen, sehe ich aber durchaus.

Mit ordentlichem Getöse beginnt der Dünne schließlich, im Wohnzimmer auf Knöchelhöhe den Putz von der Wand zu holen.

»Sollte man nicht etwas drunterlegen?«, frage ich. Typisch Frau.

Der Dicke öffnet den Mund, und ich hebe meinen Lärmschutz an.

»Den Teppich kennans eh de Henna gebm. Do muass a neier nei. Den kriegt koa Mensch trocken, solang der liagt.«

»Oh.« Möglicherweise doch noch mal eine Chance, für Parkett zu plädieren.

Der Dünne hat die Backsteine in der Wand freigelegt und reißt mit einer ruckartigen Bewegung die Fußbodenleiste ab, um sein zerstörerisches Werk weiter unten fortzusetzen. Dann sticht er mit einer langen Nadel, die an einem Messgerät hängt, in die Wand.

»Des is fei ganz schee feicht«, sagt er zu seinem Kumpel. Ich bin geneigt, das weniger schön zu finden.

»Woher kann das denn kommen?«

»Des kimmt ned vo draußen«, lässt er mich wissen. »Wo san denn da die Wossaröhrl?«

»Die Wasserrohre? Keine Ahnung! Ich bin erst vorgestern eingezogen.« In zwei Jahren wüsste ich es wahrscheinlich immer noch nicht. Wozu auch.

»Dann miass mas suacha.« Er legt den Elektromeißel weg und greift zu einem herkömmlichen Meißel und Hammer. Was für ein nostalgischer Anblick. Handwerk hat feuchten Boden.

Leider können die beiden auch mit analogem Werkzeug mächtig viel Krach machen. Deshalb verziehe ich mich in die Küche, deren Fliesenboden immerhin knochentrocken ist, und spüle mein Frühstücksgeschirr ab. Herrlich meditativ. Wenn nur der Krach nicht wäre.

»Schaugn S' amoi?«, reißt mich der Dünne aus meinen Gedanken. Ich folge ihm ins Wohnzimmer.

»Sehng S' des?«, fragt er und stochert in meiner Wand herum. Ich sehe: bröselnden Zement, Backsteine und etwas Metall.

»Was denn genau?«

»Na, des da.« Er zeigt auf das gebogene Metallstück, das rechts und links in der Wand verschwindet.

»Ja. Metall.«

»Des is ned nur Metall, des is a Wossaröhrl«, klärt er mich auf.

»Und das ist undicht?«, rate ich.

»So schaugt's aus.«

»Aber wieso ist es überall nass, wenn es nur hier undicht ist?«

»Des muass überoi undicht sei.«

»Wollen Sie mir nicht einfach erzählen, wie es dazu kommt, anstatt mich weiterrätseln zu lassen?«

»Also.« Er greift nach der Fußbodenleiste, die am Boden liegt. Lange Nägel ragen aus dem Holz. »De Nägel san a bissl lang.« Dann deutet er auf die Wand. »Und de Röhrl san a bissl nah unterm Putz.«

Der Dicke kichert. Offensichtlich haben die beiden den Teppich nicht selbst verlegt, sonst fänden sie das kaum so lustig.

»Verstehe ich Sie richtig?«, frage ich langsam. »Die Nägel für die neuen Fußbodenleisten haben überall da, wo es jetzt nass ist, die Wasserrohre getroffen?«

»Vielleicht ned überoi«, entgegnet der Dicke wohlgemut. »Da Teppich saugt des Wossa hoid guad auf.«

»Aha.«

Der Dünne hat unterdessen sein Handy aus der Tasche gezogen und wählt eine Nummer. Dass er direkt danach zu schreien beginnt, verrät mir, dass er mit meinem Vermieter spricht. Er informiert ihn kurz über die Lage und den entzückenden Umstand, dass meine Dusche vorgestern Abend für das ganze Chaos verantwortlich sein dürfte, weil zu diesem Zeitpunkt erstmals seit der Renovierung wieder größere Mengen Wasser durch meine Rohre gelaufen sind. Dann sagt er leutselig: »Mir dadn jetza olle Wänd' aufmacha.«

Aufmachen? Alle Wände? Hallo?

Meine aufgerissenen Augen scheinen ihm aufgefallen zu sein. »Möchten S' vielleicht mit da Frau Nienhaus selber redn?«

Er reicht mir das Telefon.

»Frau Nienhaus, das tut mir leid!«, ruft mein Vermieter. Er wirkt wirklich entsetzt.

»Ja, danke. Was machen wir denn jetzt?«

»Die feuchten Wände müssen aufgestemmt werden, die Rohre wahrscheinlich teilweise erneuert. Der Teppich kommt raus und ein neuer rein.«

»Also eine größere Baustelle.«

»Genau.«

»Was meinen Sie, wie lange wird das dauern?«

»Das kann ich nicht sagen.«

»Aber das müsste ich schon wissen. Ich lebe ja schließlich auf dieser Baustelle.«

»Was?«

»Ich sagte, ich lebe auf dieser Baustelle!«, brülle ich lauter als zuvor.

»Nein, das geht nicht.«

»Wie meinen Sie das?«

»Das wird wahrscheinlich alles bald schimmeln, und die Handwerker brauchen natürlich freie Bahn«, ruft er. »Sie können auf keinen Fall in der Wohnung bleiben!«

Ich fühle mich, als hätte mich soeben jemand geohrfeigt. Wortlos gebe ich dem dünnen Handwerker sein Handy zurück. Er lauscht und sagt dann zu mir: »I soi Eahna sogn, je eher Sie ausziagn kenna, umso gscheida war's für Eahna Gsundheit!«

»Mhm«, mache ich und hole meine Handtasche. »Ich geh spazieren«, sage ich dem Dicken. »Ziehen Sie bitte die Tür zu, wenn Sie gehen.«

Ich gehe zur Theresienwiese, setze mich auf eine Parkbank und glotze über den von Wegen durchzogenen Rasen. Vielleicht könnte ich hier einfach campen. Aber ich hab nicht mal ein Zelt. Da fängt das Problem schon an.

Wo könnte ich wohnen? Meine ehemalige WG fällt aus. Leo würde sich eher einen Fuß abschneiden, als mir meine Schlüssel zurückzugeben. Zu Hanna kann ich auch nicht: Eine obdachlose Freundin in der Wohnung ist sicher kein Erfolgsrezept, um die erste ernsthafte Liebesbeziehung seit Jahren aufzubauen. Und meine Eltern kommen ebenfalls nicht infrage. Erstens bräuchte ich ein Auto, um zur Arbeit zu kommen, und zweitens befürchte ich, sie würden mich nie mehr weglassen.

Aus meinem Geldbeutel fische ich eine Visitenkarte, die ich unlängst dort versenkt habe, und drehe sie eine Weile zwischen den Fingern. Soll ich oder soll ich nicht? Und vor allem: Habe ich überhaupt eine Wahl?

Ich wähle die Handynummer, die auf der Rückseite steht. Es klingelt. Einmal, zweimal. Nach dem dritten Mal will ich eigentlich schon auflegen, weil die Idee doch bekloppt ist. Aber dann höre ich eine Stimme.

»Fischer, hallo?«

»Hallo, Matthias, hier ist Viola.«

»Viola!« Seine Stimme ist ein bisschen nach oben gerutscht. Er räuspert sich kurz. »Viola. So eine Überraschung. Was kann ich denn für dich tun?«

»Tja ...« Ich lasse meinen Blick über die Spaziergänger schweifen. »Ich habe ein Problem.«

»Mit einem meiner Fälle?«

»Nein, nein.« Irgendwie bekomme ich meine Frage nicht raus. Sämtliches Blut konzentriert sich in meinen Wangen, die wahrscheinlich leuchtend rot sind. Warum man errötet, wenn nicht mal jemand da ist, um es zu sehen, ist mir völlig unverständlich. Nicht dass ich wollte, dass Matthias mich so sieht. Auf keinen Fall. Nur das nicht.

»Was ist denn dann los?«

»Ich ... Also, du hast doch mal gesagt, dass dein Freund und Mitbewohner für ein paar Monate weggeht.«

»Ja, genau. Er ist letzte Woche ausgezogen.«

»Oh. Und, ähm, hast du schon einen Nachmieter?«

»Nein, ich hab mir ein paar angeschaut, aber ... Viola, worauf willst du eigentlich hinaus?«

»Ich brauche eine Unterkunft«, platze ich heraus. »Vorgestern bin ich umgezogen, und jetzt sind die Wasserrohre durchlöchert und der Teppich klatschnass, und die Wände müssen aufgestemmt werden …« Ganz langsam steigt ein kleines Schluchzen meine Kehle hoch. »… und ich hab noch nicht mal alles ausgepackt und soll jetzt schon wieder ausziehen.« Ich schniefe ein bisschen und komme mir kindisch vor.

»Aber schau mal«, sagt Matthias, und ich kann ihn dabei lächeln hören, »wenn du schon alles ausgepackt hättest, wäre das jetzt doch noch blöder.«

»Hm.« Ich muss lächeln. »Das stimmt natürlich.«

»Du kannst das Zimmer gerne haben. Er hat allerdings seine Möbel dagelassen.«

Die Erleichterung überflutet mich wie eine kühlende Welle. »Das macht nichts, es ist ja sowieso nur vorübergehend. Ich suche natürlich sofort eine neue Wohnung und lagere meine Möbel so lange ein.«

»Wann möchtest du denn einziehen?«

»Hättest du heute Zeit?«, frage ich kühn.

»Ja. Ich bin freigestellt, erinnerst du dich?«

»Dunkel.« Das letzte Mal, dass er mir den Hintern gerettet hat, ist wirklich noch nicht lange her. Und ich brauche schon wieder seine Hilfe. Ich schäme mich.

»Hast du schon eine Idee, wie du deine Sachen zu mir bringen kannst?«

»Nein. Ich komme wohl erst mal nur mit einem Koffer.«

»Flip hat eine Anhängerkupplung.«

»Oh.«

»Oh?«

»Oh.«

Matthias stöhnt genervt auf. Er hat offenbar mit einer etwas aussagekräftigeren Antwort von mir gerechnet. »Okay, Viola. Du packst jetzt deine Sachen wieder in die Kartons und wartest auf mich. Ich miete einen Anhänger und komme vorbei.«

»Das würdest du für mich tun?«

»Leg auf, ehe ich es mir anders überlege. Und schick mir eine SMS mit deiner Adresse.«

Ich habe gerade all meine Habseligkeiten wieder in die Kartons geräumt, als Matthias vor der Tür steht. Er trägt Jeans und T-Shirt, und mir fällt auf, dass ich ihn außer dem einen Mal beim Fechten immer nur im Anzug gesehen habe. Er dürfte aber auch erstaunt sein: Ich bin komplett ungeschminkt, habe meine Haare zu einem chaotischen Zopf geflochten, weil ich hinter meinem Kopf nun mal nichts sehe und oft die Strähnen verwechsle. Außerdem trage ich ein Kapuzenshirt und eine olivfarbene Hose mit aufgesetzten Taschen. Meine alten Studentenklamotten eben. Wann soll man sie auftragen, wenn nicht in Lebenskrisen?

Wir wissen beide nicht so recht, wie wir uns nun begrüßen sollen, und umarmen uns schließlich linkisch. Man reicht seinem zweimaligen Lebensretter nicht kühl die Hand.

»Flip und Anhänger stehen in der Einfahrt«, sagt

Matthias unternehmungslustig. »Sollen alle Kartons mit?«

»Wenn das geht, gerne. Es sind auch gar nicht so viele. Vielleicht dreißig.« Vielleicht untertreibe ich aber auch absichtlich.

»Gut. Dann fange ich jetzt an, sie in den Aufzug zu tragen.«

»Und was mache ich?«

»Du sortierst zwischen leicht und schwer und nimmst die leichten Kartons.«

»Abgemacht.«

Wir fahren zweimal hin und her, bis alles in Matthias' Dachgeschosswohnung im Westend ist. Staunend laufe ich durch mein neues Zuhause. Es gibt einen riesigen Wohnraum mit offener Küche und Fensterfront, der von einer Balkenkonstruktion gestützt wird. Daran schließen das Bad und zwei Zimmer an. Die Einrichtung liegt irgendwo zwischen Jungs-WG und Juristenwohnung: Zwei alte, knautschige braune Ledersofas stehen um einen flachen hölzernen Couchtisch, auf dem sich Zeitschriften häufen. Ein Monster von einem Flachbildfernseher hängt an einer der Säulen, die sich genau auf dieser Höhe zu einem Ypsilon verbreitert. Auf dem Boden daneben liegt eine Playstation herum.

»Die hat mein Freund dagelassen«, sagt Matthias, als er mein Grinsen bemerkt.

»Ist klar.«

»Das hier wäre dann jedenfalls dein Zimmer«, lenkt er flugs ab und öffnet eine Tür. Weiße Wände, zwei große Fenster, schöne Holzdielen. Ein Ungetüm von Bett mit einer blanken Matratze darauf nimmt für meinen Geschmack etwas zu viel Raum ein, aber seine schieren Ausmaße beeindrucken mich.

»Ist dein Freund bettlägerig? Oder adipös?«

»Bettlägerig? Nur sonntagvormittags. Aber er hat gern Gesellschaft auf seiner Schlafstatt.« Matthias räuspert sich dezent.

»Verstehe«, murmele ich und bin froh darüber, mein eigenes Bettzeug mitgebracht zu haben. Ein Spannbettlaken in Fußballfeldgröße muss ich eben noch irgendwo kaufen. Neben dem Bett stehen weiße Bücherregale, gegenüber ein Kleiderschrank mit dunkelroten Schiebetüren und ein Schreibtisch mit Glasplatte. Es riecht ein bisschen nach einem durchaus anziehenden Männerparfum.

»Meinst du, du kannst dich hier wohlfühlen?«, fragt Matthias. Er hat bereits eine meiner Kisten hereingetragen, hält sie aber noch in den Händen, als warte er auf mein Einverständnis, sie hier abstellen zu dürfen.

»Natürlich!«, beeile ich mich zu sagen. »Es ist wirklich eine schöne Wohnung, und das Zimmer gefällt mir auch.«

»Gut!« Lächelnd stellt Matthias die Kiste vor den Bücherregalen ab. »Du willst jetzt wahrscheinlich in Ruhe auspacken, oder?«

»Na ja«, sage ich gedehnt. Wenn ich ehrlich bin, habe

ich überhaupt keine Lust. Es kommt mir so vor, als hätte ich die letzten zwei Jahre mit dem Ein- und Auspacken meines weltlichen Besitzes verbracht. »Habt ihr irgendwelche WG-Regeln, die ich kennen sollte?«, frage ich, um Zeit zu gewinnen.

»Die haben wir tatsächlich.« Matthias nickt. »Es gibt da eine dreiseitige Vereinbarung, die ich dich bitten würde zu unterschreiben.«

»Äh. Drei Seiten? Was steht da denn drin?« Poah, diese Juristen-WG hat ihren Namen echt verdient.

»Alles Mögliche. Jeder kauft seinen eigenen Essig und sein eigenes Öl, jeden dritten Tag wird Staub gesaugt«, zählt Matthias auf. »Keine Musik mehr nach 22 Uhr, über die Fernbedienung darf tageweise abwechselnd der eine oder der andere verfügen.«

Allmählich werde ich nervös.

»Außerdem: Kein Geschlechtsverkehr mit Freunden oder Familienangehörigen des Mitbewohners.«

Entsetzt schließe ich die Augen. Nicht dass ich da etwas vorgehabt hätte, aber das ist doch … Verarscht der mich?

Misstrauisch blinzele ich meinen regulationsfreudigen neuen Mitbewohner an. Er schaut unschuldig und lächelt sanft.

Und ob der mich verarscht.

»Ach, das finde ich ja total gut«, erkläre ich. »Dann möchte ich aber auch noch über ein paar Regeln sprechen, die wir hinzufügen könnten. Es wäre mir zum Beispiel sehr wichtig, dass in der Küche überhaupt kein Fleisch zubereitet wird. Ich bin strenge Vegetarierin.«

Matthias' freundlicher Blick wird leicht glasig.

»Außerdem brauche ich morgens und abends jeweils etwa eine Stunde im Bad«, fahre ich fort. »Deshalb würde ich vorschlagen, einen Plan anzulegen. Dann müsstest du eben vorher noch mal auf die Toilette gehen, damit du mich während meines eingetragenen Termins nicht störst.«

Entzückt beobachte ich, wie Matthias seine schönen Lippen aufeinanderpresst. Schöne Lippen? Was? Schluss damit, Viola! Man himmelt nicht den Mund seines Mitbewohners an. Auch nicht, wenn er ihn so langsam öffnet wie jetzt.

»Können wir bitte beide zugeben, dass es ein Scherz war?«, fragt er gequält.

»Ich bin etwas beleidigt, dass du daran zu zweifeln scheinst«, gebe ich schnippisch zur Antwort.

»Ha. Also gut.« Er grinst schief. »Wir teilen uns eine Putzfee, jeder kauft für sich ein, aber es gibt keine strenge Teilung im Kühlschra...«

»Wenn du für dich selbst auch diese Light-Produkte kaufst, ist dein Essen sowieso vor mir sicher«, falle ich ihm ins Wort.

»Light-Produkte?«, fragt Matthias irritiert.

»Hast du für mich nach meinem Fechtunfall gekauft«, sage ich und finde mich nachtragend, weil immer noch ein bisschen Groll in meiner Stimme liegt. Ich werde nun mal nicht gern auf Diät gesetzt.

»Verzeihung«, sagt Matthias. »Die Macht der Gewohnheit. Meine Exfreundinnen wollten nichts anderes.«

»Du findest mich also gar nicht dick?«, rutscht mir entsetzlicherweise heraus.

»Aber nein«, sagt Matthias verwundert.

Auf der Stelle fühle ich mich besser.

»Okay«, sage ich schnell und hoffe, dass er die letzten zwanzig Sekunden schnellstens wieder vergisst. »Also, was für WG-Regeln gibt es noch?«

»Eigentlich keine. Lärm machen wir am besten gemeinsam, und wenn du öfter mal einen kitschigen Film mit Patrick Dempsey im Fernsehen anschauen willst, setze ich mich einfach daneben und mache mich darüber lustig. Einverstanden?«

»Absolut. Noch eine Frage.« Kritisch mustere ich ihn. »Bist du Sitz- oder Stehpinkler?«

Jetzt ist es an Matthias, indigniert die Augen zu schließen.

»Hey, ich muss das wissen, wenn ich hier wohne!«, verteidige ich mich. »Davon hängt ab, ob ich mich einfach auf die Klobrille setzen kann oder jederzeit Desinfektionsspray am Gürtel tragen muss.«

Zum Glück ist es mir nicht mehr so wichtig, was Matthias von mir hält, seit ich fast gar nicht mehr in ihn verknallt bin. Sonst hätte ich diese Frage niemals gestellt.

»Du wirst keinerlei Anlass zu Beschwerden haben.« Matthias' Tonfall stellt unmissverständlich klar, dass er keine weiteren Fragen zu seinen Gewohnheiten bei derlei intimen Verrichtungen wünscht.

»In Ordnung«, gebe ich leise klein bei, nun doch etwas peinlich berührt von meiner eigenen Forschheit.

Den Rest des Tages verbringe ich damit, seufzend meine Kisten auszupacken. Matthias ist mit einem Freund verabredet, sodass ich mich schließlich auf eines der verknautschten Sofas legen und mir allmählich darüber klar werden kann, was da heute passiert ist. Dass ich tatsächlich schon wieder umgezogen bin und jetzt im Westend bei Matthias wohne. Je länger ich darauf herumdenke, desto besser gefällt mir der Gedanke. Auch wenn das Grundproblem bleibt: Ich bin auf Wohnungssuche. Denn Matthias' bester Freund und Mitbewohner kommt in vier Monaten zurück. Bis dahin muss ich wieder eine Unterkunft haben. Bis spätestens dahin. Je nachdem, wie wir uns vertragen.

Kapitel 13

Mein Vermieter rastet fast aus vor Begeisterung über meinen prompten Auszug. Ein bisschen weniger könnte er sich schon freuen, finde ich. Immerhin verspricht er, meine Möbel abholen und einlagern zu lassen – auf Kosten der Versicherung. Eine Sache weniger, um die ich mich kümmern muss. Denn Matthias' alte Fälle nehmen seit dem Umzug meine ganze Nervenstärke in Anspruch. Eine seiner Mandantinnen ist seit dreißig Jahren reiche Witwe und wurde jetzt von ihren Töchtern auf erbrechtliche Ansprüche nach dem verstorbenen Vater verklagt. Eigentlich kein großes Ding, denn die Verjährungsfristen sprechen gegen die Ansprüche. Aber die Frau ist einfach verrückt. Matthias hatte sie um eine Stellungnahme für das Gerichtsverfahren gebeten, in der sie die Sachlage darstellen sollte. Das hat sie getan. Auf fünfzig Seiten!

Nachdem ich mit meinem verzweifelt-hysterischen Gekicher aufhören kann, stelle ich fest, dass sich der Sermon ganz gut liest. Allerdings hatte ich schon vorher den Eindruck, meine neue Mandantin nehme es mit der Wahrheit nicht so ganz genau – und dieser epische Bericht klingt dermaßen nach Hochstapelei, dass ich nun fast überzeugt bin. Sie beschreibt, in welchen Ländern der Welt sie lebte, wann sie wo welches Kind von welchem ihrer wohlhabenden Gatten bekam. Und weil ihr das offenbar zu eintönig war, schmückt sie die Geschichte gerne mit Details aus. Ständig falle ich über Sätze wie: *Die Antragsgegnerin* (damit meint sie ihre ältere Tochter) *ritt von unserem Haus in Indien stets auf einem Elefanten mit prächtigem Kopfschmuck zum Strand.* Später siedelte sie nach Luzern um, weil sie ihren Töchtern eine *bourgeoise Erziehung angedeihen lassen* wollte. So geht das weiter, Seite um Seite.

Ich bin einigermaßen gefesselt von der Lektüre, als ich meinen Chef auf dem Gang herumbrüllen höre. Nicht im Streit, nein. Er beherrscht einfach nur keinen normalen Gesprächston. Während ich noch erwäge, mich unter dem Tisch zu verstecken, entert er auch schon mein Büro.

»Na, Frau Nienhaus, was läuft hier so?« Sein Grinsen ermöglicht mir einen Blick auf die zerstörerische Kraft der Parodontose.

Das kenne ich schon. Wenn er sich langweilt, geht er durch die Büros und reißt andere Leute, die gerade friedlich vor sich hin gearbeitet haben, aus ihrer Konzentration.

»Nicht viel. Ich arbeite«, nuschele ich.

»Und was machen Sie?« Stefan von Schilo greift nach einer Mappe auf meinem Tisch, schlägt sie auf und blättert darin.

»Mich in einen Fall einarbeiten«, erwidere ich kurz angebunden. »Herr von Schilo, würde es Ihnen etwas ausmachen, das einfach wieder hinzulegen und mich weiterlesen zu lassen?«

»Sie sind immer so unlocker, Nienhaus!«

Ich hasse es, wenn er mich beim Nachnamen nennt. Wenn ich bei der Bundeswehr arbeiten wollte, hätte ich mich direkt dort beworben. Und dass er gerade beschlossen hat, doch eigentlich ein ganz jugendlicher Typ zu sein und andere nach dem Kriterium Lockerheit beurteilen zu können, gefällt mir auch nicht. »Wenn ich in Zukunft betrunken in die Arbeit kommen soll, müssen Sie es nur sagen«, gifte ich.

»Nicht betrunken! Einfach mal … ein bisschen locker!«, sagt Schilo, und allmählich zweifele ich an seiner eigenen Nüchternheit. Immerhin legt er meine Mappe wieder hin und wendet sich zum Gehen. »Seien Sie nicht immer so verkrampft, Nienhaus«, wirft er mir noch über die Schulter zu. »Das steht Ihnen nicht. Gerade als Frau.«

Als die Tür zufällt, zerbricht der Bleistift in meiner Hand in zwei Teile.

Ich atme tief durch und erinnere mich daran, dass heute endlich der Tag ist, an dem ich Chris wieder schreiben kann. Der erste Flug aus Barcelona ist vor einer halben Stunde in München gelandet. Also wäre jetzt eigentlich genau der richtige Zeitpunkt. Schließlich könnte ich gerade am Gepäckband stehen.

Lieber Chris,
ich bin wieder in München! Wenn du Lust hast, könnten wir uns am Wochenende treffen. Was meinst du?

Mit Details über meinen Urlaub will ich ihn mal nicht langweilen. Zumal ich sie ohnehin erfinden müsste.

Postwendend kommt die Antwort, als hätte er auf meine Nachricht gewartet.

Liebe Viviane,
willkommen zurück! Es freut mich sehr, dass ich dich doch von einem Treffen überzeugen konnte. Oder war es doch meine Ente in Orangenjus, die dich überzeugt hat? ☺
Jedenfalls ist dieses Wochenende bei mir leider ganz schlecht, weil ich Besuch aus Frankreich bekomme. Aber das nächste! Am nächsten Samstag, um 19.30 Uhr bei mir? Ich halte mir den Termin frei.

Hm. Was spricht eigentlich gegen einen Werktag? Heute ist Mittwoch, das wäre vielleicht etwas spontan, aber ich hatte doch nur deshalb Wochenende geschrieben, weil ich nicht übermorgen schreiben wollte. Verdammt. Ich kann und werde nicht nachfragen, ob wir uns nicht schon am Dienstag treffen könnten.

Und dann ist da ja auch noch diese komplett unerhebliche Sache mit dem falschen Namen und dem falschen Job. Und dem falschen Aussehen. Ich muss ganz dringend damit aufräumen. Am besten fange ich mit dem Aussehen an. Denn die Angaben, die ich auf Chris' Profil entdeckt habe, können auch nicht so ganz stimmen. Ich habe ihn doch etwas kleiner als 1,84 Meter in Erinnerung, und die angeblichen 80 Kilo bezweifele ich auch ganz stark.

Einverstanden!, antworte ich. *Dann ist jetzt wohl der Zeitpunkt gekommen, an dem jeder den anderen vor sich selbst warnt, oder? Ich fang mal an: Inzwischen bin ich brünett. Und du? Siehst du immer noch so aus wie in deinen Angaben?*

Mit dieser Mail bin ich sehr zufrieden. Wenn das mal keine goldene Brücke ist, um ein paar zusätzliche Portionen Lasagne einzuräumen. Wenn er auch etwas zu beichten hat, wirken meine Unwahrheiten vielleicht nicht ganz so dramatisch.

Ich erlebe eine Überraschung.

Brünett? Macht doch nichts!, schreibt Chris. *Die Brünetten sind ja angeblich die Frauen zum Heiraten.*

Seufz. Das ist wirklich nicht einer meiner Lieblingssprüche. Aber dann kommt der Hammer.

Meine Angaben stimmen natürlich immer noch. Ich bin fünfunddreißig, aber gefangen im Körper eines Achtzehnjährigen!

Na ja. Was soll's? Ein Mann, der mich zum Lachen bringt, ist sicher nicht die schlechteste Wahl. Auch wenn ich nur deshalb lache, weil der Spruch so unglaublich schlecht ist.

Nach diesem Mailwechsel komme ich abends reichlich aufgekratzt nach Hause. Im Dachgeschoss staut sich die Hitze des Sommertages, aber durch die Fenster weht eine leichte Brise. Matthias liegt bäuchlings auf dem Sofa und hebt den Blick nur kurz von seinem Buch, um mir Hallo zu sagen. Er liest da gerade einen ziemlich dicken Wälzer. Nach ein paar Tagen unseres Zusammenwohnens kenne ich Matthias gut genug, um raten zu können: wahrscheinlich nicht Dan Brown, sondern eher irgendein Buchpreisgewinner; deutsch-deutsche Familiengeschichte und so. Die Sorte Buch eben, die meine Eltern mir gerne schenken, die meist ungelesen bleibt und die mittlerweile ein eigenes Schlechtes-Gewissen-Brett in meinem Regal einnimmt.

Als ich unschlüssig vor dem offenen Kühlschrank herumstehe, erhebt sich Matthias doch und kommt um die Theke herum zu mir. Ich werfe schnell einen Blick zum Buch hinüber, das nun zugeklappt auf dem Couchtisch liegt. Ein sehr langer Titel. Schwarzweißes Cover. Hoffentlich liest wenigstens Chris keine schlaueren Bücher als ich.

»Falls du deine Tomaten suchst«, sagt Matthias fröhlich, »die sind jetzt da drin.« Dabei zeigt er auf eine große Schüssel im obersten Fach des Kühlschranks.

»Bitte sag, dass es kein Tomatensalat mit rohen Zwiebeln ist«, sage ich, bereits von leichtem Schauder ergriffen.

»Keine Sorge. Dieser erhaben angewiderte Blick, mit dem du meine Zwiebelvorräte bedacht hast, hat mich über deine diesbezüglichen Vorlieben aufgeklärt.«

»Oh. Was ist es dann? Ich muss das jetzt wissen, damit ich entscheiden kann, ob ich über die unerlaubte Verwertung meiner Tomaten erbost bin oder nicht.«

»Tomaten-Mango-Suppe. Man isst sie kalt. Besonders bei diesem Wetter.«

Ich nehme die Schüssel heraus und rieche daran. Matthias reicht mir einen Löffel.

»Weißt du was?«, sage ich, nachdem ich probiert habe. »Ich hab auch noch Kartoffeln und Paprika gekauft, du darfst das gerne alles verkochen.«

»Danke.« Matthias lacht. »Aber gewöhn dich nicht daran. In zwei Wochen fange ich in der neuen Kanzlei an.«

»Wieso fährst du eigentlich nicht weg?«

»Und dich allein in meiner Wohnung lassen?« Matthias zieht belustigt eine Augenbraue hoch. »Niemals!«

»Schade. Ich könnte sonst die Studenten der Kunstakademie zu einer Party mit Gestaltungsfreiheit einladen und Spraydosen verteilen.«

»Das würde dir so passen.« Matthias holt zwei Suppenteller für uns aus dem Küchenschrank.

»Im Ernst. Keine Freunde in Barcelona, die du besuchen willst? Keine Geliebte in Rom? Keine Tante in Prag? Oder wenigstens ein Pauschalurlaub auf Sardinien?«

»Keine Lust«, antwortet Matthias ruhig und schöpft Suppe, ohne auch nur ein bisschen zu kleckern. »Es ist Ende Juli, rund um uns herum sind Seen, die Isar und Freibäder. Ich möchte gerade nirgendwo anders sein.«

»Obwohl du jetzt so eine anstrengende Mitbewohnerin hast?« Huch, ich kokettiere ja. Wo kommt denn plötzlich dieser Flirtversuch her?

Aber auf Matthias ist Verlass: Der lässt mich wie immer ins Leere laufen.

»Du bist gar nicht anstrengend.« Mit diesen Worten reicht er mir meinen gefüllten Suppenteller. »Man möchte kaum glauben, dass du Anwältin bist.«

»Irgendwie klingt das nicht wie ein Kompliment«, mäkele ich.

»Ich kann es noch ein paarmal sagen, bis du es erkennst.«

Die Komplimente von Chris erkenne ich immerhin auf den ersten Blick. Schade nur, dass sie alle Viviane meinen. Dabei bin doch ich diejenige, in die er sich unsterblich verlieben soll.

Deshalb mache ich mich eilig daran, Viviane allmählich verschwinden zu lassen. Das mit der Haarfarbe war ja noch leicht. Aber wie soll ich ihm erklären, dass ich keine einzige Yogaübung beherrsche, sondern täglich in unsexy Paragrafen wühle?

Wie wichtig ist dir eigentlich der Beruf einer Frau?, frage ich dummdreist in einer meiner nächsten Mails. So ganz nebenbei. Wenn er jetzt was von Schall und Rauch schreibt, kann ich ihn später darauf festnageln.

> *Mir ist das schon wichtig*, antwortet Chris. *Ich war mal mit einer Frau zusammen, die eine Kolumne in einer dieser furchtbaren Frauenzeitschriften geschrieben hat. Die jungen Mädchen ein schlechtes Körpergefühl einreden und ansonsten immer nur den nächsten Lippenstift bewerben. Ich verstehe nicht, wie man für so ein dämliches Magazin arbeiten kann!*

Hey! Zieht der da etwa gerade über Hanna her? Über MEINE Hanna? Das gibt's doch nicht. Ich bin so sauer, dass ich die Schreibtischschublade aufziehen und eine Tafel Nugatschokolade anbrechen muss. Wird sowieso höchste Zeit: Bei der Hitze schmilzt die ja sonst bald. Es ist also nicht nur eine Übersprunghandlung, sondern auch eine dringend nötige Maßnahme. Zumindest will ich das gern glauben.

Hastig kaue ich auf der Schokolade herum und grübele, wie ich darauf reagieren soll. Ich lese Chris' Mail ein ums andere Mal und stelle dabei fest: Der Mann hat leider recht. Hannas Kolumne ist schlau und lustig, aber den Rest der Zeitschrift kann man im Großen und

Ganzen schon so zusammenfassen, wie Chris es getan hat. Eine erboste Erwiderung fällt damit aus. Mein Zorn verraucht fast so schnell, wie er aufgestiegen ist. Eigentlich ist es ja wirklich nicht so dramatisch.

Aber was bedeutet diese Mail für mich? Es ist ihm wichtig, so, so. Das hätte er kaum schwammiger formulieren können. Kommt es nur darauf an, dass ich keine jungen Mädchen in den mentalen Ruin treibe, oder soll es etwas Anspruchsvolles sein? Vielleicht spielen auch die Karma-Punkte eine Rolle. Da stehe ich als Anwältin natürlich um Längen schlechter da als eine Yogalehrerin. Etwa wie ein Haifisch im Verhältnis zu einem Delfin.

Bedauernd schüttele ich den Kopf. Ein bisschen auch, weil ich mich über mich selbst wundere. Denn meine Finger haben bereits *Yogakurs München* gegoogelt.

Wenn ich noch eine Sekunde länger in dieser Position bleibe, reißen mein Geduldsfaden und mein Kreuzband. Mein rechter Fuß liegt so weit hinter mir, dass ich ihn längst vergessen hätte, täte der Knöchel nicht so weh. Mein linker Fuß steht vorne zwischen meinen Händen, darüber hängt übellaunig mein Kopf. Das alles fühlt sich überhaupt nicht nach Balance an, weder seelisch noch physisch. Seit zehn Minuten verbiege ich mich nun, so gut es geht – und es geht nicht besonders gut.

Aber die nach Lavendel duftende Frau vor mir

schaut mich ganz glücklich an und schwärmt: »Das ist super, nicht?«

»Grmpf«, mache ich, während ein Schweißtropfen von meiner Stirn auf meinen Fuß tropft. Es ist bullenheiß in diesem Sportstudio, denn man darf nicht lüften. Wie ich erfuhr, könnte man sich beim leichtesten Zug sofort erkälten. Na klar.

»Jetzt stellt ihr wieder beide Beine hinten auf und geht in den Hund«, sagt die Lavendelfrau sanft.

Also Po nach oben strecken. Meine Schultergelenke knacken. Wie kann ein auf Handflächen und Fußsohlen verteiltes Gewicht sich nur so viel schwerer anfühlen als eines, das allein auf den Füßen steht? Ich starre auf meine Matte und will meinen Geist dazu bringen, meinen Körper zu verlassen, damit ihm die Anstrengung erspart bleibt – werde jedoch von diesem Trip runtergeholt, weil Lavendel plötzlich neben mir steht und meinen Schwerpunkt Richtung Füße schiebt. Heißt: Sie drückt mein Steißbein nach hinten. Da die rudimentär vorhandenen Muskeln an der Rückseite meiner Beine vom vielen Sitzen in der Kanzlei so dehnbar sind wie ein bröckeliges altes Einmachgummi, wippen Steiß und Schwerpunkt sofort zurück nach vorne.

Ich schiele nach den anderen. Sie wirken nicht einmal übermäßig angestrengt. Was sind das überhaupt für Frauen, die am Freitagnachmittag um 14 Uhr schon frei haben? Ich musste mir dafür einen halben Tag Urlaub nehmen und vorgeben, ich hätte die Handwerker im Haus.

Als Nächstes sollen wir unsere Beine verknoten und uns darüberbeugen. Eine Frau berührt mit der Stirn ihre Beine. Bei mir würde noch ein mittelgroßes Elefantenbaby dazwischenpassen.

»Und wenn ihr jetzt tief genug kommt«, vernehme ich, »spürt ihr eine Dehnung im linken Eierstock!«

Ahahaha! Oh, das war gar kein Witz. Die Schlangenfrau jedenfalls nickt, und außer mir lacht niemand. Mein linker Eierstock, da bin ich mir plötzlich absolut sicher, hat überhaupt keinen Bock auf Dehnung.

Nach ein paar schrecklich langen Sekunden dürfen wir unsere Fortpflanzungsorgane wieder entspannen.

»Wir begeben uns jetzt in die Schmetterlingsposition«, säuselt Lavendel und sieht mit ihrem kornblumenblauen T-Shirt und ihrer safranfarbenen Hose selbst ein bisschen nach Pfauenauge aus. Ich dagegen, stelle ich beim Einnehmen der Position fest, bin eine Raupe. Aus mir wird bestenfalls mal ein Fetterling. Ich liege mit angezogenen Beinen auf dem Rücken, meine Knie zeigen nach außen, meine Fußsohlen berühren sich. So sollen wir eine Weile bleiben. Schmerz ist eine Illusion.

Nach der Yogastunde trotte ich ermattet durch die Hitze nach Hause. Meine Absätze machen kleine Löcher in den erwärmten Kitt der Trambahnschienen. Ich wünschte, ich hätte mir für Viviane einen anderen Job ausgedacht. Sozialhelferin oder Gehirnchirurgin. Irgendwas, wobei man nicht seine Eierstöcke spüren muss. Wenn Chris mich bei unserem Date auf Yoga anspricht, verziehe ich wahrscheinlich unwillkürlich das Gesicht. Schon wenn ich daran denke, zieht es mir meinen linken Mundwinkel nach unten und kneift rechts die Lippen zusammen. Sieht bestimmt unglaublich anmutig aus.

Mit diesem Gesichtsausdruck laufe ich Matthias in die Arme, der gerade mit einer großen Tasche aus unserer Haustür kommt.

»Nanu, bist du krank?«, fragt er.

»Nein, ich schneide nur Grimassen.«

»Ich meinte, weil du jetzt schon von der Arbeit nach Hause kommst.«

»Ach so.« Aber wie gut, dass ich ihn auf mein miesepetriges Gesicht noch mal aufmerksam gemacht habe. »Ich hab mir einen halben Tag freigenommen. War beim Yoga-Schnupperkurs.«

»Interessant. Hat es dir gefallen?«

»Es war grauenvoll. Und viel zu heiß in dem Raum. Ich möchte jetzt die Badewanne mit Eiswürfeln füllen und mich darin zur Ruhe setzen.«

»Also, du könntest auch, wenn du möchtest …« Matthias weist auf seine Tasche. »Ich bin auf dem Weg ins Freibad. Eis gibt's dort auch. Am Stiel. Komm doch mit.«

»Ach ja. Gerne. Ich hole schnell meine Sachen.«

Da bin ich einmal spontan, und dann muss ich auf der gesamten Fahrt ins Freibad darüber nachdenken, wie ich eigentlich derzeit im Bikini aussehe. Kalkweiß, so viel ist sicher. Während Matthias' Ferienbräune sich bestimmt über seinen ganzen Körper erstreckt. Kurz stelle ich mir vor, wie sich auf der Liegewiese eine Mariachi-Band neben uns aufstellt und eine Halligalli-Version von »Ebony and Ivory« zum Besten gibt.

Andererseits kann es mir natürlich vollkommen egal sein. Der Mann ist mein Mitbewohner. Wir benutzen dasselbe Bad. Ich bin sowieso kaum noch in ihn verliebt, also wirklich, das sind nur noch ein paar Reste, die ich da manchmal spüre. Eine Pfütze nach einem langen Regen. Da bin ich mir fast sicher. Und dann dreht er sich auch noch so demonstrativ von mir weg auf der Liegewiese, dass ich auf die Umkleidekabine verzichte und den Bikini mit ein paar wenig anmutigen Verrenkungen irgendwie unter meinem alten bunten Sommerkleid anziehe.

Als ich mich wieder umdrehe, steht er in einer dunkelblauen Badehose da und strahlt mich an. »Wollen wir gleich ins Wasser?«

»Klar«, sage ich und lasse ihm einen Schritt Vorsprung, um mich an den Anblick zu gewöhnen. Wo hat der Mann diese Oberarme her? Wahrscheinlich, weil er zurzeit fast jeden Tag schwimmen geht. Das erklärt dann auch den flachen Bauch, die Bräune und die Unerschrockenheit, mit der er ins Wasser gleitet. Es ist nicht direkt kalt, aber im Gegensatz zu den fünfunddreißig Grad Lufttemperatur reicht es, um mir eine Gänsehaut über den Rücken zu jagen. Mit angehaltener Luft und eingezogenem Bauch folge ich Matthias schließlich doch und paddele ein paar Bahnen hinter ihm her. Vielleicht hätte ich doch einen Badeanzug anziehen sollen. Wenn ich im Bikini schwimme, frage ich mich bei jedem zweiten Zug, ob er wohl noch richtig sitzt. Deshalb verbringe ich ziemlich viel Zeit damit, an den Trägern herumzunesteln.

Später liegen wir im Schatten eines Baumes nebeneinander auf unseren Handtüchern und teilen uns ein paar saure Schlangen. Meine Haare trocknen langsam. Ein leichter Pommesduft weht vom Kiosk herüber. Um uns herum liegen ein paar Familien, von denen sich ein Vater mit seiner kleinen Tochter gerade zum Kiosk aufmacht.

»Welches Eis willst du denn?«, fragt er sie, als sie an uns vorbeikommen.

»Das größte!«, antwortet das Mädchen.

Ich kann mein Kichern nur mühsam unterdrücken. »Schlaues Kind«, murmele ich, als sie vorbei sind.

»Und so durchtrieben«, fügt Matthias hinzu und rollt sein Handtuch als Kopfkissen zusammen. »Sag mal, wie bist du überhaupt auf Yoga gekommen? Ich hätte dich für niemanden gehalten, der die Erleuchtung beim Verbiegen von Gliedmaßen sucht.«

»Sondern?«

»Ganz unten in einer Chipstüte.«

»Sehr witzig.« Und leider nicht ganz unwahr. Ich habe da gewisse Vorlieben.

»Im Ernst, was hat dich dazu gebracht?«

»Ach, das ist eine lange Geschichte.« Verlegen zupfe ich meinen feuchten Bikini zurecht.

Matthias schaut mich ernst an. »Klingt spannend. Ich hab Zeit.«

Also erzähle ich ihm alles, angefangen bei dem Abend, an dem mir Hanna Chris als ihren Freund vorstellte. Matthias hört zu, fragt nach und grinst hin und wieder. Als ich beim heutigen Tag ankomme, sind meine Haare wieder trocken und die Schatten schon etwas länger.

»Ich muss dir wahrscheinlich nicht sagen, dass das eine ziemlich verrückte Geschichte ist«, sagt Matthias.

»Nee. Aber danke, dass du nicht mich verrückt nennst.«

»Du bist sowieso verrückt. Aber das ist ganz gut so.«

»Eigentlich bin ich stets vernünftig, ganz gut organisiert und bodenständig.«

»Ja. Im Kopf! Aber dein Herz scheint ein Hippie zu sein.«

»Das hast du schön gesagt.« Ich lächele ihn an. Seine Wimpern sind ziemlich bemerkenswert. »Und von welcher Art ist dein Herz so?«

»Eis am Stiel.«

»Wie bitte?«

»Welches magst du? Ich bring dir eins mit.« Matthias springt auf und wühlt nach seinem Geldbeutel.

»Capri«, murmele ich verdattert. Eigentlich wollte ich meine von dem kleinen Mädchen abgeschaute

Cleverness offenbaren und sagen: »Das größte Eis natürlich.« Aber die Stimmung ist gerade nicht mehr so lustig. Offenbar habe ich irgendwas Falsches gesagt. Matthias wirkt nicht verärgert – er entzieht sich nur.

Als er mit dem Eis zurückkommt, lassen wir uns beide nichts anmerken. Wir reden über unsere Geschwister, über Urlaube am Meer, über Musik. Zur Beschaffenheit von Matthias' Herz stelle ich keine weiteren Fragen.

Kapitel 14

Die Woche vor meinem Date mit Chris hat noch mehr Herausforderungen zu bieten. Der Scheidungstermin von Nina Maierhofer steht an, und auch für meine Beichte bei Hanna ist es höchste Zeit.

Ich treffe sie in unserem Café. Jean ist bei einem Dreh, aber Hanna ist so verliebt in ihn, dass allein der Aufenthalt am Ort ihres Kennenlernens hoffentlich jegliche Erinnerung an Chris überstrahlt. Es scheint richtig gut zu laufen zwischen den beiden.

»Ich habe mich überall abgemeldet!«, verkündet Hanna.

»Bei den Partnerbörsen?« Jetzt bin ich doch ein bisschen überrascht. »Aber was ist mit deiner Kolumne?«

»Das ist überhaupt das Allerbeste.« Meine Freundin beugt sich zu mir. »Wir wandeln sie in eine Beziehungskolumne um. Ich darf mich ab sofort über die Unterschiede zwischen Männern und Frauen im Allgemeinen und die Marotten von Jean im Besonderen auslassen.«

»Er hat Marotten?«

»Sonst würde ich ja sterben vor Langeweile.« Hanna zieht lächelnd ihre Nase kraus und nippt am Wein.

»Und bei dir so? Wie geht's mit deinem schönen Matthias?«

»Er ist nicht … Ach Hanna, ich muss dir was beichten«, platze ich heraus.

Hanna wirkt amüsiert. »Oh? Das klingt aufregend.«

»Es tut mir wirklich leid, wenn es dich ärgert oder verletzt.«

»Wird immer aufregender. Jetzt red schon, Viola. Und hör auf, den Bierdeckel zu zerpflücken.«

Fahrig falte ich die Hände auf dem kleinen Fetzenhaufen und lasse die Bombe platzen: »Am Samstag habe ich ein Date mit Chris.«

Hanna schaut mich mit großen Augen an. »Mit Weltretter-Chris? Ehrlich?«

»Ja. Genau.« Mein Kopf fühlt sich heiß an und ist wahrscheinlich knallrot. Ich fixiere die Tischplatte, bis ich Hanna lachen höre. Schallend.

»Ist nicht dein Ernst!«, ruft sie. »Wie kam es denn dazu?«

Ich beichte ihr das ganze Spektrum meiner Verfehlungen, inklusive der erfundenen Identität und dem wahren Grund meiner Beinahe-Kündigung in der Kanzlei.

»Meine Güte!«, sagt Hanna schließlich. »Und ich dachte schon, mein Plan hätte gar nicht geklappt.«

»Welcher Plan?« Geistesabwesend kehre ich die Fetzen meines Bierdeckels zusammen und lege sie auf den leeren Oliventeller.

»Dir Chris mit einem Stapel DVDs zu schicken«, sagt sie fröhlich.

Ich starre sie mit offenem Mund an.

»Ich war schon in ihn verknallt am Anfang«, beeilt sie sich zu erklären. »Aber dann fand ich, dass er eigentlich viel besser zu dir passt. Du bist doch Anwältin, das ist an der Weltrettung näher dran als Dating-Kolumnistin. Außerdem habt ihr euch so gut verstanden. Deshalb dachte ich, es wäre eine gute Idee.«

»Wieso hast du mir denn nichts davon gesagt?«, frage ich, als ich meine Sprache wiederfinde.

»Dazu erschien mir der Plan dann doch ein bisschen zu geschmacklos«, gibt Hanna zu. »Man gibt seine abgelegten Männer doch nicht mit Ansage an die beste Freundin weiter.«

»Zum Glück war das Verhalten deiner besten Freundin noch geschmackloser.«

»Ach, Quatsch. Jetzt ist doch alles gut. Außerdem bin ich froh, dass du über Matthias hinweg bist. Das war ja nicht mehr mit anzusehen. Und jetzt seid ihr sogar befreundet.«

»Ja, das ist schön. Wir verstehen uns wirklich gut.« Dass wir das ganze Wochenende miteinander verbracht haben und mich dabei immer wieder ein paar romantische Gefühle heimsuchten, verschweige ich. Für jemanden, dessen Sexleben quasi nicht existent ist, bin ich gerade ziemlich untreu.

»Aber Chris hält dich immer noch für eine Yogalehrerin namens Viviane?«

»Ja, leider. Ich habe noch vier Tage, um das zu klären. Und hoffe, er will mich danach trotzdem noch treffen.«

»Das wird schon«, tröstet mich Hanna.

»Du, sag mal, eine Frage: Hast du nicht gesagt, er arbeitet in der Werbung?«

»Doch, klar. Warum?«

»Weil er mir geschrieben hat, er ist Künstler.«

»Na ja, er ist Zeichner. In einer Werbeagentur. Und zu Hause zeichnet er manchmal auch. Aber er macht jetzt keine Ausstellungen oder so, wenn du das meinst.«

»Hmmm. Und findest du, er ist gefangen im Körper eines Achtzehnjährigen?«

Hanna lacht. »Hat er sich etwa ein bisschen überverkauft?«

»Ein bisschen vielleicht. Aber ich mich ja auch.«

»Das ist nicht wahr. Ich wüsste nicht, was an Viviane toller sein sollte als an dir. Du hast dich anders verkauft, nicht besser.«

»Danke, Hanna.«

»Keine Ursache. Schreib mit bei deinem Date, ich will alles wissen!«

»Versprochen.«

Als ich nach Hause komme, dringt aus Matthias' Zimmer klagende Geigenmusik. Ein melancholisches Stück, sehr schön. Ich gehe Zähne putzen und hoffe, dass die CD danach zu Ende ist. Allmählich muss ich schlafen.

Es ist halb zwölf. Der Mann soll Kopfhörer benutzen, wenn er um diese Uhrzeit Musik hören will.

Im Nachthemd klopfe ich an seine Tür. Sofort bricht das Stück ab. Matthias öffnet mir die Tür, in der Hand eine Geige.

»Entschuldige«, sagt er höflich. »Ich dachte, du wärst noch unterwegs.«

»Nein, ich bin gerade zurückgekommen … Das warst du gerade?«, stammele ich.

»Schuldig.«

»Du spielst sehr schön. Ich müsste nur allmählich schlafen, deshalb …«

»Natürlich. Gute Nacht, Viola.«

»Gute Nacht.«

Matthias schließt leise die Tür, und ich bleibe noch einen Moment davor stehen. Dann trolle ich mich in mein Zimmer. Obwohl ich das Gefühl habe, in die falsche Richtung zu gehen.

Nachdem die Beichte bei Hanna so glücklich verlaufen ist, will ich noch viel dringender Chris von mir überzeugen. Schließlich ist auch unsere einzige gemeinsame Bekannte der Meinung, er würde gut zu mir passen. Das wäre zwar nicht der einzige Punkt, wo die Ansichten von Chris und Hanna auseinanderklaffen, aber in diesem müssen sie doch übereinstimmen. Das hoffe ich zumindest bei meinem neuen Anlauf, ihm die Wahrheit über mich zu erzählen.

Stundenlanges Brüten hat mich zu der Erkenntnis gebracht: Es wäre unklug, mich direkt als Hannas

Freundin Viola zu erkennen zu geben. Besser, ich wähle die Salamitaktik: Übrigens, ich hab Yoga vor einem halben Jahr aufgegeben. (Fast wahr. Ganz wahr wäre: vor wenigen Tagen, übrigens für immer.) Jetzt arbeite ich doch als Anwältin, denn vor meiner Erleuchtung habe ich Jura studiert. (Absolut wahr: Ich habe Jura vor der Erleuchtung studiert, denn ich warte ja immer noch auf sie.) Ach, übrigens heiße ich gar nicht Viviane, ich habe nur schlechte Erfahrungen gemacht mit Stalkern aus Partnerbörsen. (Habe ich nicht, aber es klingt doch ganz gut, nicht wahr?) Und stell dir vor, Chris! Wir kennen uns tatsächlich schon! Ist das nicht irre?

Vollkommen irre. Das finde ich selbst, während ich meine nächste Mail an ihn formuliere. Weil mir das mit dem Namen am wenigsten schwerwiegend erscheint, sondiere ich damit mal das Terrain.

Du musst dich übrigens wohl an einen anderen Namen gewöhnen, schreibe ich. *Seit mich mal einer aus einer Partnerbörse online gestalkt hat, bin ich da ziemlich vorsichtig geworden. Jedenfalls heiße ich gar nicht Viviane. Mittlerweile bin ich mir sicher, dass du mir keine Fotos von deiner Leibesmitte schickst, daher: Mein richtiger Name ist Viola. Entschuldige die Maskerade.*

Was ihr Frauen nur immer mit euren Namen habt, antwortet Chris bald darauf. *Sind doch Schall und Rauch! Meine letzte Freundin, du weißt schon, die mit der Frauenzeitschrift, hat sogar ihren echten Namen geheim gehalten und einen anderen geführt, weil er ihr nicht gefallen hat. Dabei ist mir so was doch überhaupt nicht wichtig.* ☺

Hä? Verwirrt scrolle ich rauf und runter, um eine Stelle zu finden, in der er auf meine Nachricht wirklich eingeht. Es scheint sie nicht zu geben. Und dieses ganze Nachgetrete gegen Hanna geht mir auf die Nerven. Es stimmt, sie heißt gar nicht Hanna. Sie führt diesen Namen, seit sie zehn Jahre alt ist, weil ihre Eltern in einem Anfall geistiger Umnachtung der Großmutter und Familienmatriarchin versprochen hatten, die erste Tochter nach ihr zu benennen. Die Großmutter hieß nur leider Kreszenz.

Diese Exfreundin scheint ja mächtig Eindruck gemacht zu haben, ätze ich zurück. *Jedenfalls beschäftigen ihre Verfehlungen dich offenbar nachhaltig. Warum hat sie sich denn von dir getrennt?*

Tja, es ist eben noch nicht so lange her. Aber keine Sorge, ich bin drüber weg, versichert Chris. *Zu deiner Frage: Unsere Beziehung hat meiner Exfreundin nicht gutgetan. Sie war neidisch auf meinen Erfolg und hat sich deshalb immer über meine Arbeit lustig gemacht. Ich wollte sie aber nicht verlassen, weil sie so labil wirkte. Irgendwann hat sie sich dann selbst getrennt.*

Wie ein geblendetes Kaninchen starre ich auf den Bildschirm. Was für ein Humbug! Mir fällt beim besten Willen nichts ein, was ich darauf zurückschreiben sollte. Kurzerhand klicke ich auf *Weiterleiten* und gebe Hannas Adresse ein. Nur fünf Minuten später klingelt mein Telefon.

»Ich sag's ja, ihr passt perfekt zueinander!«, jubelt Hanna.

»Hallo? Erde an Hanna? Wie kommst du denn auf den Quatsch?«, brummele ich beleidigt.

»Ihr habt euch beide eine Legende gestrickt, an der nur wenig wahr ist«, sagt Hanna kichernd.

»Mit dem Unterschied, dass ich gerade an meinem Ausstieg arbeite, während er immer mehr Unsinn erfindet«, verteidige ich mich. »Und er stänkert gegen meine beste Freundin!«

»Das kann er ja nicht ahnen.«

»Was soll ich denn jetzt machen?«

»Ganz einfach: Schreib ihm zurück und triff ihn am Samstag. Wenn es eine Katastrophe wird, hast du immerhin was erlebt, wovon du dereinst im Altersheim erzählen kannst. Und davor schon mir!«

»Du bist sensationsgeil.«

»Hast du was anderes erwartet?«

»Nein.«

»Na also. Viel Spaß!«

Als ich gerade Chris zurückschreiben will, fällt mein Blick auf die Uhr. Es ist höchste Zeit, ich muss los: Der Scheidungstermin von Nina Maierhofer beginnt in zwanzig Minuten. Ich werfe die Unterlagen in meine Aktentasche und schwinge mich in meinem Kostümchen aufs Fahrrad, um höchst verkehrswidrig quer durch die Fußgängerzone zum Amtsgericht zu strampeln. Dort treffe ich auf meine Lieblingsmandantin, die aufgeregt von einem Fuß auf den anderen tritt. Sie hat sich hübsch gemacht und trägt ein elegantes hellblaues Etuikleid.

»Viola, ich bin ja so froh, dass du immer noch meine Anwältin bist«, sprudelt sie hervor.

»Und ich erst.« Ich nehme sie kurz in den Arm. Dass Nina mich, ihre heulende Anwältin, getröstet hat nach meinem Beinahe-Rauswurf aus der Kanzlei, vergesse ich ihr nie. »Den Spaß heute hätte ich mir ungern entgehen lassen wollen«, sage ich fröhlich. Vielleicht ein bisschen fröhlicher, als mir wirklich zumute ist. Denn die Kluft zwischen unseren Forderungen in diesem Scheidungsverfahren und den Vorstellungen des Ehemanns, welche dieser Forderungen er erfüllen muss, ist so tief wie der Grand Canyon. Außerdem bin ich mir nicht ganz sicher, ob der zuverlässig unzuverlässige Herr Maierhofer sich heute mal rechtzeitig vom Golfplatz herunter und ins Gericht bequemt hat.

Als Nina mir im Aufzug gegenübersteht, fällt mir auf, wie sorgfältig sie geschminkt und frisiert ist. Das ist doch hoffentlich kein Versuch, ihren Mann zurückzugewinnen? Ein diskretes Schielen auf ihre Hände zeigt mir, dass sie immerhin den Ehering inzwischen abgenommen hat. Bei unserem letzten Termin trug sie ihn noch. Es hätte meine Kompetenzen als Anwältin überschritten, ihr zu sagen, sie möge ihn ablegen.

Der gegnerische Anwalt wartet schon vor dem Gerichtssaal. Er trägt eine Krawatte in verschiedenen Hellblautönen. Von Weitem sieht sie aus wie ein Chagall, aus der Nähe wie die Bastelarbeit eines Grundschülers. Von seinem Mandanten hingegen ist weit und breit nichts zu sehen. Wir schütteln uns die Hände, dann werden wir schon in den Saal gebeten.

»Mein Mandant kommt gleich«, verspricht der Anwalt.

»Sind Sie sicher?«, bringt der ältliche Richter meine Bedenken auf den Punkt. Ihn kenne ich schon. Er versteht nicht besonders viel Spaß.

»Ganz sicher.«

»Wir warten fünf Minuten«, knarzt der Richter. »Wenn er dann nicht kommt, setze ich ein Ordnungsgeld fest.«

»Finden Sie das nicht ein bisschen übertrieben?«, fragt die Chagall-Krawatte leicht patzig.

»In meinem Alter wird es Ihnen auch so vorkommen, als zerrinne die eigene Lebenszeit nur so«, philosophiert der Richter drauflos. »Und beim Warten versickert sie besonders ergebnislos!«

Darauf möchte niemand etwas erwidern. Wir lassen gemeinsam und schweigend unsere Lebenszeit versickern.

Bei Minute vier klopft es. Die Chagall-Krawatte steht auf und reißt die Tür auf. Herein kommt ein großer rothaariger Mann, der mit Chinos und Polohemd für diesen Anlass doch eher leger gekleidet ist. Er wirft seiner Noch-Ehefrau einen scheuen Blick zu, ruft leutselig »Grüß Gott« in die Runde und lässt sich neben seinen Anwalt plumpsen. Kein Wort zu seiner Verspätung.

Entzückt lese ich im Gesicht des Richters eine Art *Na warte, Bürschchen*. Er räuspert sich, fängt mit den Formalitäten an und fasst schließlich die zuvor eingereichte, beeindruckend lange Liste an blödsinnigen Argumenten zusammen, die belegen soll, dass Herr Maierhofer seinen väterlichen Pflichten weder finanziell noch zeitlich nachkommen kann. Schließlich lässt er sie sinken und schaut ihren Verfasser säuerlich an, bevor er sich mir zuwendet.

»Und was wollen Sie?«, fragt er gereizt.

»Meine Mandantin ist bereit, auf Unterhalt zu verzichten, sofern Herr Maierhofer wenigstens an jedem zweiten Wochenende die Kinder zu sich nimmt«, sage ich.

Dieses Angebot ist nicht neu, aber bisher hat Maierhofer es immer abgelehnt. Heute aber schauen er und sein Anwalt einander kurz an, und der Anwalt sagt schnell: »Mein Mandant ist einverstanden.«

»Ich aber nicht«, raunzt der Richter. »Sonst hab ich Sie alle hier bald wieder sitzen, weil er sich nicht an die Vereinbarung hält. Wir machen das ganz anders: Sie bekommt den Unterhalt, und für die Kinder müssen Sie selbstverständlich auch zahlen! Dass Sie gerade eine zweite Karriere im Golfsport anstreben, ist juristisch nicht relevant. Für jedes Wochenende, an dem Sie die Kinder nehmen, überweist Ihnen Frau Maierhofer die Hälfte des monatlichen Unterhalts zurück. Es kommen natürlich nur zwei Wochenenden pro Monat infrage.«

Ich staune. Was der Richter hier aufführt, ist zumindest ungewöhnlich – womöglich vor einer höheren Instanz nicht einmal haltbar. Trotzdem: Solange wir dabei so gut wegkommen, soll es mir recht sein.

Herr Maierhofer will aufbegehren, aber sein Anwalt hält ihn zurück. Drei Minuten später ist die Ehe geschieden. Nina ist eine freie Frau, und ihr Exmann stampft wütend aus dem Gerichtssaal.

»Herr Kollege, im Vertrauen: Was war heute mit dem Richter los?«, frage ich, als ich mich von der Krawatte verabschiede.

»Ich hörte, es sei seine letzte Woche vor der Pensionierung«, verrät mir der Kollege, lockert seine Krawatte und nimmt sie schließlich ganz ab. »Es ist einfach zu heiß«, sagt er entschuldigend, als er meinen Blick bemerkt. Dabei wollte ich nur lesen, was auf dem Schildchen steht. Eine teure Herrenmodemarke. Nix Bastelarbeit. Zum Glück habe ich ihn nicht auf seine talentierten Kinder angesprochen. Ich schnappe mir meine glücklich geschiedene Mandantin und gehe.

»Das ist der viertschönste Tag meines Lebens!«, ruft Nina auf der Treppe.

»Was war denn der schönste?«

»Die Geburt von Elias. Die Geburt von Paula ist nur

auf Platz zwei, weil ich da vierzig Stunden in den Wehen lag.«

»Verstehe. Und der drittschönste?«

»Na, meine Hochzeit.«

»Ehrlich?«

»Klar. Bist du schon mal in einer weißen Pferdekutsche gefahren?«

»Ich fürchte nicht«, gebe ich zu und denke dabei, dass ich lieber von den Hells Angels auf dem Rücksitz einer Harley zum Ort der Trauung gebracht werden würde als in einer kitschigen Kutsche.

»Es war traumhaft«, sagt Nina und seufzt. Die Frau ist wirklich eine große Romantikerin.

Wir treten aus der Tür des Amtsgerichts. Die Hitze des Sommertages entlädt sich gerade in einem Gewitter; dicke Tropfen platschen auf den warmen Asphalt. Nicht so ganz das perfekte Wetter, um wieder aufs Fahrrad zu steigen.

»Wollen wir noch einen Kaffee trinken?«, frage ich meine Mandantin, die daraufhin zartrosa anläuft.

»Das würde ich schrecklich gern, aber ich bin leider schon verabredet.« Ihr Lächeln spricht Bände.

»Ah. Mit … deiner Mutter?«, rate ich kackdreist und wohlwissend, dass sie wegen eines Treffens mit ihrer Mutter nicht errötet wäre.

»Nein, mit … einem Freund.«

»Ich bin deine Anwältin, du solltest keinerlei Geheimnisse vor mir haben«, sage ich grinsend.

»Meinem neuen Freund«, wispert Nina und strahlt.

»Glückwunsch! Seit wann?«

»Seit zwei Wochen erst. Es ist alles sehr aufregend. Er hat die Kinder schon kennengelernt und geht wirklich toll mit ihnen um«, schwärmt sie.

»Und mit dir?«

Nina schaut mich verzückt an und sagt nur: »Hach!«

»Okay, ich verstehe. Dann lass den Wunderknaben nicht warten.«

»Danke für alles!« Nina fällt mir um den Hals und rennt dann die Treppe hinunter, mitten in den Regen hinein. Die Tropfen versehen ihr hellblaues Kleid mit dunkelblauen Flecken.

Ich schaue ihr etwas wehmütig nach und beschließe dann, noch nicht in die Kanzlei zurückzukehren. Wenn ich es halbwegs geschickt anstelle, kann ich unter Vordächern bis zum nächsten Coffeeshop kommen und dort das Ende des Gewitters abwarten.

Mit kaum nassen Füßen schaffe ich es bis kurz vor die Theke. In der Schlange lese ich die Tafel mit den drölfzig Möglichkeiten für Kaffeegenuss in diesem Etablissement. Beinahe hätte ich Sarah übersehen, die direkt vor mir irgendwas mit Karamell und extra Milch bestellt. Kurz überlege ich, ob ich sie wirklich ansprechen soll. Schließlich bin ich nicht gerade in tiefer Freundschaft mit Sarah und Leo aus der WG ausgezogen. Dann gebe ich mir doch einen Ruck und tippe ihr auf die Schulter.

»Hallo, Sarah.«

»Viola!« Sie wirkt tatsächlich erfreut, mich zu sehen. »Was machst du denn hier?«

»Vor dem Regen fliehen. Das Amtsgericht liegt gleich um die Ecke«, erkläre ich.

»Und für Sie?«, unterbricht uns der junge Mann an der Kasse.

»Ich nehme … Ach, einfach das Gleiche, bitte.«

Ein bisschen unbehaglich fühle ich mich, während ich neben Sarah auf meine Bestellung warte. Aber eigentlich nicht wegen Sarah, sondern weil ich mich frage, ob Leo auch hier ist. Der könnte meine gute Laune in Sekundenschnelle ruinieren.

»Bist du allein hier?«, frage ich schließlich. Mit irgendwas muss man ja das Schweigen füllen.

»Ja. Ich komme gerade von einer Einführungsveranstaltung bei der Uni.«

»Schon wieder?«, rutscht mir heraus.

»Nur mal zum Gucken. Skandinavistik. Aber ich glaube, ich bleibe doch bei Soziologie.«

»Wow, du bist ja richtig erwachsen geworden«, ziehe ich sie auf. »Und in diesem Tempel des bösen Kapitalismus hätte ich dich auch nicht erwartet.«

Sarah zuckt mit den Schultern. »Ich bin süchtig nach dem Karamellzeug. Hätte nie damit anfangen dürfen.«

»Na super. Ich hab das Gleiche bestellt. Jetzt hast du mich angefixt.«

Wir greifen nach unseren Tassen und verziehen uns an einen Tisch, von dem aus wir den Regen betrachten können. Das Karamellzeug schmeckt tatsächlich ganz lecker. Ob es zum Suchtmittel taugt, werde ich wohl spätestens morgen wissen.

»Wie ist es in deiner neuen Wohnung?«, fragt Sarah.

»Feucht.« Ich erzähle ihr die ganze Geschichte und ernte Mitleid. Dass sie nicht fragt, warum ich nach dem Wasserschaden nicht in die WG zurückgekommen bin, rechne ich Sarah hoch an. »Wie läuft es denn mit Leo?«, frage ich.

Sarah verdreht die Augen. »Ehrlich gesagt nicht so gut.«

»Wieso denn?« Ich bin nicht direkt bestürzt, aber immerhin mittelmäßig überrascht.

»Leo findet, ich kann nicht mit Geld umgehen und bin auch ansonsten lebensunfähig.«

»Oh.« Mit etwas Mühe gelingt es mir, nicht zu lachen.

»Deshalb hat er mir vorgeschlagen«, fährt Sarah fort, »dass er in Zukunft meine Finanzen regelt und mir ein wöchentliches Taschengeld zuteilt.«

»Nein!« Jetzt bin ich doch platt. »Spinnt der?«

»In dem Punkt schon.« Sarah dreht ihre Tasse zwischen den Händen. »Ich hab ihm natürlich gesagt, dass er das vergessen kann. Jetzt will er ausziehen, um ein bisschen Distanz zu gewinnen.«

»Bist du traurig darüber?«, frage ich vorsichtig.

»Ein bisschen. Vor allem muss ich mir jetzt wieder neue Mitbewohner suchen.« Sarah mustert mich.

»Willst du nicht wieder einziehen? Du könntest dein altes Zimmer haben.«

Ganz ruhig, Viola. Einatmen. Ausatmen. Und jetzt zähl bis drei.

»Ich überleg's mir.«

Zu Hause bietet sich mir ein seltsames Bild. Matthias hat mit einer mir unbekannten Brünetten im Wohnzimmer Platz genommen. Jeder sitzt auf einem der kleinen Sofas, er hält sich an einer überdimensionierten Teetasse fest, und die Frau quasselt ohne Punkt und Komma auf ihn ein. Als ich eintrete, wirft er mir einen mehr erleichterten als erfreuten Blick zu. Mir schwant Böses. Trotzdem nehme ich artig Kurs auf die beiden, um den Gast zu begrüßen.

Hübsch ist die Frau. Ein bisschen spießig sieht sie aus mit ihrem praktischen Kurzhaarschnitt, aber vielleicht bin ich auch nur neidisch auf ihre zarten Fesseln, die aus hellbraunen Mokassins ragen. Ihre Hand, die sie mir zur Begrüßung reicht, ist kaum weniger zart.

»Hallo, ich bin Viola«, sage ich brav.

»Freut mich. Ich bin Susanne.« Ihre Augen passen farblich zu den Schuhen.

»Lasst euch bitte von mir nicht stören.«

Diskret verziehe ich mich hinter den Küchentresen und werfe meinen um diese Uhrzeit üblichen Blick in den Kühlschrank. Dummerweise geisterte mir am Montag beim Einkaufen mal wieder die Erkenntnis durch den Kopf, ich müsse gesünder essen. Deshalb finde ich leider nur Tomaten sowie eine Packung Rucolasalat vor und mache mich resigniert daran, das Grünzeug zu waschen. Dabei kann ich es nicht vermeiden, das Gespräch zwischen den beiden Sofas mit anzuhören. Es ist eindeutig: Susanne lässt sich von mir kein bisschen stören.

»Und dann hat der Frauenarzt vorgeschlagen, dass wir Pauls Sperma vorbeibringen. Das wird dort mit einer Nährlösung behandelt und dann in meinen Uterus eingeführt.«

Beim Wort Uterus beginnt Matthias zu husten. Anschließend wirft er mir hilfesuchende Blicke zu. Ich plansche gedankenverloren mit den Rucolablättern in der Salatschleuder und gebe vor, seinen Blick nicht interpretieren zu können.

»Das erhöht die Chancen, dass mein Ei befruchtet wird und sich in der Gebärmutterschleimhaut einnistet, um vierzig Prozent! Stell dir das mal vor!« Susanne ist ganz aus dem Häuschen. So viel Temperament hätte ich ihr gar nicht zugetraut.

»Vierzig Prozent. Toll«, murmelt Matthias. »Möchtest du noch Tee?« Dabei deutet er auf ihre leere Tasse.

»Was? Nein danke. Ich muss gleich gehen. Jedenfalls finden wir das natürlich total unromantisch, aber wir haben alles Natürliche eben schon ausprobiert. Ich habe stundenlang Kopfstand gemacht nach dem Beischlaf, ich habe alle möglichen Tees getrunken, wir waren vor meinem Eisprung tagelang enthaltsam …« Susanne macht nicht den Eindruck, als wolle sie gleich gehen.

Matthias stürzt seinen Tee hinunter, als könne der ihn betrunken machen.

Das bringt mich auf eine Idee. Ich hole das kleine Fläschchen Rum aus dem Küchenschrank, das mir kürzlich dort aufgefallen ist, und kippe es in die Teekanne, die neben mir auf der Arbeitsplatte steht.

Noch ein, zwei Sätze wartet Matthias anstandshalber, ob Susanne ihren Redefluss nicht doch unterbricht. Dann steht er wortlos auf, geht in die Küche und schenkt sich aus der Kanne nach. Es ist schwierig zu sagen, ob Susanne seine Abwesenheit überhaupt bemerkt, denn sie redet die ganze Zeit weiter. Matthias verdreht die Augen in meine Richtung und trottet dann ergeben wieder zu Susanne, die gerade ausführt, welche Sexstellung zur Zeugung eines Kindes am besten sei. Ideal wäre es, wenn die Frau dabei kopfüber an einem Seil von der Zimmerdecke baumele, erfahre ich, aber das, haha, sei nun wirklich nicht praktikabel, und außerdem werde sie da sicher seekrank.

»Ansonsten ist die klassische Missionarsstellung eigentlich ganz gut, aber die Reiterstellung kann man wirklich vergessen, da sind die Chancen gleich null! Ich mag die aber sowieso nicht besonders, das weißt du ja.«

Einerseits würde es mich nicht wundern, wenn sie ihm das bei einem früheren Gespräch mal aufs Brot geschmiert hätte. Andererseits frage ich mich, ob Matthias das nicht vielleicht doch aus eigener Anschauung weiß. Die beiden scheinen sich gut zu kennen, obwohl sie offensichtlich nicht mehr viel verbindet.

Mein Mitbewohner nimmt einen Schluck aus seiner Teetasse und macht große Augen. Dann nimmt er einen zweiten Schluck, grinst ein bisschen und schaut zu mir herüber.

Ich winke freundlich mit der Balsamicoflasche.

Der Sermon geht weiter. Das gibt Matthias Gelegenheit, in Rekordzeit seine Riesentasse auszutrinken. Anschließend lehnt er sich entspannt zurück. In Susannes nächste Atempause hinein fragt er nonchalant: »Hast du dir mal überlegt, vielleicht einfach ein Kind zu adoptieren?«

Susanne stutzt kurz ob dieser unerwarteten Nachfrage, lässt sich aber nicht aus dem Redefluss bringen. »Das ist nicht so einfach. Auf zehn adoptionswillige Paare kommen hierzulande zwei Babys«, erzählt sie.

»Hierzulande. Wie ist es mit Guatemala oder Indien?«

»Aber dann würde man ja sehen, dass das nicht unser Kind ist!« Susanne wirkt empört.

»Ihr hättet es adoptiert. Es würde bei euch aufwachsen. Wessen Kind sollte es sein, wenn nicht eures?«, fragt Matthias.

Ich lausche fasziniert, während ich Tomaten schneide. Gerade finde ich ihn ganz schön toll.

»Na, das Kind … von seinen richtigen Eltern?«, sagt Susanne etwas hilflos.

»Dann kann ich euch nur viel Erfolg beim Spermawaschen wünschen«, sagt Matthias ungerührt und prostet ihr mit seiner leeren Tasse zu.

Drei Minuten später hat Susanne nach einer kurzen und eher kühlen Verabschiedung die Wohnung verlassen. Wir schauen einander an, als hätten wir einen Geist gesehen.

»Wer um alles in der Welt war das?«, frage ich entgeistert.

»Moment mal, ich darf zuerst fragen. Hast du wirklich Rum in meinen Tee gekippt?«

»Du sahst aus, als könntest du es brauchen.«

»Ich bin gerührt.« Matthias lacht. »Beim nächsten Mal kannst du den restlichen Tee vorher auskippen, ich hätte den Rum pur vertragen können.«

»Geht klar. Jetzt bin ich dran. Wer ist diese Quasselstrippe?«

Matthias verzieht das Gesicht. »Susanne ist eine ehemalige Freundin von mir.«

»Warst du für die Zucht ungeeignet, oder warum habt ihr euch getrennt?«

»Witzig, Viola. Das ist fast zehn Jahre her, vom Zuchtprogramm war damals noch keine Rede. Sie hat in Brüssel studiert, wir haben uns kaum noch gesehen … Warum erzähle ich dir das eigentlich alles?«

»Weil ich zuhöre«, sage ich zuckersüß und stecke mir eine Cocktailtomate in den Mund.

»Sie ist ein netter Mensch«, sagt Matthias ernst. »Und sie hat in München nicht so viele Freunde.«

»Kann mir gar nicht erklären, wieso.«

»Ich mir auch nicht.« Grinsend weist Matthias auf meine Salatschüssel. »Hältst du das für ein Abendessen?«

»Ich weiß nicht. Wofür hältst du es denn?«

»Das ist eine Beilage. Hol mal die Lachsfilets aus dem Tiefkühlfach.«

Spontan falle ich ihm um den Hals und rufe: »Mein Held!«

Matthias hält mich eine Sekunde länger fest als nötig. Vielleicht bin es auch ich, die ihn festhält. Er riecht gut. Ein bisschen wie Eisbonbons. Als wir uns voneinander lösen, achten wir jedenfalls darauf, in unterschiedliche Richtungen zu schauen.

Erst als der Fisch in der Pfanne brutzelt, haben wir zu unserer Kumpelhaftigkeit zurückgefunden.

Kapitel 15

Hochmotiviert gehe ich am Freitag meine letzte große Beichte an. Gleich morgens schreibe ich Chris die erste E-Mail.

Falls du morgen zum Date eine geschmeidige Yogalehrerin erwartest …

Nein. Geht gar nicht.

Ich hab vergessen, dir zu erzählen, dass …

Das nimmt der mir doch niemals ab. So was vergisst man nicht. Nicht bei zehn Mails pro Tag – denn so viele schreiben wir uns an den meisten Tagen. Sie sind nicht sehr lang, aber sie fliegen hin und her.

Übrigens, was du auch noch wissen solltest, tippe ich schließlich, *mit dem Yoga habe ich vor Kurzem aufgehört. Meine Gelenke haben mir zu schaffen gemacht.*

Die ganze Wahrheit kann ich dann ja nachschieben, wenn wir verheiratet sind.

Deshalb arbeite ich jetzt als Anwältin. Jura habe ich studiert, weil meine Eltern sich das so gewünscht hatten.

Beinahe wahr. Medizin hatten sie sich gewünscht. Ärztin sollte ich werden. Jura war meine Form der Rebellion. So, und jetzt noch ein bisschen kokettieren.

Ich hoffe, du triffst dich auch mit einer Juristin, deren Knie manchmal knacken. Dafür werde ich ein rosa Kleid tragen, das dir vielleicht über den Schock hinweghilft. Du meintest doch, das würde gut zu diesem Abend passen.

Ich schicke mit leicht zitternden Fingern die Mail ab und widme mich wieder einem neuen Scheidungsfall, als ein lautes Brüllen die Wände der Kanzlei zum Beben bringt. Es klingt, als sei jemand unter einem umgekippten Aktenschrank eingeklemmt. Entsetzt springe ich auf und laufe aus meinem Büro, immer dem Geschrei nach. Es kommt aus dem großen Vorzimmer, in dem Frau Blettinger und Liane sitzen.

»UNTERSCHREIBEN SIE DAS GEFÄLLIGST!«, meine ich zu verstehen. Komisch, klingt nicht nach Schmerzensschrei. Und dann stehe ich im Türrahmen, weil der Raum bereits voller Kollegen ist, deren Büros näher sind als meines. Über ein paar Schultern hinweg erspähe ich Stefan von Schilo mit einem von der Schulter bis zu den Fingerspitzen eingegipsten rechten Arm, der seine Chefsekretärin anschreit. Die Blettinger steht aber nur vierschrötig neben ihrem Schreibtisch, hat die Arme verschränkt, die Stirn wie zum Angriff gesenkt und einen Blick drauf, der Granit durchlöchern könnte.

»Das mache ich nicht!«, zischt sie. »Ich bin vielleicht kein feiner Herr Anwalt, aber ich weiß, dass das Urkundenfälschung ist!«

»Sie sollen FÜR MICH unterschreiben, und ich bin doch einverstanden!« An von Schilos Stelle würde ich mich angesichts dieser unbeugsamen Frau aufs Flehen verlegen, aber er hat weiterhin seinen Befehlston am Leib.

»Ja, und wenn der Vertrag Ihnen nicht mehr passt, fechten Sie ihn an und beschuldigen mich. Kommt überhaupt nicht infrage!«, wettert die Blettinger zurück.

Ich sehe Liane, die sich mitsamt ihrem Stuhl umgedreht hat und mit großen Augen das Schauspiel verfolgt. Neben mir kichert jemand: Silvia lehnt entspannt an der Wand und genießt den Streit sichtlich.

»Worum geht's?«, flüstere ich ihr zu.

»Um einen Kreditrahmen oder so. Irgendwas mit Schilos Bank«, flüstert sie zurück. »Seine Unterschrift muss so aussehen wie immer, und das kriegt er mit links nicht hin. Die Blettinger soll sie nachmachen, aber … na ja, das hörst du ja selbst.«

»Was ist überhaupt mit seinem Arm?«

»Ein Fechtunfall. Mehrere komplizierte Brüche.« Ihre Begeisterung ist kaum zu überhören, obwohl mein

Chef gerade noch ein paar Phon lauter wird. Sein sonst so bleiches Gesicht ist bereits dunkelrot.

»Ich befehle es Ihnen! Wenn Sie nicht spuren, entlasse ich Sie!«

»So.« Die Blettinger stemmt die Hände in die Hüften. »Da kenne ich aber genug Anwälte für Arbeitsrecht, die mich sicher gern vertreten werden.«

Jetzt fällt dem Brüllaffen doch noch ein, dass Betteln eine Alternative sein könnte. »Bitte, Frau Blettinger. Wenn ich warte, bis der Gips weg ist, gibt es diese günstigen Konditionen nicht mehr. Sie wollen mir doch nicht schaden, oder?«

»Herr von Schilo, ich ertrage seit Jahren Ihre Launen, Ihre schlechten Manieren und Ihre geschmacklosen Scherze. Aber das geht zu weit«, sagt die Blettinger hoheitsvoll.

Mein Chef hält inne und scheint erst jetzt all seine Mitarbeiter wahrzunehmen, die sich in dem Zimmer drängen.

»Raus! Alle!«, schreit er wieder los.

»Mit Verlaub«, keift die Blettinger zurück, »das hier ist immer noch MEIN Büro!«

Wutschnaubend dreht Stefan von Schilo sich einmal im Kreis. Dann stampft er auf den Ausgang zu, öffnet die Tür der Kanzlei und knallt sie hinter sich zu.

Neben mir beginnt Silvia langsam zu klatschen. Auch Liane applaudiert ihrer Vorgesetzten. Ein paar Kollegen fallen ein, bis wir alle dastehen und die verlegene Blettinger hochleben lassen.

»Kscht!« Sie macht Bewegungen, als wolle sie ein paar Hunde vertreiben, aber da hat schon jemand den Prosecco geholt, der für freudige Anlässe im Bürokühlschrank steht, und ihr ein Glas gereicht. Silvia lacht Tränen, und auch ich kann mich kaum zurückhalten beim Anblick dieser Matrone, die irritiert mit dem zierlichen Kelch in der Hand dasteht. Die Frau ist nicht meine Freundin, aber heute ist sie die Größte für mich. Ich schiebe mich durch die entstehende Spontanparty, nehme mir ein gefülltes Glas und stoße mit der Blettinger an, die immer noch wie paralysiert scheint.

»Beeindruckender Auftritt«, beglückwünsche ich sie.

»Öh. Danke, Fräulein Nienhaus«, antwortet sie, und ich beschließe, mit dieser ungeliebten Anrede von nun an meinen Frieden zu machen.

Liane stellt sich neben mich und prostet mir zu. Sie strahlt bis über beide Ohren.

»Was für eine umwerfende Show! Und weißt du, was das Beste ist?«

»Was denn?«

»Der Hassprediger behält diesen Gips vier Wochen, und in der Zeit kann er praktisch nicht arbeiten. Deshalb kommt er immer nur zwei Stunden am Tag vorbei, um nach dem Rechten zu sehen. Und danach …« Liane macht genüsslich eine Kunstpause. »Sechs Wochen Reha! Stationär, in einer Kurklinik!«

»Ach komm, nicht im Ernst. Wer verschreibt denn so was heute noch?«

»Der Arzt eines Patienten mit der denkbar teuersten privaten Krankenversicherung, würde ich sagen.«

»Wow.«

»Ganz genau. Noch ein bisschen besser und eigentlich auch gerechter wäre es, wenn wir alle in Kur gehen dürften und er hierbleiben müsste«, fantasiert Liane. »Aber so ist es mir auch ganz recht. Das wird fast wie Urlaub!«

»Vielleicht machen sie in der Kur auch ein bisschen Ergotherapie mit ihm«, mischt Silvia sich ein. »Töpfern, Seidenmalerei, Makramee und so.« Sie lacht hämisch.

»Eine Psychotherapie fände ich wichtiger«, murmele ich.

»Wozu? Aus einem Kamel wird niemals ein Araberpferd«, konstatiert Silvia.

»Immerhin haben wir jetzt eine gute Kameltreiberin für ihn gefunden.« Liane grinst zur Blettinger hinüber, die sich inzwischen eher unelegant auf die Kante ihres Schreibtisches gesetzt hat und dort Hof hält.

»Übrigens!« Silvia senkt die Stimme. »Der Kollege Schneider, der neulich beim Fechten dabei war, hat offenbar Blut geleckt und damit weitergemacht. Deshalb kennt er dort jetzt ein paar Leute. Die haben ihm erzählt, *Fechtunfall* wäre in Schilos Fall vielleicht ein bisschen übertrieben.«

»Was heißt das?« Wir schauen sie gebannt an.

»Das heißt«, sagt Silvia kichernd, »dass beim Fechten noch alles in Ordnung war. Aber danach wollte er in der Gemeinschaftsdusche seine beste Schrittfolge des Tages noch mal vorführen. Dabei ist er ausgerutscht und hingefallen.«

»In der Gemeinschaftsdusche? Nackt? Das will ich mir nicht mal vorstellen!« Liane verzieht angeekelt das Gesicht.

»Dass er nackt seine besten Schrittfolgen vorführt, ist genauso idiotisch wie typisch«, sage ich.

»Die Kombination von Narzissmus und Testosteron kann tödlich sein«, analysiert Silvia fröhlich.

Ich trinke mein Glas aus. »So, feiert noch schön weiter! Ich muss mich an den Schreibtisch setzen und den Erbrechtsfall mit der merkwürdigen Hochstaplerin vorantreiben.«

»Du weißt doch gar nicht genau, ob sie eine Hochstaplerin ist«, wendet Liane ein.

»Das ist ja auch nicht wichtig. Sie ist meine Mandantin, sie hat also sowieso recht.«

»Bin gespannt, ob du mit dem Argument vor Gericht durchkommst.«

»Ich auch.«

In der Kaffeeküche stelle ich mein Sektglas in den Geschirrspüler, bevor ich eilig wieder in mein Büro gehe. Es ist nicht der Schreibtisch, der mich dorthin lockt, das muss ich zugeben. Es ist mein Handy, auf dem vielleicht schon Chris' Antwort auf meine Beichte eingegangen ist.

Leider lässt die Antwort auf sich warten. Die nächsten paar Stunden und den ganzen Nachmittag.

Am Abend sitze ich im Wohnzimmer und aktualisiere alle paar Minuten meinen Posteingang. Matthias sieht sich das eine Weile kommentarlos an, nimmt mir dann das Handy weg und stellt mir einen Teller mit Schokokeksen hin.

»In einer halben Stunde bekommst du dein Handy wieder. Und dann wieder in einer halben Stunde«, sagt er freundlich.

»Du bist gemein«, antworte ich etwas undeutlich, weil der erste Keks wie von selbst vollständig in meinen Mund gehüpft ist.

»Und du drehst gerade durch. Was ist eigentlich so toll an dem Typen?«

»Seine Augen sehen aus wie Schokoladenglasur«, seufze ich.

»Du bist ganz schön verfressen.«

»Schuldig.«

»Und sonst? Schöne Augen? Sag mir bitte nicht, dass das alles ist.« Matthias beißt ein Stückchen von einem Keks ab. Das nenne ich Selbstdisziplin.

»Er ist nett und witzig und interessant. Ich weiß auch nicht, es hat mich einfach ein bisschen erwischt, glaub ich.«

»Hm. Dagegen kann man nichts machen«, sagt Matthias sanft.

»Wohl nicht.«

»Falls er sich morgen Abend als Serienkiller oder Triebtäter herausstellt, hast du schon irgendeinen Fluchtplan?«

»Bitte was?«

»Das macht man doch so bei Blind Dates, dachte ich. Sich nach einer Stunde mal per SMS melden, falls man noch lebt.«

»Meine beste Freundin hat mehrere Wochen mit ihm überlebt. Da mache ich mir also keine Sorgen.«

»Na gut. Ich hätte dich sonst auch gerettet.«

»Ja, ehrlich? Wie hättest du das denn gemacht?«, frage ich entzückt. Außer Matthias wollte mich schon lange niemand mehr retten. Die meisten Typen haben eher Angst vor mir.

»Ich hätte meine Rüstung angelegt und das weiße Pferd aus der Duplexgarage geholt«, sagt Matthias mit ernster Miene. Nur seine leicht zuckenden Mundwinkel verraten ihn. »Dann wäre ich zu den Zinnen jener Wohnung geritten, in der du in Gefahr bist, und hätte dich gebeten, vom Balkon in meine Arme zu springen.«

»Und wenn es keinen Balkon gibt?«

»Dann eben aus dem Fenster. Auch wenn mir das eigentlich zu prosaisch ist.«

»Du bist ein toller Freund«, sage ich herzlich und stupse den Teller mit dem letzten Keks darauf in seine Richtung. Keine Ahnung, wer die so schnell eingeatmet hat. »Aber du wirst mich nicht retten müssen. Momentan glaube ich nicht mal, dass es ein Date geben wird.«

»Abwarten.«

»Ist die halbe Stunde schon um?«

»Nicht ganz, aber ich will mal nicht so sein.« Matthias holt mein Handy aus seiner Hosentasche und reicht es mir.

Ich rufe meine Mails ab. Nichts.

»Gibt's auf eurer Playstation eigentlich irgendein brutales, sinnloses Ballerspiel?«

Matthias lacht. »Ich dachte schon, du fragst nie.«

Auch am nächsten Morgen habe ich keine Antwort von Chris. Mittlerweile habe ich meinen Spam-Ordner von oben bis unten durchwühlt und dabei mehrere monatliche Rundmails meiner Schwester ausfindig gemacht, die dort praktischerweise direkt landen. Der Filter erkennt eben alle Formen von Werbung, auch Familien-PR. Die niedlichen Kinderfotos, die sie stets anhängt, hält das System wohl für einen besonders perfiden Trick.

Während ich meinen Frust in einer Tasse Cappuccino zu ertränken versuche, überlege ich mir drei Szenarien, die das große Schweigen erklären könnten.

Nummer eins: Es ist etwas Schreckliches passiert. Tod eines nahen Angehörigen, Wasserschaden, Handydiebstahl. Nicht sehr wahrscheinlich – und selbst dann würde man für den Abend ja wohl absagen, damit der Gast nicht vor verschlossener Tür steht.

Nummer zwei: Meine letzte Mail oder seine Antwort kamen einfach nicht an. Das würde ich zwar gerne glauben, aber da wir einander seit Wochen schreiben und das noch nie vorgekommen ist, wäre das jetzt schon ein erstaunlicher Zufall.

Nummer drei: Er will mich nicht mehr treffen. Dafür gibt es sogar mehrere mögliche Gründe: Er könnte mich für eine notorische Lügnerin halten. Er könnte gemerkt haben, dass wir uns schon kennen, und mich damals nicht attraktiv gefunden haben. Oder er kann einfach Juristinnen nicht ausstehen.

Leider erscheint mir Nummer drei in all ihren Varianten am wahrscheinlichsten. Ich bringe den Vormittag irgendwie hinter mich, indem ich ein paar Besorgungen mache und meine Blusen bügele. Matthias ist mit Freunden zum Wandern gefahren, also habe ich die Wohnung für mich. Die Gelegenheit nutze ich, um mir mal wieder die Nägel zu lackieren und die Füße weich zu schmirgeln. Was man eben so macht, wenn zumindest die leiseste Hoffnung besteht, mal wieder in einem anderen Bett als dem eigenen zu landen. Oder wenigstens auf einem Sofa, knutschenderweise. Obwohl ich zugeben muss, dass ich schon gar nicht mehr richtig weiß, wie Knutschen geht.

Der Mittag verstreicht ohne Nachricht von Chris. Allmählich werde ich nervös. Wir haben nie unsere Telefonnummern ausgetauscht, weil ich mich sonst mit meinem echten Namen gemeldet hätte und aufgeflogen wäre. Deshalb kann ich jetzt nicht anrufen und nachfragen. Eine Mail könnte ich schicken. Ganz lässig, ohne Druck aufzubauen. Darin könnte ich mich sicherheitshalber für den Überfall in der letzten Mail entschuldigen.

Lieber Chris, steht unser Treffen heute Abend? Ich bräuchte nämlich noch deine Adresse. Ach, und falls ich dich in der letzten Mail etwas überrollt habe – tut mir leid. Wir hatten einfach immer so viele andere Themen, dass ich gar nicht daran gedacht habe, dir meinen Jobwechsel früher mitzuteilen.

Und wenn ich *andere Themen* schreibe, meine ich eigentlich seine Themen. Über sein Künstlertum haben wir uns nämlich viel unterhalten. In Sachen Yoga dagegen musste ich erfreulich wenig erfinden.

Stunden später bekomme ich eine Antwort.

Es hat mich tatsächlich ein paar Stunden gekostet, das zu verdauen, schreibt er. *Weißt du, mir ist Ehrlichkeit das Allerwichtigste, und du hast etwas vor mir verborgen gehalten. Da fühle ich mich schon hinters Licht geführt. Deshalb konnte ich dir auch noch nicht zurückschreiben. Ich musste mir erst über meine Gefühle klar werden.*

Aber jetzt hast du dich ja entschuldigt. Das finde ich gut und richtig.

Komm um 19.30 Uhr in die Adelheidstraße 18. Mein Name steht an der Klingel. Mein echter Name. Aber den kennst du ja schon lange.

Hinters Licht geführt? Der hat sie ja wohl nicht alle!

Ich werfe eilig einen Blick auf die Uhr und stelle fest, dass es schon 18 Uhr ist. Jetzt aber schnell. Ich ziehe einen nahezu perfekten dunkelgrauen Lidstrich, entscheide mich für eine dezente Lippenstiftfarbe und werfe mich in das Kleid, das ich mit Liane eigens für diesen Anlass gekauft habe. Meine Haare bürste ich nur noch einmal durch und lasse sie dann offen. Die Schuhfrage stellt mich vor Probleme, weil ich beim bisher einzigen Ausflug dieses Kleides weiße Ballerinas dazu getragen habe. Das finde ich für diesen Anlass unpassend. Aber dann finde ich ein paar brombeerfarbene Sandaletten mit hohen Absätzen, die mal Teil meiner Brautjungfernuniform bei der Hochzeit einer Kommilitonin waren.

Voll im Zeitplan trete ich vor den großen Spiegel im Flur und bin hochzufrieden. Das Kleid schwingt um meine Beine, meine Haare fallen über die Schultern, und meine Augen blitzen. Auf in den Kampf.

Der Bus setzt mich an der Straßenecke ab. Ich laufe die letzten paar Meter zu Chris' Haus. Es ist eine schöne Straße mit ein paar großen Bäumen. An den Häusern sind Balkone angebracht. Kurz denke ich an Matthias, der mich von einem Balkon retten wollte, aber dann schüttele ich den Gedanken ab. Ich bin hier, um Chris zu sehen.

Pünktlich klingele ich an der Tür. Mit einem Summen öffnet sie sich.

»Zweiter Stock!«, kommt Chris' Stimme blechern aus dem Lautsprecher.

Langsam steige ich die Treppen hoch. Nur nicht keuchend ankommen. Meinen Atem werde ich zum Reden brauchen.

Die Wohnungstür steht offen. Zumindest nehme ich an, dass das die richtige Wohnung ist. Im Flur hängen afrikanische Masken, an der Garderobe erspähe ich Outdoor-Klamotten. Das wird schon richtig sein. Aber nichts lässt darauf schließen, dass hier gerade Ente in Orangenjus zubereitet wird. Es riecht leicht nach Duschgel. Ich folge einem klappernden Geräusch und stehe in der Küche.

Chris holt gerade Gläser aus dem Schrank, dreht sich zu mir um und macht große Augen. Ach ja. Das hatte ich in meinem Eifer ganz vergessen.

»DIE Viola bist du?!«, fragt er entgeistert.

»Ganz genau.«

»Hast du gewusst, dass wir uns kennen?«

»Ja.«

»Du hast mich also von Anfang an reingelegt«, schlussfolgert er bitter, lehnt sich an die Waschmaschine und schließt melodramatisch die Augen.

Jetzt reicht es mir endgültig. »Reingelegt? Ich habe mich extra bei dieser verdammten Partnerbörse angemeldet, um dich wiederzusehen! Und damit wir einander da vorgeschlagen werden, musste ich mich als jemand ausgeben, der zu deinem Profil garantiert passen würde. Beinahe hätte ich meinen Job verloren deswegen!«

Verdattert schaut Chris mich an. Er schafft es aber, seinen beleidigten Gesichtsausdruck beizubehalten.

»Angelogen hast du mich trotzdem«, sagt er und bemüht sich sichtlich, dabei gefasst auszusehen.

»Du hast es gerade nötig«, rufe ich. »Dafür, dass du immer nur von dir erzählt hast, war da verdammt wenig dabei von deinem richtigen Beruf – in der Werbeagentur. Immer nur dieses Kunstgelaber! Du bist auch kein Heiliger, sonst hättest du nicht unterschlagen, dass du die Welt nicht rettest, sondern ihr Waschmittel verkaufst!«

Chris presst die Lippen aufeinander. Er hätte sowieso gerade keine Chance, mich zu unterbrechen. Ich komme gerade erst in Fahrt.

»Außerdem schreibt Hanna eine sehr kluge und witzige Kolumne. Wahrscheinlich hast du sie einfach nur nie gelesen, weil du zu sehr damit beschäftigt warst, von dir selbst zu erzählen.«

»Nein!«, brüllt Chris plötzlich los. »Jetzt gehst du zu weit.« Zwischen seinen Augenbrauen bildet sich eine tiefe, steile Falte, zugleich setzt er einen frommen Blick auf. »Ich habe die Kolumne gelesen. Sie vermittelt jungen Mädchen ein ganz falsches Bild von Beziehungen.«

»Und das kann man der Werbebranche ja nun wirklich nicht vorwerfen!«, höhne ich. Das bringt ihn wieder zum Schweigen. »Außerdem war es das Letzte, mich mehr als einen Tag schmoren zu lassen nach meiner Mail gestern. Für wen hältst du dich eigentlich? Ich frage mich die ganze Zeit, was los ist, und du machst einfach nur einen auf Mimose! Weißt du was? Such dir ein Mäuschen, bei dem du so eine Nummer abziehen kannst und das dir deine verletzten Gefühle abnimmt.«

»Okay, ich war nicht verletzt!«, begehrt Chris auf. »Ich war wütend! Du hast mich betrogen! Ich hatte eine Entschuldigung verdient.«

»Ach ja. Weißt du was? Du hast mich auch betrogen. Denn als den Körper eines Achtzehnjährigen würde ich das nicht bezeichnen«, sage ich süffisant und weise auf seinen Hüftspeck.

Chris kommt ein paar Schritte auf mich zu, baut sich mit Drohgebärde vor mir auf und brüllt mir mitten ins Gesicht: »Raus hier!«

Beunruhigt drehe ich mich auf dem Absatz um und will gehen. Aber Chris ist doch noch nicht fertig.

»Wenn du nur gekommen bist, um mir das zu sagen – wieso hast du dann das rosa Kleid angezogen?«, schreit er mir hinterher.

Ich bleibe im Flur stehen und drehe mich noch einmal kurz um.

»Das ist nicht Rosa«, schleudere ich ihm entgegen. »Das ist Fuchsia!«

Zwei Sekunden später fällt krachend die Tür hinter mir ins Schloss. Ich marschiere die Treppen hinunter, erwische knapp den Bus, der gerade abfahren will – und bekomme Panik, als ich mich auf einem freien Platz niederlasse. Jetzt ist alles vorbei. Die letzten Wochen, in denen ich hoffte, das mit Chris und mir könnte was werden, sind Geschichte. Mein Herz rast wie verrückt. Mir wird schwindlig, weil ich nicht aufhören kann, schnell und stoßweise zu atmen. Meine Hände, mit denen ich meine Tasche umklammere, werden feucht. Ich habe Angst, mitten im Bus in Tränen auszubrechen.

Plötzlich stupst mich eine ältere Frau an, die schräg hinter mir sitzt, und reicht mir ein eingeschweißtes Erfrischungstuch. »Ich bekomme auch immer so Kreislaufprobleme an heißen Tagen«, sagt sie verständnisvoll und widmet sich dann wieder ihrem Sudoku-Buch.

Ich bedanke mich gerührt, reiße die Packung auf und wische mir Stirn und Hände ab. Die Kühle und das Zitronenaroma bringen mich wieder in die Wirklichkeit zurück: Ich sitze in einem rumpelnden Bus, der gerade die Maxvorstadt durchquert, und es ist überhaupt nichts verloren. Mein Leben ist in Ordnung. Ich habe einen Job und ein Zuhause. Alle, die ich liebe, sind gesund. Mehr kann man doch nicht verlangen.

Ich schaue aus dem Busfenster und beruhige mich langsam. Bald kommt noch eine weitere Erkenntnis hinterher: Erst jetzt fällt mir auf, dass alles, was ich Chris vorhin in der Wut um die Ohren gehauen habe, wahr ist. Ich hätte ihn noch so oft küssen, an die Wand werfen oder weiterhin durch die rosafarbene Brille betrachten können: Chris ist ein Frosch. Er hat immer nur von sich geredet und sich nie nach meinem Job und meinem Leben erkundigt. Alles, was ich erzählt habe, habe ich von mir aus erzählt. Um unseren Mailverkehr am Leben zu halten, musste immer ich nachfragen. Mit allem, was er erzählt hat, könnte ich inzwischen problemlos seine Biografie schreiben. Dumm nur, dass er so wesentliche Dinge wie seinen wahren Broterwerb weggelassen hat. Außerdem gehören Lästereien über die Exfreundin nicht in eine Biografie.

Beim Gedanken an Hanna fällt mir ein, dass sie darauf brennt zu erfahren, wie der Abend verlaufen ist. Ich schicke ihr eine SMS, die kurz zusammenfasst, dass Chris und ich ganz sicher kein Paar werden und ich ihr alles andere nächste Woche in Ruhe erzähle. Der Tag war aufregend genug. Heute Abend möchte ich nur noch nach Hause und einen großen Stein vor die Tür rollen.

Leider habe ich vergessen, dass ich da nicht alleine wohne.

Kapitel 16

Schon beim Aufschließen der Tür höre ich fröhliches Stimmengewirr und Gitarrenmusik. Der Duft nach Käse steigt mir in die Nase. Auf so viel Gesellschaft war ich jetzt eigentlich nicht gefasst. Ich atme tief durch und betrete die Wohnung. Im Flur stehen vier Paar Wanderschuhe. Na gut, das ist eine erträgliche Größenordnung.

Der Erste, der mir über den Weg läuft, ist Matthias' Bruder Florian. Er streckt mir die Hand hin.

»Hallo! Wie geht's dem Knöchel?«, fragt er herzlich.

»Super. Danke.« Ich lächele ihn an und frage mich, ob er mir wohl gerade auch ein Sedativum geben würde. Die Panikattacke ist zwar vorbei, aber ich bin immer noch so angespannt, dass meine Nerven leicht vibrieren.

»Das ist Sophie, meine Frau«, stellt er die hübsche Rothaarige vor, die gerade neben ihm aufgetaucht ist.

»Du musst Viola sein«, sagt sie erfreut. »Toll, dass du da bist. Die Herren haben nämlich Käsespätzle für eine Hundertschaft gemacht. Ich hab ihnen schon gesagt, dass es viel zu viel ist. Hoffentlich hast du großen Hunger?«

In der Tat meldet sich gerade mein Magen. Vor lauter Aufregung habe ich den ganzen Tag fast nichts gegessen.

»Schrecklich großen Hunger«, seufze ich.

»Perfekt! Es ist gleich fertig. Ich stell dir einen Teller dazu«, sagt Sophie und zieht Florian mit sich.

Ich hänge meine Tasche an einen der Haken im Flur und sehe, dass Matthias auf mich zukommt. Er sieht besorgt aus.

»Du bist ja ganz blass«, sagt er so leise, dass die anderen ihn nicht hören können.

Ich umarme ihn und ruhe meinen Kopf eine Sekunde an seiner Schulter aus. »Seine Augen sind gar nicht wie Schokoguss«, flüstere ich. »Eher … wie Autolack.«

»Oh je.« Matthias hält mich fest und streichelt meinen Rücken. »Du bekommst jetzt erst mal was zu essen. Dann werfe ich die Mischpoke raus, und du erzählst mir alles. Einverstanden?«

»Klingt großartig.«

»Hey, ihr Turteltäubchen!«, tönt es vom Herd herüber. »Die Käsespätzle sind fertig. Wollt ihr viel oder sehr viel auf euren Tellern?«

Der Vierte im Bunde stellt sich als alter Freund von Matthias vor, heißt Benedikt und reicht mir als Erstes ein großes Glas Rotwein. Hm, warum eigentlich nicht? Das ist ja auch ein gutes Sedativum.

Ich trinke ein paar Schlucke und merke sofort, dass

das auf nüchternen Magen keine allzu gute Idee war. Also stürze ich mich auf die Käsespätzle, die fantastisch schmecken. Dann wieder Rotwein. Dann wieder Käsespätzle. Dann wieder Rotwein. Nach einer Dreiviertelstunde kann ich nicht mehr unterscheiden, ob ich mich überfressen habe oder betrunken bin. Womöglich beides.

Allerdings bin ich mit beidem nicht allein. Zu fünft haben wir zwei Auflaufformen voller Käsespätzle und eine große Schüssel Salat verputzt. Und kaum sind die Teller leer, beginnen die vier, lautstark und mit zahlreichen Einwürfen Anekdoten übereinander zu erzählen. Es ist offensichtlich, dass sie sich alle schon sehr lange kennen. Florian hat mit Sophie seine Jugendliebe geheiratet; und auch Benedikt war auf der gleichen Schule.

»Einmal waren wir auf einer Party im Café der neuen Pinakothek«, erzählt er. »Sophie war im zweiten Semester und hatte gerade Gin Tonic für sich entdeckt.«

»Ein Irrweg«, ruft Sophie dazwischen. »Seit diesem Abend habe ich das Zeug nie mehr angerührt!«

»Damals hat sie es eigentlich auch nicht angerührt«, bemerkt Matthias. »Sie hat es eher inhaliert.«

»Pah.« Lachend steht Sophie auf, um zum Kühlschrank zu gehen.

»Jedenfalls war auch Florian nicht mehr so ganz Herr der Lage«, fährt Benedikt fort. »Aber er hat es immerhin noch geschafft, am Ende des Abends ein Taxi zu ergattern und sie hineinzutragen.«

Florian verneigt sich gespielt. »Es war mir ein Vergnügen.«

»Nur leider hat er übersehen, dass ich nur noch einen Schuh anhatte«, sagt Sophie und stellt zwei Packungen Tiramisu auf den Tisch, bei deren Anblick ich leise aufstöhne. Ich werde nicht widerstehen können. Ich weiß es.

»Um 13 Uhr am nächsten Tag ist Sophie aufgewacht«, erzählt Florian. »Eine halbe Stunde später hat sie den Verlust bemerkt, und um 14 Uhr hatte sie mich so weit, mit ihr wieder zur Pinakothek zu fahren und den Schuh zu suchen.«

»Und nun beginnt der Teil, den verpasst zu haben ich mir niemals verzeihen werde«, sagt Matthias grinsend.

»Das Café hatte bereits aufgeräumt und wieder geöffnet«, sagt Sophie. »An den Tischen im Freien saßen lauter alte Damen mit Schoßhündchen und bunten Hüten.«

»Aber da hatte Sophie schon ihren Schuh erspäht!«, ruft Florian.

»Er schwamm im Brunnen«, sagt Sophie ernst, als wäre das ein ganz normaler Ort für einen verlorenen Schuh, und fügt erklärend hinzu: »Er hatte einen Keilabsatz aus Kork.«

»Nun sieht meine Frau immer bezaubernd aus«, wirft Florian ein. »Aber an diesem Tag war sie ein wenig derangiert. Sie trug meine Jogginghose und hatte in der Eile vergessen, sich die Haare zu kämmen.«

»Er meint, ich sah aus wie ein Landstreicher«, sagt Sophie, reißt die Tiramisu-Packungen auf und verteilt Löffel.

»Ehe ich sie noch davon abhalten konnte, hatte sie die Hose hochgekrempelt und war in den Brunnen gestiegen«, erinnert sich Florian. »Leider war der Brunnen ein bisschen tiefer, als er von außen aussah. Deshalb war sie doch fast bis zum Po nass, als sie den Schuh endlich hatte.«

»Und es war wirklich schön, meinen Schuh wiederzuhaben!«, sagt Sophie feierlich und taucht ihren Löffel in die Mascarponecreme. »Aber noch schöner waren die Blicke der alten Damen. Am liebsten hätten sie sofort die Polizei gerufen, um sich von meinem Anblick und ungebührlichen Benehmen zu befreien. Näher als da war ich nie an einer Verhaftung.«

»Was man von unserem Juristen hier nicht behaupten kann!« Benedikt schlägt Matthias auf die Schulter, der nur indigniert eine Augenbraue hebt. »Kennst du die Geschichte eigentlich, Viola?«

»Matthias wurde festgenommen?« Genüsslich lasse ich einen Löffel Tiramisu auf meiner Zunge zergehen. »Nein. Erzähl!«

»Es war in der Oberstufe, kurz vorm Abitur«, beginnt Matthias. »Unser Schuldirektor hatte uns den Abistreich verboten, weil im Jahr zuvor ein Fenster zu Bruch gegangen war. Damit waren wir natürlich überhaupt nicht einverstanden.«

»Und weil die größten Spinner bekanntlich im Leistungskurs Musik sitzen, kam daher auch eine hervorragende Idee zur Lösung dieser Meinungsverschiedenheit«, sagt Sophie.

»Matthias an der Geige, ein Mitschüler an der Trommel, einer mit einer Tuba und meine Wenigkeit an der Klarinette«, sagt Benedikt huldvoll. »Der Plan war, dem Direktor einen ganzen Tag lang zu folgen und Melodien in Moll zu spielen, um sein Herz zu erweichen und seine Meinung zu ändern.«

»Klingt nach einem genialen Plan«, finde ich. »Heute würde man es vielleicht als Nötigung oder Ruhestörung bezeichnen.«

»Genau so empfand der gute Mann das damals auch. Nach zwei Stunden, in denen wir stets vor der Tür standen, hinter der er sich gerade aufhielt, und gerade ein erstes Mal am Ende unseres Repertoires waren, rief er heimlich die Polizei. Dann lief er mit uns im Schlepptau in die Lobby und wartete dort«, erzählt Matthias.

»Als die Polizisten reinkamen, ließen wir drei anderen die Instrumente sinken und hauten durch den Schulgarten ab. Aber Matthias stand ganz vorne, sah das Verderben auf sich zukommen und spielte gerade eine zu Herzen gehende Interpretation von ›Still Got the Blues‹.«

»Der Zauber des Augenblicks hatte mich gefangen genommen«, sagt Matthias mit ironischem Unterton. »Und kurz darauf haben das auch die Polizisten getan.«

»Gab es ein Nachspiel?«

»Nicht wirklich. Sogar das Abitur durfte ich mitschreiben.«

»Ein kleines Nachspiel gab es schon«, mischt Benedikt sich ein. »Er wurde gewählt, die Abirede zu halten.«

»Yeah.« Matthias grinst verwegen. »Gentleman-Verbrecher sind beim Volk eben beliebt.«

»Und bei den Frauen!«, wirft Sophie ein.

»Wirklich? Dann hänge ich den Anwaltsjob doch wieder an den Nagel.«

»Da mach ich mit«, sage ich. »Yogalehrerinnen kommen beim anderen Geschlecht doch sehr viel besser an.«

Der Abend ist so lustig und nett, dass ich immer wieder vergesse, warum ich mich eigentlich die ganze Zeit traurig fühle und nicht so viel lache wie die anderen. Wenn mir wieder einfällt, womit ich den frühen Abend verbracht habe, spüre ich eine eigenartige Mischung aus Kummer und Wut. Vor allem aber das Gefühl einer großen Leere. Und jedes Mal, wenn dieses Gefühl wiederkommt, fülle ich die Leere mit ein bisschen Rotwein auf.

Als Matthias seine Freunde schließlich formvollendet hinauskomplimentiert hat, bin ich bereits einigermaßen knülle. Ihm geht es allerdings kaum anders. Das lässt sich unschwer daran erkennen, wie er den Flur entlangschlingert und sich auf das zweite Sofa fallen lässt. Das andere Sofa blockiere ich: Sobald die Tür hinter unseren Gästen ins Schloss gefallen ist, habe ich mühevoll meine Beine hochgezogen und weniger mühevoll meinen Oberkörper zur Seite gekippt. Jetzt liege ich da wie ein gestrandeter Wal und versuche, nahrhaftes Plankton aus meinem Rotwein zu filtern.

»Du siehst schon viel besser aus«, sagt Matthias.

»Du betrachtest mich gerade durch den Boden eines Weinglases«, antworte ich und höre selbst, dass ich leicht lalle.

»Nein, nein, nein.« Matthias deutet träge mit dem Zeigefinger auf mich. »Du hast wieder eine richtige Gesichtsfarbe.«

»Hatte ich die vorher nicht?«

»Kommt drauf an, ob du Eierschale gelten lässt.«

Ich glotze ein bisschen in die Luft und verzichte auf eine Antwort.

»Willst du mir erzählen, was passiert ist?«

»Chris issn Idiot.«

»Okay«, sagt Matthias sanft. »Und warum?«

»Er hat mich als Lügnerin hingestellt und dabei unterschlagen, dass er selbst die Wahrheit zurechtgebogen hat.« Ich rolle mich auf den Bauch, aber mein Magen verkraftet das nach all den Käsespätzle gar nicht gut. Also begebe ich mich wieder in meine Hilfloser-Käfer-Stellung. »Außerdem hat er über meine beste Freundin hergezogen.«

»Das klingt, als wirst du ihn nicht besonders vermischen.«

»Vermischen?«

»Vermissen.« Matthias räuspert sich, als könne das gegen das Lallen helfen.

»Ach so. Nein, werde ich nicht.« Ich gieße Wein nach, ohne den Kopf zu heben. »Und gekocht hatte er auch noch nicht.«

»Eine Zumutung«, sagt Matthias mit todernster Miene.

»Ja, mach dich nur lustig. Essen is wichtig!«

»Es würde mir niemals einfallen, das in Abrede zu stellen.«

Wir schweigen einmütig.

»Matthias?« Mein Gewissen meldet sich.

»Hmm?«

»Ich quassel dich immer mit meinen Problemen voll, und du heulst dich nie bei mir aus.«

»Hmm.«

»Sag nich immer ›hmm‹, so wird das nie was!« Ich setze mich ein bisschen auf, aber mir wird dabei leicht schwindelig. Also lasse ich mich wieder in die Kissen sinken.

»Okay, kein hmm.«

»Pass auf, ich stell dir einfach Fragen.« Ich werfe ihm einen bemüht durchdringenden Blick zu. »Fühlst du dich manchmal einsam?«

»Klar«, sagt Matthias und wirkt plötzlich ziemlich nüchtern.

»Wie, klar?« Ich bin fast ein bisschen beleidigt. »Ich bin doch da! Ich meine, ich wohn hier bei dir!«

Was ich nicht sage, ist: Mir persönlich ist unsere

Wohngemeinschaft sogar ein prima Beziehungsersatz. Wenn ich nicht diesem Wahn mit Chris erlegen wäre, hätte ich auch etwas weniger Zeit auf meine Mails verschwendet und stattdessen die schönen lauen Sommerabende mit Matthias mehr genossen.

»Das is auch sehr schön«, sagt Matthias lang gezogen und doch endlich wieder mit einem Zungenschlag, der meinem ähnelt. »Aber ohne dich beleidigen zu wollen: Das is nich genug.«

»Du hättest gern 'ne Freundin«, schlussfolgere ich messerscharf. Und merke mir vor allem: Ich bin ihm nicht genug. Schade eigentlich.

»Ja.«

»Wir können dir eine suchen!«, sage ich so engagiert, wie man bräsig auf dem Rücken liegend klingen kann. »Ehrlich, *Blaship* war eigentlich gar nicht so schlecht. Wir machen dir ein Profil, und dann kannst du die Frauen alle hier anschleppen und dich danach bei mir über sie beklagen.«

»Warum?«

»Das bin ich dir schuldig«, erkläre ich. »Wir sind doch Freunde, da muss ich auch für dich da sein. Nicht immer nur umgekehrt!«

»Hmm«, sagt Matthias wieder.

»Nich hmmen, Matthias. Ich steh jetzt auf und hol meinen Laptop, damit wir dich bei *Blaship* anmelden können«, beschließe ich und bleibe wie ein nasser Sack liegen.

»Mach dir keine Mühe.«

»Wieso nich?«

»Es wär zwecklos.«

»Bist du auf der Suche nach einer brünetten Blondine mit vier Armen und drei Beinen, die einen Weltkonzern führt und ganz viel Zeit für dich hat?«, witzele ich.

»Nein. Aber ich würde tatsächlich eine bestimmte Frau suchen, und das wär allen anderen gegenüber unfair.« Matthias schaut etwas waidwund in die Ferne.

»Eine bestimmte Frau?« Ich verstehe überhaupt nicht, worauf er hinauswill. Aber dann streift mich ein Geistesblitz. »Du biss schon verliebt!«, rufe ich erstaunt aus. Die Klarheit meiner Gedanken hat mich noch mehr Klarheit in der Aussprache gekostet.

»Bin ich.« Matthias sieht mich nachdenklich an und nimmt einen tiefen Schluck aus seinem Weinglas. »Was is daran so verwunderlich?«

»Du has nie was gesagt!«

»Hmm.«

Ich ignoriere sein Gebrummel. »Und du hast sie auch nie hierher mitgebracht. Es sei denn ...« Erschrocken halte ich die Hand vor den Mund. »Is es Susanne?«

»Meine Exfreundin?« Matthias blickt irritiert drein. »Natürlich nich!«

»Gott sei Dank.« Ich lasse meinen im Entsetzen angehobenen Kopf wieder nach hinten fallen. »Kenn ich sie?«

»Ich glaub nicht«, sagt Matthias. »Jedenfalls nicht so, wie ich sie kenne.«

»Du wirst ja geradezu philosophisch«, spotte ich.

»Manchmal is das angemessen.«

Im Stillen wundere ich mich über seine kryptische Aussage. Verheimlicht er etwas vor mir? Meint er am Ende … etwa mich?

»Wie is sie denn so?«, frage ich vorsichtig.

»Sie ist hinreißend«, antwortet Matthias ernst. »Stark und klug und witzig und süß.«

Okay, vergessen wir das. Ich bin es also nicht. Verdammt!

»Och nee, Miss Perfect«, kommentiere ich. »Ist sie wenigstens hässlich?«

Matthias lacht. »Nein. Sie ist kein bisschen hässlich.«

»Auch das noch«, seufze ich.

»Du sagst es.«

»Und warum bist du mit dieser Superfrau nich zusammen?«, bohre ich weiter.

Und warum kannst du nicht, vielleicht wenigstens ein kleines bisschen, in mich verliebt sein, hm? Ich meine, ich bin jeden Tag in deiner Wohnung, wir haben unglaublich viel Spaß zusammen, und du verliebst dich in so eine Art Angelina Jolie mit stabiler Psyche und Woody-Allen-Humor? Das ist einfach ungerecht!

»Es gab nie einen guten Zeitpunkt dafür.«

Siehste, denke ich, bei uns hätte es sogar Zeitpunkte gegeben. Das vergangene Wochenende, das wir größtenteils am See verbracht haben. Oder zum Beispiel jetzt gerade. Ich bin sogar betrunken, mir könnte man jetzt alles gestehen – morgen früh hätte ich es eh vergessen.

»Wie lange bist du denn schon in sie verliebt?« Irgendwie muss ich das Gespräch ja aufrechterhalten.

Matthias überlegt kurz und antwortet dann: »Etwa seit fünf Monaten.«

Innerlich zucke ich zusammen. Er war also schon in diese Frau verliebt, als ich noch für ihn geschwärmt habe? Wie schrecklich peinlich. Ein Glück, dass er es nie erfahren hat. Im Nachhinein erscheint mir mein Verhalten richtig kindisch. Ich kannte ihn damals ja noch gar nicht richtig.

»Hat sie etwa einen Freund?«

»Nein, nein. Das nicht.«

»Was meinst du dann mit Zeitpunkt?«, frage ich reichlich verständnislos. »Guck mal, Matthias, es gibt doch in der Liebe immer nur schlechte Zeitpunkte. Immer ist einer frisch getrennt oder hatte gerade einen Todesfall in der Familie oder so. Warten hat da gar keinen Sinn!« Ich finde das sehr tiefsinnig, hege aber den leisen Verdacht, dass mir das im nüchternen Zustand anders gehen würde.

»Dazu müsste sie erst mal Bescheid wissen.« Matthias wirkt plötzlich traurig.

»Sie weiß gar nich, dass du in sie verliebt biss?«

»Nein.«

Ich hasse die Frau zwar, ohne jemals ihre Bekanntschaft gemacht zu haben, aber Matthias' Glück liegt mir inzwischen doch sehr am Herzen. Ohne hinzusehen, taste ich auf dem Couchtisch nach meinem Handy und reiche es Matthias.

»Da! Ruf sie an und sag es ihr.«

»Das wär Quatsch.«

»Wieso denn, um Himmels willen?«

»Sie würde es nicht verstehen«, sagt Matthias langsam.

»Ist sie Ausländerin?«, starte ich einen letzten Versuch.

»Man kann sich auch ohne Sprachbarriere nicht verstehen.« Sprachbarriere, sagt Matthias. Einfach so. In seinem Zustand. Klar und deutlich, ohne zu nuscheln. Toll.

Jetzt ist es an mir, »hmm« zu sagen. Wir schweigen noch eine Weile vor uns hin, dann trinke ich meinen Wein aus und wälze mich mit allerletzter Kraft vom Sofa. Aus dem Vierfüßlerstand rappele ich mich auf. Hey, mir ist Vierfüßlerstand eingefallen. Dabei ist das auch ein ganz schön kompliziertes Wort. Nur aussprechen könnte ich es gerade nicht.

»Du solltest auch schlafn gehn«, lalle ich und halte mich an einem der vertikalen Holzbalken fest.

»Ich geh gleich«, sagt Matthias. Dann fallen ihm die Augen zu.

»Nee, du schläfst gerade ein!«, sage ich anklagend.

»Tu ich gar nich. Ehrlich.«

»Komm schon.« Ich greife nach seiner Hand und ziehe ihn vom Sofa. Leise ächzend rappelt er sich ebenfalls auf. Dann wankt jeder von uns zu seinem Zimmer.

»Matthias?«

»Ja?« Er dreht sich zu mir um.

»Gute Nacht.« Ich schließe meine Tür hinter mir und falle auf das monströse Bett, ohne mein Kleid auszuziehen. Der Radiowecker auf dem Nachttisch zeigt eine Null, eine Eins, eine Null und eine Acht. Ehe mein Gehirn eine Uhrzeit daraus machen kann, bin ich schon eingeschlafen.

Kapitel 17

Am nächsten Morgen bin ich viel zu früh wach, weil die blöden Vögel ihre Klappe einfach nicht halten können. Das Licht, das durch mein Fenster hereinkommt, wirkt, als sei die Sonne noch nicht so lange aufgegangen. In meinem Kopf spielen unterdessen die Rolling Stones ihr aber nun wirklich endgültig letztes Konzert.

Gerädert greife ich nach meinem Handy. Das habe ich in den letzten Wochen jeden Morgen als Erstes gemacht, weil ich ja ständig auf eine Nachricht von Chris hoffte. Als mir einfällt, dass sich das erledigt hat, bin ich schon über die SMS gestolpert, die mein Startbildschirm anzeigt. Hoffentlich ist die nicht von Chris. Ich tippe darauf.

Sie ist von Matthias, gesendet gestern Nacht um ein Uhr und zehn Minuten.

Du hast recht. Die Frau, die ich liebe, sollte es erfahren. Viola, ich war vom ersten Moment an in dich verliebt, und das Gefühl wird immer stärker. Schlaf gut.

Wie ein angefahrenes Reh starre ich auf die Nachricht. Ich kann nicht glauben, was ich da lese. Ich bin doch nicht mehr so betrunken, dass ich mir das einbilde, oder? Nein, kann gar nicht sein. Verkatert bin ich, und zwar ordentlich. In einem zerknitterten Kleid und mit verschmierten Panda-Augen werde ich bald dem Mann gegenübertreten, den ich seit Monaten anhimmele und der mir gestern Nacht eine Liebeserklärung gemacht hat. Nein, nein, nein! Das darf so nicht passieren.

Außerdem, was soll ich ihm sagen? »Sorry, sonst findet mich niemand stark und klug und witzig und süß, wie sollte ich denn darauf kommen, dass du mich damit meinst?«

Schlechte Idee, meldet sich mein Kopf. *Am Ende merkt er sonst selbst, dass diese Beschreibung maximal geschönt ist.*

Ist sie gar nicht!, protestiert mein Bauch.

Wenn er mich liebt, bin ich all das, meldet sich mein Herz mit sanfter Stimme.

Die Liebe lässt uns zu besseren Menschen werden, oder was?, spottet mein Kopf.

Du kannst aber auch alles so formulieren, dass es wie der letzte Dreck klingt, tobt mein Bauch wütend.

Ich muss hier erst mal raus, um einen klaren Gedanken fassen zu können. Duschen wäre auch eine gute Idee, aber nicht in Matthias' Badezimmer. Sonst steht er am Ende im Wohnzimmer, wenn ich in meinem alten Morgenmantel das Bad verlasse und aussehe wie ein frisch gekochter Hummer.

Jemand zum Reden könnte gerade auch nicht schaden. Bei Hanna brauche ich es nicht zu versuchen, die liegt um diese Zeit noch mit Jean im Bett, und ich gönne es ihr von Herzen. Fieberhaft überlege ich, ob ich nicht doch jemanden mit einer funktionierenden Beziehung kenne, der an einem Sonntagmorgen um acht Uhr schon ansprechbar ist.

Dann ziehe ich ganz leise, damit mein Mitbewohner nebenan nicht aufwacht, ein T-Shirt und eine kurze Hose an. Anschließend schleiche ich aus der Wohnung.

Eine Dreiviertelstunde später klingele ich bei meinen Eltern an der Haustür. Lange muss ich nicht warten. Ich höre lautes Geschrei, und noch ehe ich daraus meine Rückschlüsse ziehen und schnellstens abhauen kann, öffnet meine Schwester die Tür. Sie trägt Chinos, weiße Ballerinas und eine gebügelte Bluse. Ihre blonden Haare sind zu einem adretten Pagenkopf geschnitten. Eine von uns beiden muss bei der Geburt vertauscht worden sein. An der Hand hält sie meinen Neffen, im Blick trägt sie Befremden.

»Katrin!«, sage ich lahm. »Ihr seid zu Besuch?«

Im selben Moment hebt hinter ihr wieder ohrenbetäubendes Kindergeschrei an. Meine Nichte holt alles raus, was ihre Lunge hergibt. Der kleine Lukas macht sich los und flitzt in Richtung der Lautstärkequelle. Ich höre einen lauten Schlag, dann wird das Gebrüll zweistimmig.

Katrin scheint es gar nicht wahrzunehmen. Sie starrt

mich an und fragt unvermittelt: »Wie siehst du denn aus?«

Gute Frage. Wie seh ich eigentlich aus? In meinem Zimmer habe ich keinen Spiegel, und einen Abstecher ins Bad habe ich heute Morgen vermieden. Schließlich wollte ich so schnell wie möglich aus dem Haus. In der S-Bahn hat mich niemand schief angeschaut, aber da fährt an einem Sonntagmorgen um diese Uhrzeit auch eher das Partyvolk nach Hause. Ich dränge mich an Katrin vorbei ins Haus und schaue in den Garderobenspiegel.

Abschminken wäre eine Idee gewesen, konstatiere ich als Erstes. Wie Ozzy Osbourne sehe ich aus. Sogar die Frisur ähnelt seiner. Und dass rote Shorts und ein lila T-Shirt nicht so ganz perfekt zusammenpassen, habe ich heute Morgen in der Eile auch übersehen. Kein Wunder, dass die Kinder schreien – wahrscheinlich haben sie mich durch das Fenster gesehen.

»Vielleicht möchtest du …«, sagt Katrin und tritt einen Schritt beiseite, damit ich ins Gästeklo kann.

Dankbar stürze ich hinein und wasche mein Gesicht mit viel kaltem Wasser. Mit den Fingern kämme ich meine Haare und streiche sie hinter die Ohren. Besser sehe ich nicht aus, aber immerhin weniger schlampig.

»Bist du krank?«, fragt Katrin, die immer noch im Hauseingang steht, als ich herauskomme.

»Nein, ich hab nur gesoffen«, entgegne ich wahrheitsgemäß. Das Bedürfnis, meine zehn Jahre ältere

Schwester zu provozieren, werde ich nie ganz ablegen können. Sie ist aber auch einfach nur zu langweilig und perfekt. Außerdem hat sie mich immer bei unseren Eltern verpfiffen, wenn ich schlechte Noten vor ihnen verstecken wollte. Dazu hatte sie lange Gelegenheit, weil sie erst nach dem Studium ausgezogen ist. Unnötig zu erwähnen, dass ihr Studentenleben aus Lernen und der Suche nach einem geeigneten Ehemann an der Universität bestand. In beidem reüssierte sie. Natürlich.

»Wo sind die Eltern?«, frage ich.

»Papa ist im Garten, Mama noch oben.« Mit diesen Worten und einem letzten irritierten Blick in meine Richtung macht Katrin sich auf ins Wohnzimmer. Hoffentlich, um doch noch ihre schreiende Brut ruhigzustellen.

Ich durchquere den Flur und trete in den angenehm stillen Garten hinaus. Ein paar Bienen schwirren um die blühenden Sträucher. Das Haus wirft noch einen langen Schatten über die Terrasse hinweg.

Meinen Vater finde ich im hintersten Eck, neben dem Kompost. Er macht sich an einer langen Röhre zu schaffen, vor deren Eingang ein Gitter hängt.

»Ah, hallo, Viola«, begrüßt er mich etwas geistesabwesend.

»Guten Morgen, Papa. Was tust du da?«

Wortlos lässt er das Gitter aufschnappen, zieht einen Arbeitshandschuh über und greift in die Röhre. Im nächsten Moment präsentiert er mir ein kleines, verschüchtertes Etwas, das nur Stacheln von sich zeigt.

»Der Igel ist so dämlich«, sagt mein Vater kopfschüttelnd. »Wir hatten Marderspuren am Auto, also habe ich dem Marder eine Falle gestellt. Aber jeden Morgen hole ich nur den Igel heraus.«

»Wahrscheinlich denkt sich der Igel: ›Der Mann ist so dämlich. Jede Nacht hole ich mir den leckeren Käse, und jeden Abend legt er einen neuen rein‹«, ziehe ich meinen Vater auf.

»Der lernt es schon noch.« Mein Vater schließt das Gitter wieder und sieht mich an. »Gibt's Probleme?«

»Woran siehst du das?« Ich bin ein bisschen gerührt.

»Zum Spaß kommst du nie vorbei, wenn deine Schwester hier ist.«

»Uff.« Der hat gesessen. »Ich wusste gar nichts von ihrem Besuch«, gebe ich zu.

»Wir bis vorgestern auch nicht. Thomas ist auf Geschäftsreise, und ihr ist wohl die Decke auf den Kopf gefallen daheim.«

»Komisch. Ich dachte, Katrin würde in solchen Fällen den Dachboden schrubben oder mal eben die Küche neu tapezieren.«

»Das hat sie wahrscheinlich erst letzte Woche gemacht«, sagt mein Vater grinsend. Die streberhafte Tatkraft meiner Schwester ist legendär.

»Ich muss mit euch reden. Also, mit Mama und dir«, sage ich.

»Gute Gelegenheit.« Mein Vater weist auf die Terrassentür, aus der gerade meine Mutter und Katrin mit Geschirr und einem Frühstückstablett kommen.

»Aber die Kinder sollten besser nichts mitkriegen«, murmele ich. Dass ich Katrin noch loswerde für das Gespräch, ist soeben höchst unwahrscheinlich geworden.

»Kann mir kaum vorstellen, dass die Hunger haben«, sagt mein Vater. »Als wir heute aufgewacht sind, saßen die beiden vor dem Kinderkanal und hatten meine geheime Süßigkeitenschublade einfach aus dem Schrank gezogen und zwischen sich gestellt. Es war ein Bild der Verwüstung.«

»Oh, du Armer!«, sage ich ernsthaft betroffen. Mein Vater hängt an seiner ecuadorianischen Fair-Trade-Schokolade mit Meersalz.

»Eigentlich hatten wir noch Glück. Schließlich haben sie sich nicht im Wohnzimmer übergeben. Es kann aber jede Minute so weit sein, sie sind das nämlich nicht gewohnt. Bei Katrin dürfen sie keine Süßigkeiten essen.«

»Das wusste ich nicht.« Im gleichen Atemzug nehme ich mir vor, zu den beiden in Zukunft noch ein bisschen netter zu sein. Sind ja echt zu bemitleiden.

Wir gehen hinüber zu dem lindgrün lackierten Tisch in der Sonne, den meine Mutter gerade mit bunt geblümtem Geschirr und türkisfarbenen Servietten deckt. Katrin lässt unterdessen mit einigem Sicherheitsabstand zum Tisch das Planschbecken für die Kinder volllaufen. Ich begrüße meine Mutter, die kein bisschen überrascht wirkt, mich hier zu sehen. Stattdessen schickt sie mich gleich wieder los, die Kissen aus der Gartenbox holen.

»Und, worüber wolltest du mit uns reden?«, fragt mein Vater gemütlich, nachdem er Johannisbeermarmelade auf sein Brötchen gestrichen hat. Die Kinder versuchen unterdessen, einander im Planschbecken zu ertränken, aber niemand beachtet sie.

»Über Männer«, platze ich heraus.

Katrin zieht die rechte Augenbraue bis unter den Haaransatz und greift nach dem Frischkäse. Meine Mutter lacht.

»Oh, gleich über mehrere!«, ruft sie. »Wie aufregend.«

»Leg los«, fordert mich mein Vater auf und beißt in sein Brötchen. »Muss ich jemanden für dich verprügeln?«

»Nein, bloß nicht!« Ich muss lachen. »Gestern Abend habe ich eine Liebeserklärung bekommen von einem Mann, den ich schon seit einem halben Jahr anhimmele.«

»Und wo ist das Problem?«, fragt meine Mutter verständnislos.

»Ich gebe zu, das klingt gut. Aber ich war dazwischen in einen anderen Typen verknallt, und er hat das alles mitbekommen, und jetzt befürchte ich, er fühlt sich als Lückenbüßer. Außerdem …« Ich ringe nach Worten. »Woher weiß ich, dass er das nicht für mich ist? Dass ich ihn jetzt nicht unabsichtlich als Ersatz für den Typen benutze, mit dem es nicht geklappt hat?«

»Aber du warst doch schon vorher in ihn verliebt«, sagt mein Vater, als würde das alles beantworten.

»Ja.«

»Das mit diesem anderen, war das ernst, oder hattest du dir das nur so in den Kopf gesetzt?« Meine Mutter kennt meine Neigung zur sturen Verfolgung schwachsinniger Ideen.

»Es war ein ziemlich romantischer Wahn«, muss ich gestehen. »Aber eigentlich kannte ich ihn kaum. Er hat mich immerhin von meinen Gefühlen für Matthias abgelenkt.«

»Wer ist dieser Matthias eigentlich?«, schaltet sich meine Schwester ein.

»Bis vor Kurzem war er mein Kollege.«

»Er ist Anwalt? Schnapp ihn dir!«

Meine Augen fallen fast aus den Höhlen, weil ich so verzweifelt mit ihnen rolle. Mein Vater kichert. »Katrin, ich bin selbst Anwältin!«, motze ich meine Schwester an.

»Ja und? Du willst ja wohl nicht ewig Vollzeit arbeiten«, sagt sie beleidigt.

»Doch, eigentlich will ich das durchaus.«

»Können wir noch mal auf diesen Matthias zurückkommen?«, greift meine Mutter routiniert ein. »Ich finde das spannend. Du hast dich also in diesen anderen verguckt, den du kaum kanntest, aber ihn fandest du weiterhin gut?«

Ich denke an die Abende, an denen ich nach Hause in die WG kam und hoffte, Matthias möge da sein. An seine Contenance im Gespräch mit seiner mitteilsamen Ex, an seinen herzlichen Umgang mit seinen Freunden, an seine Geigensonaten, an die frische Tasse Kaffee, die jeden Morgen für mich auf dem Tresen stand, wenn ich aus dem Bad kam. An sein Lachen und seinen warmen Blick, der in mir immer den Eindruck erweckt, er könne alles sehen, was ich gerade im Kopf und auf dem Herzen habe.

»Ja«, sage ich schließlich. »Ich finde ihn mehr als gut.«

»Bist du noch in ihn verliebt?«

»Ich hab mir so viel Mühe gegeben, es mir abzugewöhnen«, sage ich trübsinnig.

»Und, hat es geklappt?«

»Nein.« Jetzt würde ich gern anfangen, ein bisschen zu heulen. Ich habe mir nämlich wirklich verdammt viel Mühe gegeben und mir sogar den blöden Chris eingeredet. Trotzdem hüpft mein Herz, wenn ich an die SMS von heute Nacht denke.

»Viola, ich frage das einfach noch mal«, sagt meine Mutter sanft. »Wo ist das Problem?«

»Es ist so … unromantisch!«, jammere ich. »Ich kann ihm doch nicht erst von der Katastrophe mit einem anderen Mann berichten und mich dann in seine Arme werfen!«

»Ach, Romantik!« Meine Mutter macht eine wegwerfende Handbewegung. »Ich war auch mal so ein romantisches Mädchen. Eins kann ich dir sagen: Romantik ist wie ein Jungfernhäutchen. Kein Mensch braucht es, es tut nur weh, wenn man es verliert.«

»Mama!«, ruft Katrin entsetzt.

Mein Vater lacht schallend und tätschelt meiner Mutter die Hand. »Aber Liebes, wir haben doch eine sehr romantische Beziehung«, sagt er vergnügt. »Manchmal bringe ich dir sogar Blumen mit.«

»Ich weiß, Schatz. Du klaust sie bei den Nachbarn und überreichst sie mir mit den Worten ›Aber nicht gleich alles aufessen‹«, sagt meine Mutter lächelnd und streichelt ihm zart über die Wange. »Was könnte eine Frau sich mehr wünschen?«

»Aber Mama, du bist doch eine große Romantikerin«, mischt Katrin sich ein.

»Wegen dem geblümten Geschirr? Das hat doch nichts mit Romantik zu tun. Außerdem weiß ich genau, dass ihr es hinter meinem Rücken Kitsch nennt.«

Ups. Wir schauen betreten in unsere Kaffeetassen. Ausgerechnet mein Neffe erlöst uns, weil er plötzlich im Planschbecken aufsteht und sich in hohem Bogen auf seine Schwester übergibt. Auf der Stelle geht das Getöse wieder los.

Katrin springt auf, rennt hinüber und fängt an, die Kinder laut schimpfend aus dem Becken zu ziehen. Dann zerrt sie das Planschbecken mitsamt Inhalt in Richtung Kompost. Mein Vater geht unterdessen gemächlich zum Gartenschlauch, stellt ihn an und spritzt die begeisterten Kinder von oben bis unten ab.

»Das ist nie im Leben biologisch abbaubar«, murmelt meine Mutter gelassen, während Katrin das Planschbecken samt zusätzlichem Inhalt am Rande des Komposthaufens ausgießt.

»Vielleicht mag es der Igel.«

»Um dessen Verköstigung kümmert sich ja dein Vater.« Sie wendet sich mir zu und betrachtet mich. »Müde siehst du aus.«

»Ich bin heute Morgen aus der Wohnung geflüchtet, bevor Matthias aufgewacht ist.«

»Was hast du jetzt vor?«

»Tja.« Ich schaue meinem Vater zu, der mittlerweile seine Enkelkinder mit dem Wasserschlauch quer durch den Garten jagt. »Nach Hause gehen und versuchen, ihn davon zu überzeugen, dass ich nicht nur mit ihm zusammen sein will, weil das mit Chris nicht geklappt hat.«

»Hat er dir das denn unterstellt?«

»Öh, nein. Er weiß noch gar nicht, was ich für ihn empfinde.«

Meine Mutter schließt die Augen und nimmt einen Schluck Tee. Dann sieht sie mich amüsiert an. »Wenn du erst an die Rechtfertigungen denkst und dann erst an die Liebeserklärung, wundert es mich nicht, dass es dir an Romantik fehlt.«

»Du meinst, ich sollte ihm einfach nur meine Gefühle gestehen und mir das Plädoyer für später aufheben?«

»Genau das meine ich, Kind.«

Meine Schwester hat das Planschbecken zum Trocknen in die Sonne gestellt und nimmt wieder bei uns Platz. »Na«, fragt sie munter, »wie ist es ausgegangen?«

»Viola fährt nach Hause und schüttet Matthias ihr Herz aus«, sagt meine Mutter lässig.

»Gut.« Katrin wirft einen Blick auf mein Gesicht. »Wärst du sehr beleidigt, wenn ich dir dafür mein Make-up und meinen Kleiderschrank anbieten würde?«

»Nein, gar nicht!« Eine Welle der Dankbarkeit überflutet mich. Meine Schwester hat soeben mindestens zehnmal Verpetzen bei mir gutgemacht.

»Wieso hast du eigentlich so unglaublich viele Klamotten dabei?«, frage ich, als ich vor dem prall gefüllten Kleiderschrank ihres alten Zimmers stehe.

»Och, ich wollte Thomas ein bisschen Angst einjagen.«

»Ich dachte, er ist auf Geschäftsreise?«

»Nö, das hab ich nur den Eltern erzählt, damit sie sich keine Sorgen machen. Wir haben uns gestritten, ich habe das Auto vollgepackt und bin losgefahren.«

»Und jetzt?« Mein Schwager zerbirst zwar nicht vor Esprit, ist aber ein ganz guter Kerl.

»Jetzt hat er schon fünfmal angerufen, seit wir hier sind, und ist ganz reizend zu mir.« Katrin grinst. »Ich darf aussuchen, wohin der nächste Urlaub geht.«

»Du hast es echt drauf«, lobe ich kichernd.

»Ich weiß. Heute Abend fahren wir wieder nach Hause.« Katrin greift in ihren Schrank und holt ein schräg gestreiftes Sommerkleid in Orange und Weiß heraus. »Probier das mal.«

Zum Glück haben wir eine ähnliche Figur. Das Kleid sitzt perfekt.

»Toll«, freut sich Katrin. »Schenk ich dir, wenn du versprichst, diese Shorts nicht mehr mit diesem T-Shirt zusammen zu tragen.«

»Ehrlich?«

»Ja. Ich hab mich da sowieso ein bisschen verkauft, das Orange passt nicht gut zu meiner Haarfarbe.«

»Danke!« Ich werfe einen zufriedenen Blick in den Spiegel und will den Raum verlassen.

»Halt!«, ruft meine Schwester. »Wo willst du hin? Zieh das wieder aus, du gehst jetzt erst mal unter die Dusche.« Sie packt eine Bürste und ein Make-up-Täschchen aus. »So solltest du nicht mal zum Bäcker gehen, geschweige denn zu deinem Traummann.«

»Er ist nicht mein …«, hebe ich an, gewohnt, meiner Schwester in allem zu widersprechen. Dann überlege ich kurz und klappe den Mund wieder zu. »Stimmt«, sage ich, während sie mir ihr Bio-Shampoo mit Pfefferminzduft in die Hand drückt.

Eine halbe Stunde später verlasse ich das Haus wie ein frischer Sommermorgen. Katrin hat mir den Schlafmangel aus dem Gesicht geschminkt, und unsere Eltern wussten noch ein paar gute Ratschläge. Sie lassen sich treffend zusammenfassen unter: »Stell dich nicht so an, Kind. Sag es ihm endlich!«

In der S-Bahn auf dem Weg nach Hause grübele ich, warum ich von Matthias' Gefühlen nie etwas gemerkt habe. Erst war er abweisend, dann, zu meiner Überraschung, sehr fürsorglich. Und dann wieder abweisend. Und dann wieder fürsorglich. Richtig zugänglich ist er eigentlich erst geworden, seit er in der Kanzlei aufgehört hat. Aber warum? Das macht doch überhaupt keinen Sinn. Schließlich hatte ich da meine Umgarnungsversuche bereits frustriert eingestellt und mich auf die E-Mail-Konversation mit Chris gestürzt.

Hoffentlich ist Matthias keiner von diesen Typen, die sich nur für eine Frau interessieren, wenn diese gerade kein Interesse zeigt. Das könnte ich nicht ertragen. Denn ich bin weit mehr als interessiert. In meinem Bauch dreht sich ein kleiner Strudel, der sich von Haltestelle zu Haltestelle mehr zu einem Taifun steigert. Ich bin fast alleine in der S-Bahn, schließlich will an einem sommerlichen Sonntag niemand in die Stadt. Alle fahren in die andere Richtung. Aber ich habe das sichere Gefühl, den richtigen Weg eingeschlagen zu haben.

Und was, wenn er gar nicht zu Hause ist? Die Frage überfällt mich ganz plötzlich. Ich habe auf seine SMS nicht mal geantwortet, ich Stoffel, ich Idiot, und womöglich hat er daraufhin dasselbe gemacht wie ich und so schnell wie möglich die Wohnung verlassen. Zeit genug dafür hatte er: Ich war einige Stunden weg, jetzt ist es schon fast halb elf. Wenn ich echt großes Glück habe, hat er bis jetzt geschlafen, und ich kann mit ihm reden, solange er noch verkatert und wehrlos ist.

Andererseits ist diese Vorstellung nicht besonders romantisch.

Noch mal andererseits muss ich von diesem Romantiktrip dringend runterkommen. Mein Leben weigert sich ja offensichtlich standhaft, sich in eine *Traumschiff*-Folge zu verwandeln. Und eigentlich – wenn ich mal in mich hineinhorche – sind meine Gefühle romantisch genug. Da müssen die Umstände nicht auch noch aus rosa Zuckerwatte bestehen.

Unruhig steige ich um, nervös steige ich aus, und fahrig laufe ich die Straßen zu Matthias' Wohnung entlang. Vor dem Haus angekommen, werfe ich einen Blick nach oben, zu den Fenstern. Aber es ist nichts zu sehen.

Was habe ich erwartet, dass er dort steht und auf mich wartet? Ich schüttele den Kopf über mich selbst und schließe die Haustür auf. Dann laufe ich auf Zehenspitzen die Treppen hinauf. Falls er doch noch schläft, soll er nicht aufwachen. Und falls er wach ist, soll er nicht als Erstes mein Getrampel hören. Keine Ahnung, wie ich das dann in Zukunft machen soll, um diesen Anspruch zu halten. Immer auf Zehenspitzen gehen vielleicht. Oder schweben. Oder mich gleich in ein ätherisches, körperloses Wesen verwandeln, das sich bei Bedarf elfengleich hier und da materialisiert. Außerdem darf ich nie mehr pupsen. Himmel, über was für einen Unsinn denke ich da eigentlich gerade nach?

Kapitel 18

Leise schließe ich die Tür auf und sehe am Ende des Flurs Matthias gerade mit einem Becher Kaffee aus der Küche kommen. Er trägt Jeans, aber kein T-Shirt. Mir wird die Kehle etwas eng. Und dann bemerkt er mich, stellt den Becher auf dem Tresen ab und öffnet einfach nur die Arme.

Wahrscheinlich bin ich geflogen. Eine halbe Sekunde später liege ich jedenfalls in seinen Armen, und eigentlich fühlt es sich immer noch nach Fliegen an. Matthias hält mich ganz fest und atmet ruhig, während ich erst allmählich aufhören kann, hysterisch zu hecheln. Keiner von uns sagt ein Wort, bis ich mich endlich beruhigt habe.

»Ich dachte, du schläfst noch«, murmelt Matthias schließlich an meinem Ohr.

»Die Vögel waren so laut.«

»Magst du deinen Kaffee?«, fragt er und hält mich dabei weiter umschlungen.

Ich drehe den Kopf ein bisschen und sehe, dass neben seinem Becher auf dem Tresen einer für mich steht.

»Nicht, wenn ich dich dafür loslassen muss«, erkläre ich. Dabei bin ich gerade ziemlich wild auf diesen

Kaffee. Bei meinen Eltern gibt es nur Kräutertee zum Frühstück. Das verlängert das Leben, macht es aber nicht besser.

»Du dürftest mich danach einfach wieder umarmen«, sagt Matthias leise.

»Ehrlich?«

»Ja. Jederzeit.«

Jeder von uns löst einen Arm und greift nach seinem Becher. Danach bin ich wieder so weit klar im Kopf, dass ich Matthias ins Gesicht schauen kann, ohne albern zu kichern oder in Ohnmacht zu fallen. Er lächelt mich an. Seine blauen Augen funkeln.

»Wartest du auf irgendwas?«, fragt er amüsiert.

»Nein«, sage ich ehrlich. »Worauf denn?«

Als mir klar wird, was er meint, berühren seine Lippen schon meine. Matthias küsst mich zärtlich. Ich schlinge meine Arme fester um ihn und atme den Geruch seiner Haut ein. Sanft streichelt Matthias meinen Nacken.

Meine Hände hält er fest, als wir uns schließlich voneinander lösen.

»Matthias, ich … ich hab so viele Fragen«, platze ich heraus.

Er nickt und zieht mich noch einmal beruhigend an sich.

»Lass uns spazieren gehen«, schlägt er vor. »Ich zieh mir nur schnell etwas an.«

»Oh, wie schade.«

»Auf Wunsch auch nur vorübergehend.«

Wir gehen in einen kleinen Park in der Nachbarschaft, an dessen Klettergerüsten um diese Zeit schon Trauben von kleinen Kindern hängen. Die Mütter und Väter haben sich zu kleinen Grüppchen zusammengerottet und schaffen es irgendwie, während der Unterhaltung alle gleichzeitig ihre jeweiligen Kinder anzustarren. Kein Mensch beachtet uns, und ich bin froh darüber. Matthias hat nämlich meine Hand genommen, und ich bin fest davon überzeugt, dass mein Gesicht in leuchtendem Rosa erstrahlt. Um meine Körpertemperatur wieder zu normalisieren, sage ich, was schon lange in meinem Kopf herumgeht.

»Ich dachte, du kannst mich nicht leiden. Du hast alle meine Kontaktversuche abgeblockt.«

Merkwürdigerweise funktioniert das, was als kalte Dusche gedacht war, überhaupt nicht. Matthias streichelt weiter mit dem Daumen meinen Handrücken, und die Geigen in meinem Kopf spielen noch immer den Frühlingsstimmenwalzer.

»Das tut mir leid.« Matthias betrachtet eingehend einen Rhododendron am Wegesrand. »Ich wusste, dass der Hassprediger uns beide auf dem Kieker hat. Er hat mich nämlich nach der Konferenz, in der ich dich unter dem Tisch getreten habe, zu sich gerufen, mir unsere Mails darüber vorgelegt und gefragt, was ich mir eigentlich anmaße, Kollegen vor ihm zu warnen.«

»Er liebt die gezielte Eskalation«, murmele ich.

»Mehr als alles andere. Danach wollte ich vermeiden, dass du in eine peinliche Situation gerätst.«

»Warum bist du nicht einfach in mein Büro gekommen und hast mir das erzählt?«

»Du wirktest so wütend auf mich.«

»Hm. War ich auch«, gebe ich zu.

»Ich hätte es trotzdem tun sollen. Stattdessen habe ich mich auf die Suche nach einem Job in einer anderen Kanzlei gemacht.«

»Damit du dich aus der Distanz besser an mich heranmachen kannst?«, frotzele ich.

»So unschön hätte ich das niemals ausgedrückt«, sagt Matthias und grinst. »Aber der Plan ist nicht aufgegangen, weil du dich plötzlich nur noch für einen gewissen Chris interessiert hast.«

»Was hast du erwartet? Der hat immerhin auf meine Mails geantwortet«, sage ich lachend und halte Matthias' Hand dabei ganz fest.

»Ja. Hätte ich dann auch gerne, aber du hast mir ja nicht mehr geschrieben.«

»Ich bin bei dir eingezogen«, sage ich verständnislos. »Du hattest alle Chancen, mich über deinen Plan aufzuklären.«

»Ich hatte befürchtet, du seist nicht mehr interessiert und würdest gleich wieder ausziehen. Aber ich habe dir das Zimmer ja nicht angeboten, um dich in die Enge zu treiben«, beteuert Matthias.

»Ich weiß. Du hast mir einfach nur aus der Patsche geholfen.«

Wir schlendern schweigend an den merkwürdig schief geschnittenen Buchsbäumen vorbei und lassen uns im Halbschatten auf einer Bank mit Blick auf die große Wiese nieder, auf der ein Mann seinen überglücklich wirkenden Hund immer wieder einen riesigen Stock apportieren lässt.

»Ich fühle mich übrigens sehr wohl in der Wohnung«, sage ich lächelnd. »Kein bisschen in die Enge getrieben.«

»Das freut mich sehr. Dann bleib doch noch ein bisschen.«

»Tja, dein Freund kommt in ein paar Monaten zurück, nicht wahr? Ich muss mich also bald wieder auf die Suche machen.« Ich verkneife mir einen jammernden Unterton.

»Nicht direkt.«

Ich sehe Matthias von der Seite an, aber sein Gesicht verrät nichts außer Amüsement.

»Weil?«, frage ich auffordernd.

»Weil er mir vor ein paar Tagen geschrieben hat, dass sie ihm in Hongkong eine Verlängerung angeboten haben. Zwei Jahre. Und es gefällt ihm gut dort.«

»Das heißt, ich darf bleiben?« Ich kann mein Glück kaum fassen.

Matthias grinst mich an und legt den Arm um meine Schultern. »Bisher läuft es ja eigentlich ganz gut. Du hältst dich an den umfangreichen Katalog der WG-Regeln, bringst erfreulich selten One-Night-Stands mit nach Hause und kippst mir heimlich Rum in den Tee.«

»Spricht das für mich?«

»In dem Fall schon.«

»Und was heißt das jetzt?«

»Bitte bleib, Viola.«

Allmählich dämmert mir, was Hanna damit meinte, ich solle mir gleich einen guten Mann suchen. Zum Beispiel einen, der mich in seiner Nähe haben möchte, statt den einsamen Cowboy raushängen zu lassen. Und dafür musste ich gar nichts tun. Matthias war von Anfang an der Prinz. Nur habe ich mich leider selbst für den Frosch gehalten.

Ehe ich antworten kann, küsst er mich wieder. Aber ich hatte sowieso nicht vor abzulehnen. Der Kuss blendet das Kindergeschrei im Park vollkommen aus. Ich rücke näher zu Matthias heran und lege meine Oberschenkel über seine.

Als er mich danach fragend ansieht, blubbere ich nur eine Art »Mhm« hervor. Meine Zustimmung ist wohl trotzdem unübersehbar.

»Ist damit alles geklärt, meine Liebe?«, will Matthias wissen. »Du sagtest doch, du hast so viele Fragen.«

»Ja«, sage ich gedehnt, kuschele mich in seinen Arm und lege den Kopf an seine Schulter. »Eine Frage wäre da vielleicht noch.«

»Jetzt bin ich aber gespannt.«

»Erinnerst du dich an meine Mandantin, bei der ich dich hinzugezogen habe? Mit dem Erbschaftsstreit um den Schmuck der Schwiegereltern?«

»Eine etwas überspannte Person. Ich erinnere mich«, bestätigt Matthias und nickt.

»Fandest du sie sympathisch?«

»Doch, schon. Ja. Wieso?«

»Das ist gut. Du wirst sie nämlich wiedersehen«, bekenne ich. »Sie ist meine beste Freundin.«

»Du hast dich mit ihr angefreundet?«, fragt Matthias arglos.

»Nicht direkt.« Ich winde mich ein wenig. »Sie war schon vorher meine beste Freundin.« Himmel, ist das peinlich.

»Und du hast den Fall trotzdem angenommen?« Matthias' Mundwinkel zucken.

»Es gab gar keinen Fall.«

»Ihr habt also gar nicht geklagt?« Sein Tonfall wirkt mir ein bisschen zu unschuldig. Allmählich habe ich das Gefühl, reingelegt zu werden.

»Matthias?«, frage ich misstrauisch. »Lässt du mich gerade auflaufen?«

»Wie kommst du darauf? Erzähl weiter.« Er küsst mich auf den Scheitel, was mich leider daran hindert, seinem Gesichtsausdruck irgendeinen Hinweis entnehmen zu können.

Ich hole tief Luft. »Meine beste Freundin Hanna wollte den Kollegen begutachten, in den ich verliebt war, und hat sich deshalb als Mandantin ausgegeben.«

»Wirklich«, kommentiert Matthias aufreizend gelassen. »Das ist ja interessant.« Er lächelt mich verschmitzt an, ich schaue mit zusammengekniffenen Augen zurück.

»Wann hast du uns durchschaut?«, frage ich.

»Als du dieses entzückende Foto von eurem gemeinsamen Venedig-Urlaub in deinem Zimmer auf den Schreibtisch gestellt hast, Viola.« Matthias fängt an zu lachen.

»Das war vor zwei Wochen! Und du hast keinen Ton gesagt!«, rufe ich empört. »Was machst du überhaupt in meinem Zimmer?«

»Den Heizungsableser reinlassen.«

»Ach, Mist.« Ich schmolle.

Matthias nimmt immer noch lachend meine Hand, küsst sie und hält sie fest. »Viola, ich war und bin hingerissen, dass du meinetwegen ein solches Theaterstück inszeniert hast. Können wir noch mal auf deine Bemerkung von vorhin zurückkommen?«

»Welche denn?«

»Du seist in diesen Kollegen verliebt gewesen.«

»Oh. Ja.«

»Hat sich davon etwas erhalten?«

»Och ja, ein bisschen schon.« Ich strahle ihn an.

»Ich mache nie wieder einer Anwältin eine Liebeserklärung«, verkündet Matthias. »Von Juristen bekommt man einfach nie eine klare Antwort.«

»Hoffentlich machst du überhaupt nie wieder einer anderen Frau eine Liebeserklärung«, bemerke ich lächelnd.

»Womit gedenkst du mich denn davon abzuhalten?«, fragt Matthias und streicht meine Haare beiseite, die der Sommerwind in mein Gesicht geweht hat.

»Ich dachte, ich liebe dich einfach zurück«, schlage ich vor.

»Ehrlich? Das würde mir gefallen. Ach, eigentlich gefällt es mir jetzt schon.«

»Mir auch.«

»Könnten wir das dann vielleicht weiterhin so machen?« Matthias schaut mir tief in die Augen.

»Ich kann es mir gar nicht mehr anders vorstellen«, gebe ich zu.

Das stimmt!, jubelt mein Herz.

Sag ich doch! Komm schon, Kopf, willst du uns etwa wieder widersprechen?, fragt mein rechthaberischer Bauch kampflustig.

Aber der Kopf schweigt. Ich höre ihn leise ein Lied summen.

Hat sonst noch jemand etwas dazu zu sagen?, fragt mein Bauch wieder. Und plötzlich melden sich alle auf einmal.

Küssen!, fordert mein Mund.

Streicheln!, rufen meine Hände.

Festhalten!, bitten meine Arme.

Ab nach Hause!, sagen meine Beine.

Wieso denn das?, fragt mein Kopf nun doch irritiert.

Tjaha, wir werden eben von der Leibesmitte aus gelenkt, sagen meine Beine kichernd.

Fantastische Idee!, grölen alle anderen Körperteile im Chor.

Ich stehe auf, ziehe Matthias von der Bank und küsse ihn ungeduldig.

»Meine letzte Frage für heute«, sage ich. »Können wir jetzt bitte endlich nach Hause gehen?«